[redacted] [redacted]

NOM DE CODE : ÉMERAUDE

RONALD BASS

NOM DE CODE : ÉMERAUDE

Traduit de l'américain par
Dominique Peters

PIERRE BELFOND
216, boulevard Saint-Germain
75007 Paris

Ce livre a été publié sous le titre original
THE EMERALD ILLUSION
par William Morrow & Co, New York

Si vous souhaitez recevoir notre catalogue
et être tenu au courant de nos publications,
envoyez vos nom et adresse, en citant ce livre
aux Éditions Pierre Belfond,
216, bd Saint-Germain, 75007 Paris.
Et pour le Canada à
EDIPRESSE (1983) INC., 8392, St-Denis,
Montréal P.Q. H2P 2G8, Canada

ISBN 2.7144.1859.7

A Chrissy et à Jennifer
pour avoir fait de ma vie notre vie

REMERCIEMENTS

Toute ma gratitude

à Jay Acton, pour son dévouement, la sagesse de ses conseils, et ses efforts inlassables pendant près de dix ans ;

à Melinda Jason pour sa confiance, son optimisme et son énergie ;

à Jon Sanger, pour son soutien fidèle et courageux ;

à Hillel Black et Freddie Freedman, pour avoir aidé à l'élaboration des premiers chapitres de cette histoire ;

à Pat Golbitz, pour sa présence.

I

Walter Hoffmann s'éveilla soudain, le cœur battant. Ses pensées, au grand complet et par trop vivaces, semblaient n'avoir attendu que cet instant. Des rapaces, qui l'auraient observé de leur perchoir pendant son sommeil, et qui venaient lui dire : nous sommes là. Toujours là.

Péniblement, Hoffmann dispersa les oiseaux de proie. A l'exception d'un seul, qui resta comme accroché à son épaule. Il lui rappelait en silence la fièvre d'Anna, ce point douloureux, juste au-dessous de ses côtes, et le diagnostic du médecin disant que c'était le foie. Quatre jours durant, Hoffmann avait eu la certitude qu'Anna allait mourir. Et puis, le miracle. Le médecin s'était tout bonnement trompé. D'elle-même, la malade avait peu à peu recouvré la santé.

L'oiseau du matin toujours sur son épaule, Hoffmann se tourna vers Anna, dans le noir. Il se glissa contre ce corps frais, sans trace de fièvre, mais se garda de réveiller la dormeuse. Il s'écarta doucement et força l'oiseau maléfique à s'envoler dans un lent battement d'ailes.

A pas feutrés, Hoffmann traversa le couloir et entra dans la salle de bain. Il lui fallait rassembler ses forces pour le rituel du lundi matin, retrouver l'impulsion primitive, presque magique, qui fait démarrer la vie quotidienne, dans sa banalité. Ne pas s'embarrasser de vastes perspectives, se libérer de cette passion d'analyser et de juger du sens de son existence. Mieux valait se plonger dans des problèmes concrets, maîtrisables, qui assignaient aux faits des contours précis, des frontières rassurantes. Se raser, boire un café bien noir, mettrait son esprit en pilote automatique pour toute la semaine.

Pas forcément. L'insouciance n'était guère le propre de Hoffmann. Depuis quarante-deux ans, il considérait son esprit comme un vieil ami, le plus fidèle, le seul qui ne lui eût jamais fait défaut. Jusqu'à présent, du moins. Jusqu'à l'opération Arnaque.

Tandis que le blaireau étalait sur ses joues la crème à raser, Hoffmann s'observa dans le miroir. Un visage humain, bienveillant. Des cheveux noirs et lisses, des traits fins. L'intelligence du regard et le dessin des lèvres semblaient prêts à exprimer à la fois l'ironie et l'interrogation. Sans beaucoup creuser, on trouvait sous la surface l'humour et la compassion.

Anna hors de danger, les oiseaux de malheur oubliés, Hoffmann prit une douche et décida de cerner l'affaire Arnaque, de la scruter sous tous ses angles, comme si un nouvel examen pouvait suffire à résoudre l'énigme. Pas si simple. Hoffmann était engagé jusqu'au cou, et son esprit seul ne le tirerait pas d'embarras. Il subirait un premier échec — qui serait sans doute le dernier.

Dans la cuisine, Rudi, sept ans, juché sur un tabouret afin d'atteindre le robinet de l'évier, s'efforçait de remplir d'eau une grande casserole. Pour le café de son père. La tâche la plus sacrée aux yeux de l'enfant, celle dont il était le plus fier.

— Bonjour, dit Hoffmann, du ton dont il aurait salué un adulte, un égal.

— Bonjour, papa.

Rudi descendit du tabouret, ses petites mains bien serrées autour de la casserole. Quelques jours auparavant, il l'avait laissée tomber avec fracas. Il guettait son père, redoutant le moindre geste d'assistance, qui aurait signifié que l'on ne lui faisait plus confiance. Impassible, les mains derrière le dos, Hoffmann souriait de ce sourire que son fils adorait.

— Je pensais à quelque chose, Rudi. Je pensais que c'était bien agréable d'avoir un ami comme toi.

L'enfant se contenta de sourire à son tour. En pareille occasion, il ne savait que répondre. Il savait seulement qu'un chaud bien-être l'envahissait. Fermement, précautionneusement, il transporta la casserole sur la cuisinière. Rien n'aurait pu lui faire lâcher prise.

— Je vais chercher le bébé, dit Hoffmann.

Il se dirigea vers la chambre d'Oskar, un gamin d'à peine quatre ans, tout blond et potelé, comme Anna. Aussi blond que son frère était brun. Déjà réveillé, enfoncé jusqu'aux oreilles sous sa couverture, Oskar attendait son papa. Sans dire un mot, Hoffmann le souleva à bout de bras, ce qui provoqua comme toujours un cri étouffé et un éclat de rire.

— Quel jour sommes-nous ? demanda Hoffmann.

— Jeudi, répondit Oskar, à tout hasard mais avec conviction.

— Lundi, rectifia Hoffmann d'une manière qui ressemblait plutôt à une confirmation. Et tu sais ce que ça veut dire ?

— Ça veut dire que tu n'es pas obligé d'aller au bureau.

Un souhait que le père entendait chaque matin.

— Ça veut dire qu'après le bureau on dînera tous ensemble et que je jouerai avec toi.

Il embrassa Oskar et l'emmena faire pipi.

Il était sept heures. Tous les trois prirent le petit déjeuner. Puis Hoffmann remonta s'habiller. La voiture passerait le prendre dans un quart d'heure.

Redescendu au rez-de-chaussée, la veste noire et argent de son uniforme jetée négligemment sur l'épaule, il vit à travers la vitre que la voiture attendait.

— Vous allez jouer sans bruit jusqu'à ce que votre maman se réveille. Elle va beaucoup mieux, mais elle est encore fatiguée.

Il enfila sa veste, la boutonna, puis embrassa tendrement ses enfants. Rudi lui ouvrit la porte. En ce matin d'avril, l'air était piquant et merveilleusement limpide. Hoffmann s'engagea sur les marches du perron et se retourna, comme toujours au même endroit, pour agiter la main en signe d'au revoir. Le soleil fit briller les deux éclairs d'argent incrustés sur son col. Rudi agita lui aussi la main d'un air très sérieux.

Sur le trottoir, il reçut une autre sorte de salut du jeune Sturmführer qui, debout près de la voiture, leva un bras raide. Hoffmann ne connaissait pas ce lieutenant SS.

— Bonjour, Herr Oberführer, dit le nouveau chauffeur.

Le timbre métallique de la voix, un peu trop sonore au gré d'Hoffmann, lui fit l'effet de violer le silence de cette paisible rue résidentielle.

Hoffmann posa sur le jeune homme un regard direct, sans plus. Troublé, ce dernier crut devoir se lancer dans une explication : le chauffeur habituel avait été envoyé sur le front Est pendant le week-end, sans qu'on ait eu le temps de prévenir l'Oberführer. Lui-même n'avait aucune responsabilité dans l'histoire, mais le mutisme de Hoffmann le poussa à de plates excuses. On l'avait prévenu que son supérieur avait autant horreur des surprises que d'autres de la syphilis.

Hoffmann savait à quel type d'hommes appartenait ce jeune lieutenant SS. Qu'est-ce que Rudi penserait de lui et de ses copies conformes, qui proliféraient à un rythme rapide au sein d'une population normale ? Il se demanda également si, par quelque effrayant concours de circonstances, Rudi n'en viendrait pas à leur ressembler. Il s'accorda un nouveau silence pour chasser cette dernière crainte.

— Eh bien, dit-il enfin, fixant les yeux de son interlocuteur, merci beaucoup de m'offrir, ce matin, vos services.

Il semblait ainsi reconnaître la faveur dont il était l'objet, tout en suggérant que cette faveur ne serait appréciée qu'à titre exceptionnel. Dès midi, le nouveau chauffeur pourrait être transféré ailleurs, envoyé au diable.

— Quel itinéraire préférez-vous, Herr Oberführer ?

Autrement dit : souhaitez-vous faire un détour pour éviter les zones dévastées par les récents bombardements sur Berlin ? On était le 6 avril 1944. Tous les officiers SS que le jeune Sturmführer transportait en voiture insistaient pour que leur soit épargnée la vision de ce qui pourrait provoquer chez eux une attitude négative, un état d'esprit défaitiste. Ces hommes-là se voulaient positifs. La question était donc de pure courtoisie.

— Le chemin direct, répondit Hoffmann.

Il s'installa à l'arrière et son visage se figea comme s'il y avait plaqué un masque qu'il ne quitterait pas pendant le trajet de Zehlendorf au quartier général du SD, dans le secteur de Charlottenburg.

II

La voiture roula vers le nord-est, délaissant les rives de la Havel. La route directe de Zehlendorf à Charlottenburg traversait le quartier de Wilmersdorf et ses tas de décombres, parsemés ici et là, comme si un gigantesque poing avait choisi d'écraser telle maison, tel magasin, et d'épargner les bâtiments voisins.

Pour le chauffeur, les destructions si visibles dans certaines parties de Berlin n'appelaient aucune réaction de panique. Ce n'était que le prix à payer pour un plus haut destin. De quoi alimenter aussi des rêves de vengeance qui, chez lui, prenaient parfois la forme d'étranges fantasmes. Ces pensées lui paraissaient naturelles, puisqu'elles étaient partagées par l'ensemble des SS. Ses camarades et lui formaient un groupe à part, cœur du grand courant qui était en train de métamorphoser l'Allemagne. Cette cohorte exemplaire entendait bien dépasser ses structures actuelles et devenir, à elle seule, toute l'Allemagne.

Comme il arrive souvent pour des organismes parasites, les débuts des SS avaient été modestes. La Schutzstaffel n'était en 1923 que la milice de protection du parti nazi — une bande de truands qui servaient de gardes du corps à Hitler. Ensuite, sous la conduite du Reichsführer Heinrich Himmler, cette organisation essentiellement malléable se développa jusqu'à englober les services secrets de la police, l'aménagement des camps de travail, le commandement des troupes qui luttaient en première ligne, et la mise au point de méthodes complexes, ingénieuses, destinées au massacre d'êtres humains. Ambitions apparemment sans limites, tributaires seulement de l'imagination des chefs. Or ce n'était pas l'imagination qui leur manquait.

En 1932, la SS créa une unité chargée d'assurer la sécurité du parti nazi. Cette unité embryonnaire devint le Sicherheitsdienst — ou SD — grâce à l'une des figures les plus charismatiques, les plus insaisissables aussi, du Troisième Reich : Reinhard Heydrich, abattu par les résistants tchèques en juin 1942. Heydrich avait bâti son propre empire à l'intérieur de celui de Himmler. Si la SS devait être l'incarnation de la nouvelle Allemagne, le SD serait son centre nerveux.

De fait, dès 1939, Heydrich avait fait du SD le service de sécurité de la nation allemande tout entière. Sous le sigle officiel de RSHA (Reichssicherheitshauptamt), ce service comportait sept sections qui, à l'exception d'une seule, occupaient d'immenses locaux, 8, Prinz-Albrechtstrasse, au centre de Berlin, dans le quartier du Tiergarten. Les sections I et II étaient responsables du personnel et de l'administration ; la section III, de la sécurité intérieure ; la section V, des agents secrets ; la section VII, des recherches et évaluations idéologiques. La section IV restait le noyau de cet organisme : c'était la Gestapo, un mutant né de l'intrusion de la brutalité dans la police et de l'arbitraire dans la législation.

Au sud-ouest du Tiergarten, la voiture entra dans Charlottenburg. Au 32 de la Berkaertstrasse se dressait un immeuble qui n'avait rien d'imposant ni de majestueux, haut seulement de trois étages : une façade de brique s'incurvant à l'angle d'Hohenzollerndamm. L'édifice, construit en 1930, abritait autrefois des retraités juifs. En 1941, le RSHA réquisitionna les locaux, chassa leurs occupants et y installa sa section VI, service de sécurité et de renseignement à l'étranger, qui reprit le nom de SD.

Tout en conduisant, le chauffeur de Hoffmann pestait contre les amas de décombres et les convois militaires qui ralentissaient sa course.

Ce qui séparait des autres les membres de la section VI, ce n'était pas seulement la distance entre la Berkaertstrasse et la Prinz-Albrechtstrasse. Certes, ils portaient le même uniforme SS, sous lequel battait parfois le même cœur. Mais les hommes du SD demeuraient avant tout des espions à la solde de Hitler. On trouvait là toutes sortes de gens. Outre l'indispensable orthodoxie politique et la pureté raciale, un certain talent n'était pas inutile. Et le talent, il fallait le prendre où il était.

Walter Hoffmann vivait et travaillait au sein de cette espèce hybride et monstrueuse. Il avait mis au point à leur égard un système de notation : tant pour le côté humain, tant pour le côté bestial. Il s'évaluait lui-même selon ces critères, presque quotidiennement, tel un hypocondriaque qui ne cesse d'examiner sa peau pour y découvrir la tache noire d'une tumeur maligne.

Depuis trois ans, le SD avait pour chef le Brigadeführer SS Walter Schellenberg. A trente et un ans, ce garçon aux joues poupines était sorti de l'anonymat grâce à des manipulations habiles. Elles lui avaient gagné la confiance du puissant Heydrich. Ses ennemis mettaient cette ascension spectaculaire sur le compte de sa jolie figure et de ses formes rondelettes qui auraient fasciné Heydrich. Hoffmann voyait plus loin. Schellenberg n'était peut-être pas un maître en matière d'espionnage, mais, politiquement, peu de ses rivaux pouvaient égaler son machiavélisme. Après la mort de Heydrich, le génie de Schellenberg s'affirma par un pouvoir consolidé, et même accru.

L'esthétisme décadent de Schellenberg, sa prétention au raffinement, son appétit de luxe ne cachaient pas aux yeux de Hoffmann la véritable nature du personnage : une indifférence totale au sort d'autrui, qu'il s'agisse des Juifs ou des Polonais les plus misérables ou du Führer en personne. Une seule chose lui tenait à cœur : l'avancement sans heurts de Walter Schellenberg.

Hoffmann avait favorisé ce dessein. Jusqu'à ce jour.

Schellenberg lui avait fait partager sa gloire, le désignant comme son bras droit et l'élevant au grade de Standartenführer SS — l'équivalent de colonel. Hoffmann se montrait à la hauteur. Plus on lui accordait d'autorité, plus il en usait. Schellenberg proclamait que dénicher un tel homme, c'était comme découvrir un bijou dans une bouse de vache. Très rapidement, il ne fit confiance à personne d'autre. Tous les dossiers importants atterrissaient sur le bureau de Hoffmann, ce qui laissait Schellenberg libre d'exercer ses talents de fin politicien.

La promotion de Hoffmann au grade d'Oberführer, intermédiaire entre ceux de colonel et de général, fut d'une rapidité indécente. Schellenberg prit cette décision avec un absolu mépris de l'amertume ressentie par d'ambitieux subalternes — à moins qu'il y prît un secret plaisir. Comme il l'avait prédit, ceux-ci, loin de sauter à la gorge de Hoffmann, se mirent à lui lécher les bottes. On peut dire que la compétition s'acheva avant même d'avoir commencé. Aucun avancement n'était possible à qui ne bénéficiait pas des bonnes grâces de Hoffmann. Aussi obtint-il de ses collègues une coopération frisant l'adulation.

Restait, cependant, l'affaire Arnaque.

Walter Hoffmann descendit de voiture et se vit escorté de couloirs en ascenseurs jusqu'à son bureau. Il ruminait le même problème, passant au crible des éléments qui, à eux seuls, ne suffisaient pas à lui apporter de réponse.

Plusieurs membres du haut commandement tenaient pour un axiome que le sort de l'Allemagne dépendait d'une ultime épreuve à surmonter : l'été et l'automne 1944 devaient s'écouler sans que les Alliés réussissent une invasion du continent. Au printemps de 1945, la mainmise des Allemands sur l'Europe serait assurée pour toujours. Le Mur de l'Atlantique, formidable ligne de défense hitlérienne, subirait certainement un assaut désespéré dans les mois à venir. Deux questions se posaient. Où ? Et quand ?

En dépit de la puissance presque inimaginable des forces allemandes — 302 divisions, dix millions d'hommes sous les armes —, le front Ouest était dangereusement dégarni, car 179 divisions se battaient à l'Est contre la Russie. Il ne restait donc que quarante pour cent de forces disponibles pour prévenir une attaque dont personne ne savait où elle se produirait. Hitler avait déployé 26 divisions dans les Balkans, 22 en Italie, 16 en Scandinavie. Et seulement 59 en France, alors que la ligne de front s'étendait du Pas-de-Calais au golfe de Gascogne. Les Alliés misaient sur une seule chance, nourrissaient un unique espoir : que, dans sa volonté frénétique d'être présent partout, Hitler n'aurait pas assez de forces au bon moment, au bon endroit.

« Arnaque » était le nom de code d'une combinaison de stratagèmes visant à kidnapper un Anglais ou un Américain qui connaîtrait justement cet endroit, ce moment.

L'idée avait d'abord pris forme dans le secret du cerveau de Heinrich Himmler. Et, un soir, celui-ci avait rendu une visite mémorable à Schellenberg, qui le reçut au salon et le gratifia d'un excellent cognac et de somptueux havanes. Schellenberg, d'instinct sur la réserve, dut se rendre à l'évidence : au fur et à mesure que la soirée avançait, le message ne devenait que trop clair. Himmler comptait présenter au Führer le projet Arnaque comme une opération déjà en voie d'accomplissement et dont le prochain succès lui aurait été garanti personnellement par le chef de son service de contre-espionnage. Si Schellenberg ne se sentait pas prêt à assumer cette responsabilité, peut-être vaudrait-il mieux envisager de lui confier des tâches pour lesquelles il manifesterait plus d'enthousiasme. Himmler tenait beaucoup à l'enthousiasme.

Il ne s'agissait encore que de sous-entendus, glissés au milieu d'aimables bavardages sur la fraîcheur de l'air et la qualité du vin, mais Schellenberg ne s'y trompa point.

Dès le lendemain matin, il rapporta la conversation à Hoffmann, et posa le dossier Arnaque sur son bureau. Tout l'argent et le personnel nécessaires seraient mis à sa disposition. Schellenberg n'exigea pas d'enthousiasme, il demandait seulement à Hoffmann de l'efficacité.

Cela se passait en janvier. Trois mois plus tard, des plans avaient été dressés, des agents envoyés en mission, tandis que de grosses sommes, en différentes monnaies, passaient d'une main à l'autre. Deux hommes avaient déjà perdu la vie. Le printemps était arrivé. Mais pas l'oiseau rare, le prisonnier sur lequel Himmler comptait.

Confortablement assis dans son immense bureau, Hoffmann contemplait la funeste liasse de papiers soigneusement empilés devant lui. Il étudiait en détail le plus récent des cinq échecs subis au cours de l'opération Arnaque.

On frappa à la porte.

— Entrez ! cria-t-il.

C'était Ernst Ritter, son plus proche adjoint. Il occupait le rang d'Obersturmbannführer, l'équivalent SS de lieutenant-colonel. Le physique avantageux de Ritter aurait pu le faire figurer sur une affiche de propagande du parti. Il avait des yeux pâles et une poignée de main virile dont il tirait une secrète fierté.

Ritter incarnait pleinement l'esprit de la Gestapo — il en avait été membre plusieurs années — avec, cependant, un quotient intellectuel de soixante points plus élevé que celui de ses collègues. Un tel atout expliquait son succès dans la carrière. Hoffmann comptait sur l'intelligence de Ritter pour les missions les plus ardues, car il devenait de plus en plus rare de trouver quelqu'un qui soit capable de jugement rationnel. Néanmoins, il ne lui accorderait jamais sa confiance. L'homme, il le savait, n'était grisé que par la force, par le déchaînement du pouvoir.

Ritter s'assit et resta immobile, ses puissantes mains agrippées aux genoux. Hoffmann sentit chez lui une tension particulière, une difficulté à aborder l'objet réel de sa visite. Il écouta patiemment une litanie de rapports concernant des questions mineures, et laissa ensuite le silence retomber.

— Ce que nous devons faire, conclut Ritter, c'est accepter la réalité de notre situation.

— C'est-à-dire ?

— L'opération a échoué. Les relations de Schellenberg avec Himmler ne tiennent plus qu'à un fil, au point que sa position peut devenir impossible. Quant à nous, nous devons tirer un trait sur cette affaire et prendre toutes les mesures nécessaires.

Ritter était visiblement en proie à la panique. Comme il avait dès le début lié son sort à celui de Hoffmann, la déchéance de ce dernier entraînerait la sienne.

— Les mesures nécessaires ? répéta Hoffmann avec ce sourire moqueur qui mettait Ritter hors de lui. Vous voulez dire le suicide ?

Un frémissement secoua les larges épaules de Ritter. Il n'était pas d'humeur à apprécier des plaisanteries macabres. Il n'appréciait d'ailleurs aucune forme d'humour. Hoffmann, tout comme Schellenberg, n'était pour lui qu'un renard habile qui se sortirait de n'importe quelle catastrophe, le laissant lui, Ritter, et d'autres tâcherons, en subir les conséquences. Folie ou sagesse, Hoffmann ne se considérait jamais en position de perdant.

— Je pensais seulement, dit Ritter, que nous devrions prendre des mesures pour clarifier aux yeux des intéressés les véritables raisons de cet échec.

Hoffmann hocha ironiquement la tête.

— Et qui, demanda-t-il poliment, sera le bouc émissaire ?

Ritter se cabra. La question manquait de délicatesse, impliquait même une sorte d'accusation. Salaud qui se pose en juge vertueux, pensa-t-il. Connaissant Hoffmann depuis assez longtemps, il savait qu'il ne serait pas le dernier à tirer parti d'une mauvaise situation. Or il ne s'en était jamais présenté de pire.

— Sans aucun doute, dit Ritter aussi calmement que possible, le SD et le Reich sont de nouveau victimes de l'incompétence, sinon de la trahison, de l'Abwehr.

La rivalité entre l'Abwehr — service de renseignement de l'état-major allemand — et le SD n'était un secret pour personne. Pendant des décennies, l'Abwehr avait possédé le monopole de l'espionnage. Issue des trois branches des forces armées, elle avait gagné une solide réputation. Depuis février, son monopole était ébranlé. Si le SD ne pouvait prétendre au niveau d'expérience de l'Abwehr, son atout consistait en une indéfectible dévotion à l'égard d'Adolf Hitler. Par ailleurs, on relevait dans l'histoire de l'Abwehr des épisodes regrettables. Certains de ses membres avaient entretenu des liens avec la Schwarze Kapelle, groupement clandestin d'officiers traîtres à la cause hitlérienne.

Le 12 février, le Führer avait annoncé la formation d'un organisme de renseignement unifié, placé entièrement sous le contrôle des SS. L'absorption de l'Abwehr par le SD devait prendre quatre mois. Comme en d'autres domaines d'importance vitale, Hitler préférait de plus en plus sacrifier la compétence au loyalisme politique.

— Et qui précisément souhaitez-vous expédier en enfer ? demanda Hoffmann.

— Jürgen Brausch, cela va de soi.

Brausch, un colonel âgé, travaillait dans l'Abwehr I, la branche responsable du recrutement, de l'insertion et de la surveillance des espions en mission à l'étranger. Depuis plus de dix ans, il s'occupait en particulier des agents secrets allemands envoyés dans les îles Britanniques. En vertu de la réorganisation, son service allait tomber sous l'autorité d'Hoffmann, mais Brausch demeurerait responsable de ses antennes déjà sur place.

— La seule raison de l'échec d'Arnaque, poursuivit Ritter, c'est l'impuissance de Brausch — pour ne pas parler de mauvaise volonté — à obtenir de ses précieux agents en Angleterre les informations décisives dont nous avons besoin.

Derrière le regard glacé de Hoffmann, Ritter sentait un esprit au travail. Il n'en demandait pas davantage.

— J'ai pris la liberté, ajouta-t-il, de préparer pour vous un rapport détaillé contenant les résultats de mon enquête sur le rôle de Brausch dans cette affaire. Les recherches ne sont pas terminées, mais les conclusions parlent d'elles-mêmes.

— J'en suis certain, Ernst, dit posément Hoffmann, usant du prénom de Ritter pour alléger l'atmosphère. Je donnerai à votre rapport l'attention qu'il mérite. Pourquoi ne le feriez-vous pas parvenir à mon domicile, ce soir ?

Ritter hocha la tête avec une satisfaction manifeste. Il ne doutait pas que, durant son bref moment de réflexion, Hoffmann avait déjà pris une décision favorable.

En réalité, les pensées de Hoffmann suivaient un tout autre cours. Il n'éprouvait aucun désir de détruire Jürgen Brausch. Il préférait de loin l'utiliser.

III

Une garden-party à Hampstead, dans la banlieue nord de Londres.

Sous le clair soleil de cet après-midi de printemps, les invités se promenaient sur la pelouse et admiraient les superbes rosiers du colonel. Un vélum à rayures jaune crème et vert acide, tendu au-dessus de la table des rafraîchissements, et dont les bords flottaient doucement dans la brise, protégeait sandwiches et gâteaux.

Des militaires — uniforme impeccable, silhouette bien droite — et les épouses qui les accompagnaient se livraient à de gracieux badinages tandis que circulaient les tasses de thé. Un observateur non initié — s'il s'en fût trouvé un — n'aurait vu là qu'une réunion mondaine d'officiers d'infanterie ou d'artillerie. En fait, les invités appartenaient à une société très fermée.

Ces hommes relevaient du MI-5, une branche particulièrement secrète du renseignement militaire britannique. Le prestige de leur mission, et les crédits qui allaient de pair, n'étaient rien en comparaison de ce qui revenait au MI-6 et à ses agents qui, munis de déguisements, de radios clandestines, de faux papiers et de flacons d'encre invisible, étaient chargés de l'espionnage à l'étranger.

Le MI-5 demeurait cependant le bastion du contre-espionnage à l'intérieur, le défenseur de la patrie contre la perversité des agents ennemis. Dès avril 1944, on considérait généralement à Whitehall que ces hommes avaient fait de l'excellent travail, et que, s'il restait des espions allemands en Angleterre, ils étaient soit étroitement surveillés, soit passés du côté des Alliés.

Le colonel du MI-5, Basil Nicholas, qui donnait cette réception, se montrait moins complaisamment optimiste. Les seuls espions encore capables de nuire à l'Angleterre étaient de toute évidence ceux que l'on n'avait pas pris. Selon le gouvernement de Sa

Majesté, une telle position, défendable en théorie, témoignait d'une méfiance excessive. C'est toujours une tâche ingrate de mettre le doigt sur l'aspect négatif des choses. On tolérait donc Nicholas parce qu'il avait accompli son devoir en bon soldat, mais on pensait que les fonds seraient mieux utilisés ailleurs, là où il restait encore beaucoup à faire.

Alicia Nicholas sortit de la maison et fit son apparition dans la clarté ensoleillée du jardin. Agée de dix-sept ans, et aguichante, elle affichait une liberté d'allure et un goût du flirt que son père, le colonel, parvenait mal à maîtriser. Ses cheveux couleur de miel brun pendaient négligemment en boucles sur ses épaules et dansaient comme toute sa personne tandis qu'elle allait se mêler à la foule des invités.

Alicia portait une légère robe de coton, et pratiquement rien en dessous. Vision printanière sur laquelle les officiers présents évitaient de s'attarder, craignant les réactions de leurs épouses et du colonel.

La jeune fille ne s'offusqua pas de n'attirer que des regards furtifs. Elle cherchait un homme en particulier.

Il se tenait à l'écart. Grand, mince, avec une chevelure d'or pâle, des yeux verts et des cils que n'importe quelle femme envierait, il portait un uniforme de l'armée américaine. Sans doute le seul Yankee invité. Pour Alicia, ce qui le distinguait, c'était la grâce tranquille de ses mouvements, la façon dont ses longs doigts tenaient son verre quand il buvait. Plus que sa beauté, elle voyait en lui l'image d'un homme en pleine possession de ses moyens et en paix avec lui-même.

Elle hésita un instant avant de se diriger vers lui, surprise de sa nervosité si inhabituelle. Après avoir un peu tourné en rond, mécontente de la lâcheté qui s'emparait d'elle, elle se retrouva derrière lui comme un petit chien qui attend que son maître se retourne. Elle toussota si délicatement qu'il ne sortit de sa gorge qu'un son imperceptible. Elle recommença plus fort, furieuse de s'y prendre aussi mal. Le jeune homme se retourna enfin, et le regard de ses yeux verts rencontra celui d'Alicia. Elle lança gauchement :

— Bonjour ! Je suis Alicia Nicholas.

Le silence qui suivit ne dura que quelques secondes mais créa pour Alicia un vide insupportable. Elle se décida à le combler :

— Et vous êtes Gus Lang.

Complètement charmé, Gus eut un sourire enfantin.

— Continuez, je ne voudrais pas interrompre une conversation que vous menez à vous seule de façon merveilleuse.

La surprise de ce sourire, ou bien le mot « merveilleuse », fit rougir Alicia jusqu'aux chevilles. Tout à coup, elle se sentit complètement nue. Jamais elle ne se pardonnerait d'être restée plantée là, au milieu de ce jardin, dans une tenue si légère.

— Si nous nous promenions un peu ? dit Gus. Vous me montrerez les roses de votre père, et vous me parlerez de vous.

Il posa son verre et offrit son bras à la jeune fille. Elle pressa instinctivement son épaule contre lui. Ce n'était pas encore une câlinerie mais, tout de même, un prélude.

Ils contournèrent un massif de fleurs pourpres et orangées. Alicia regardait obstinément à terre.

— Oui, dit-elle, vous vous appelez Augustus William Lang. Vous êtes capitaine, et vous travaillez dans les services spéciaux américains, à l'OSS.

Il serra légèrement le bras nu d'Alicia.

— Hé ! Tout ça, je le sais, plaisanta-t-il.

— Vous voulez que je parle de moi ?

Elle leva vers Gus ses yeux couleur de cannelle et, de nouveau, à sa grande honte, battit des paupières et se sentit rougir.

Il lui adressa un sourire terriblement séduisant mais trop fraternel. Décidément, elle s'y prenait mal.

— Vous me plaisez déjà, dit Gus. Laissez-moi une chance de jouer un rôle dans ce flirt.

Suffoquée, Alicia fixa le sol et pressa plus fort le bras du jeune homme contre sa poitrine.

— Bien sûr, mais je continue. Vous avez trente et un ans. Votre père est un industriel d'origine allemande. Vous habitez dans le Connecticut. Vous avez suivi des cours à...

— Une minute ! Laissez-moi deviner la suite.

— A Yale University. Vous parlez couramment six langues.

— Cette petite fille écouterait-elle derrière les portes ?

— J'ai écouté papa, rectifia-t-elle. Il dit que vous avez des talents exceptionnels, des dons uniques. La meilleure recrue possible pour le MI-5.

Elle s'accorda une pause avant de risquer :

— Il m'a dit aussi que vous n'étiez pas marié.

— Tout ça n'a pas beaucoup d'intérêt. Votre papa ne vous dirait rien qu'une gamine ne puisse entendre.

La promenade continua. Au bout d'une allée, à l'arrière de la maison, s'étendait une prairie bien entretenue. Alicia poussa un petit portail et, bientôt à l'abri des regards derrière une bordure de hauts buissons, elle appuya la joue sur l'épaule de son compagnon.

— L'OSS vous a, paraît-il, mis à la disposition de la Military Intelligence, au MI-5, comme agent de liaison chargé du contre-espionnage. Plus précisément au Double Cross Committee, pour traquer les espions allemands et les « retourner ». En somme, on veut utiliser à fond vos capacités.

Ils marchaient dans la prairie. Gus parut s'étonner qu'Alicia fût si bien informée.

— Et quels agents en particulier ? demanda-t-il.

— L'agent appelé Treasure... et celui appelé Émeraude.

Gus s'arrêta et posa les mains sur les épaules d'Alicia.

— On vous a raconté de drôles d'histoires, dit-il enfin.

Son hésitation avait suffi à convaincre la jeune fille de la justesse de ses informations.

— Évidemment, murmura-t-elle, ce sont des choses que je ne répéterai à personne.

Et quand bien même seraient-elles répétées, pensait Gus, cela n'en vaudrait que mieux.

— Nous devrions peut-être, Alicia, rejoindre ceux à qui nous avons faussé compagnie ?

Ils revinrent sur leurs pas. Alicia prit Gus par la taille. Il l'enlaça, puis relâcha son étreinte et se contenta de lui serrer la main, affectueusement.

— Je crois qu'il y a autre chose dont nous devons parler.

— Est-ce qu'elle est jolie ? demanda Alicia.

— Des yeux bleus et un joli visage triste. Elle peut être amusante, aussi. Et toujours d'une grande honnêteté. Elle vous plairait.

Il mentait. Depuis longtemps, il n'y avait pas de femme dans sa vie.

— Mais elle est bien loin, dit Alicia d'une petite voix.

— Sauf la part d'elle que j'ai emportée avec moi.

Ils étaient encore cachés par les buissons. Gus consola Alicia d'un regard qui voulait dire que, néanmoins, il la désirait.

— Je dois tenir ma promesse, en dépit de ce qui peut m'attirer ailleurs.

Gus accentua sa pression sur la main d'Alicia. Fait très rare, les yeux de la jeune fille s'humectèrent. Toute à ses pensées, elle n'en éprouva aucune gêne.

— Certains attachent de l'importance aux promesses, Gus. Certains donnent plus de prix à de nouvelles expériences. Surtout si personne n'en souffre.

— Vous ne me ferez pas croire que vous vous rangez dans cette deuxième catégorie. Il y a forcément quelqu'un qui souffre lorsqu'une promesse est rompue. Je suis sûr que vous le comprenez, comme vous comprenez beaucoup de choses.

Alicia répondit par une brève étreinte, puis entraîna Gus vers le portail et, au-delà, vers le jardin de son père, le colonel.

IV

Hoffmann avait décidé de rendre visite à Jürgen Brausch. Il aurait pu le convoquer à Charlottenburg, se retrancher derrière l'autorité que lui donnait son grand bureau sculpté, et montrer ainsi à Brausch son rang dans la nouvelle hiérarchie. Ritter n'aurait pas manqué l'occasion, lui qui s'en tenait au credo de la Gestapo : toute forme d'intimidation, y compris l'humiliation, sert à renforcer la peur.

Hoffmann voyait les choses autrement. Son but n'était pas d'inspirer le maximum de terreur, mais plutôt de créer une atmosphère dans laquelle la peur jouait le rôle d'un catalyseur, afin de diminuer les défenses du sujet et d'obtenir de lui telle réponse ou telle action.

La voiture emportait donc Hoffmann vers le Tiergarten pour une mission diplomatique qu'on pouvait qualifier de charitable.

Brausch conservait des bureaux à l'ancien quartier général de l'Abwehr, 76/78 Tirpitzufer, dans un élégant ensemble d'hôtels particuliers, sur la rive nord du Landwehr-Kanal. On appelait ce quartier général « Fuchsbau » — l'antre du renard. Et en matière d'espionnage, c'étaient bien de fins renards qu'on trouvait là.

Un an auparavant, les raids alliés avaient contraint l'Abwehr à transférer ses locaux au nouveau QG du haut commandement militaire (autrefois son voisin à l'angle de la Tirpitzufer et de la Bendlerstrasse), dans la ville de Zossen, à une trentaine de kilomètres au sud de Berlin. Mais Brausch et quelques membres de la vieille garde préféraient bénéficier le plus longtemps possible de l'ambiance du Fuchsbau.

Hoffmann pénétra dans ce qui avait été le salon de réception de l'ancien hôtel particulier. Les chambres à coucher, les logements des domestiques et même les cuisines étaient maintenant transformés en bureaux. L'ensemble conservait cependant une noblesse sans froideur.

Le premier jour où Hoffmann y avait mis les pieds — jeune lieutenant marié à une femme encore plus jeune —, il n'était riche que d'ambition. Il se souvint d'avoir été bouleversé par le parfum de tradition qui s'exhalait encore des murs et du mobilier restant. Il se souvint de sa fierté d'appartenir à l'Abwehr, cette association de génies et d'artistes. Des soldats, certes, mais qui accomplissaient de hauts faits légendaires avec une désinvolture inaccessible au commun des mortels.

Ce qui ne revint pas à la mémoire de Hoffmann, ce fut le jour où, bien des années plus tard, il avait été convoqué au siège du RSHA, le bâtiment monolithique de la Prinz-Albrechtstrasse. Le jour où il s'étais assis, l'estomac barbouillé, dans le bureau de Kaltenbrunner, une brute de la Gestapo que Himmler avait nommé chef de l'ensemble des services de sécurité. En face de lui, un certain Schellenberg, au visage juvénile, vantait les prouesses de Hoffmann au sein de l'Abwehr. L'offre magnanime d'une « promotion » avait résonné à ses oreilles comme un arrêt de mort.

Hoffmann prit le vieil ascenseur grinçant jusqu'au quatrième étage, celui qu'occupait avant sa disgrâce le quasi mythique amiral Wilhelm Canaris — le « renard » dont le Fuchsbau tirait son nom. Des soupçons, dont certains fondés, quant à la loyauté de Canaris envers le Führer avaient précipité la décision de placer l'Abwehr sous le contrôle du SD. Sa réputation valut à l'amiral de ne pas être arrêté. On l'affecta simplement et provisoirement à des fonctions moins vitales, moins délicates.

La première fois que Hoffmann était entré dans le bureau de Brausch, il avait dû attendre nerveusement que ce dernier lève le nez de ses papiers. Le décor restait le même : élégant mobilier d'époque, bureau placé en angle de telle sorte que le colonel pouvait contempler par la fenêtre le Landwehr-Kanal et les marronniers du Tiergarten. Sur la table de travail, l'emblème de l'Abwehr : trois petits singes de cuivre. L'un portait la main à son oreille pour mieux entendre, l'autre regardait par-dessus son épaule ce qui se passait derrière lui, le troisième tenait la main devant sa bouche.

Dès la première visite, Brausch avait expliqué la signification de ces statuettes. Tout écouter. Tout voir. Ne rien dire. En sept mots il résumait ainsi la règle d'or que Hoffmann devrait suivre désormais.

Brausch était en train de parler à voix basse dans un brouilleur permettant de coder les conversations téléphoniques. Hoffmann attendit patiemment, les mains croisées devant lui, regardant ce géant aux épaules rondes, dont la face longue aux joues pendantes le fit penser à un chien de chasse. L'air de dignité, la moustache semblaient des vestiges de l'ancienne armée allemande. A soixante-trois ans, les yeux fatigués paraissaient avoir contemplé plus d'un siècle.

Le mot Abwehr signifie « défense ». Brausch avait consacré toute sa vie à la défense de la patrie. Engagé volontaire au 15e régiment d'artillerie de campagne, on le retrouve au début de la Première Guerre mondiale dans l'état-major des troupes du Kronprinz Ruppert de Bavière. Vers la fin du conflit, il est affecté au prestigieux 9e régiment d'infanterie de Potsdam, sous les ordres du maréchal Hindenburg. De là, il rejoint le service de renseignement des armées de l'Ouest — Fremde Heere West. Enfin, Canaris le choisit pour entrer dans l'Abwehr.

Hoffmann avait peine à croire que son rang faisait maintenant de lui le supérieur de ce dernier des dinosaures, que, dès le 1er juin — dans moins de deux mois —, l'Abwehr ne serait plus que le département militaire du RSHA, et que, de ce fait, Jürgen Brausch terminerait sa carrière au service des SS.

Jamais autant qu'en cette circonstance Hoffmann ne s'était senti intrus. Brausch venait de reposer le combiné et se levait de toute sa haute taille. Il tendit la main en souriant à son visiteur et le pria de prendre place dans un fauteuil recouvert d'un tissu à fleurs un peu fané, importé de Hollande il y avait bien longtemps.

— C'est presque vide, chez vous, Jürgen, remarqua gentiment Hoffmann. Ne devriez-vous pas être à Zeppelin ?

Zeppelin était le nom de code du QG de Zossen.

— Je suis également heureux de vous voir, dit Brausch (soulignant par là que Hoffmann avait omis les salutations d'usage). Quant à Zossen, eh bien, je préfère rester à Berlin... plus près de mes nouveaux maîtres. Pour mieux vous servir, Walter.

— Helga va bien ? demanda Hoffmann. Et les enfants ?

Brausch eut un vague mouvement de tête puis fixa des yeux l'enveloppe que Hoffmann tenait sur ses genoux. Il souhaitait en venir au vif du sujet.

Hoffmann déposa l'enveloppe sur le bureau. Brausch poussa un soupir, ôta ses lunettes et commença la lecture d'un document de douze pages.

— Ce rapport, Jürgen, a été préparé par un officier du nom d'Ernst Ritter.

— Un officier, si l'on peut dire. Un Obersturmbannführer qui fait partie de votre équipe...

Brausch n'avait pas levé les yeux. Il lisait sans que son visage trahisse aucune émotion. Puis il regarda Hoffmann.

— Et qu'est-ce que le Brigadeführer Schellenberg pense de ce rapport ?

— Je prie le Seigneur qu'il ne le lise jamais.

Brausch se demanda à quel seigneur précisément Hoffmann adressait ses prières.

— Et qu'arrivera-t-il, Walter, s'il le lit ?

— Schellenberg est dans tous ses états. Comprenez bien ce qui se passe. Himmler a promis au Führer un prisonnier, avant même que Schellenberg ne soit au courant de cette folie. Or Hitler le croit à deux doigts du succès.

— Si l'affaire avait marché, dit Brausch avec lassitude, il est évident que ç'aurait été un coup d'éclat pour Himmler. Comme ce n'est pas le cas, on rend Schellenberg responsable de l'échec. Il doit trouver tout cela bien injuste, le pauvre...

Hoffmann concéda un demi-sourire à ce sarcasme. Il y avait indéniablement une touche d'humour noir dans cette affaire de rats se prenant à leur propre piège. L'ennui, c'était que Hoffmann était l'un d'eux.

Brausch écarta ses mains charnues.

— Enfin, Walter, que peut espérer le Brigadeführer ? Et vous-même, qui aviez jadis considéré comme une promotion le fait qu'un requin vous invite à nager dans ses eaux ? Ce n'était pas d'un compagnon qu'il avait besoin, mais d'une proie pour son déjeuner.

— Épargnez-moi votre ironie, dit doucement Hoffmann. Vous ne naviguez pas non plus dans de très bonnes eaux. Si le SD doit servir de déjeuner, l'Abwehr sera, au mieux, un amuse-gueule.

Brausch en était visiblement conscient.

— Schellenberg va se déchaîner contre vous, Jürgen, c'est sa seule chance. Il vous accusera de trahison, et vos agents d'avoir délibérément privé le Führer du gros lot qu'il comptait gagner. L'argument invoqué ? Vous, et l'Abwehr, et la moitié de l'armée, avez davantage en tête de détruire le parti que de sauver notre patrie. Le voilà, l'argument. S'il arrive quelque chose à Schellenberg, c'est la fin de l'Abwehr. Une tragédie redoutable pour l'Allemagne, Jürgen. Vos agents sont les meilleurs que nous ayons, de vrais professionnels. Les perdre à la veille d'un débarquement des Alliés...

Brausch interrompit ce discours d'une voix tranquille :

— Combien de temps me donnez-vous avant de soumettre ce rapport à Schellenberg ?

— Tout dépend de ce que *vous* me donnerez. Si vous inventiez tout de suite une histoire que je puisse soumettre à Schellenberg à la place du rapport, cela nous laisserait trois semaines pour nous retourner. Disons, quatre...

Brausch regarda Hoffmann avec le mélange de mépris et de compassion qu'un père aurait pour les errements de son fils.

Hoffmann avait été un véritable prodige. Brausch partageait avec Canaris et quelques autres le mérite d'avoir fait s'épanouir cette personnalité hors du commun. Il se souvenait d'une mission qu'ils avaient accomplie ensemble à Oberursell, un village situé au nord de Francfort-sur-le-Main. Là se trouvait *Dulag Luft*, le camp de transit des pilotes ennemis capturés par la Luftwaffe. Lors de l'interrogatoire des captifs, Hoffmann surpassait les meilleurs par son intuition, sa finesse, son imagination créatrice. Un disciple dont on pouvait être fier.

Brausch restait persuadé que Hoffmann était entré au SD parce que les promesses d'une carrière fulgurante l'avaient séduit. Hoffmann, lui, considérait qu'il n'avait pas eu le choix. Rejeter l'offre de Schellenberg aurait mis fin à toute carrière. C'était Brausch qui avait raison. On a toujours le choix.

— Il y a quelque chose, Walter, dont j'aurais mieux aimé ne pas discuter à ce stade...

Hoffmann plissa les yeux et garda un silence respectueux.

— ... J'ai un agent au MI-5.

— Émeraude, dit Hoffmann. Un Américain.

Brausch se demanda comment Hoffmann s'y était pris pour être déjà au courant. Depuis quand connaissait-il ce dossier que lui-même n'aurait remis au SD qu'avec certaines précautions ? Il poursuivit néanmoins :

— Nous avons toujours pensé que les Alliés allaient se livrer à une sorte de répétition du débarquement. Probablement sur les côtes de la Manche. A bord des bâtiments utilisés au cours de cette manœuvre devraient se trouver le genre de personnes que vous recherchez.

Hoffmann maintint une contenance attentive et polie. Intérieurement, il sentit se dénouer les liens qui comprimaient son estomac depuis des mois.

— Profitant de sa position au sein du contre-espionnage allié, Émeraude s'est mis à l'œuvre pour connaître la date et le lieu d'une telle opération.

Le sourire qui apparut lentement sur les lèvres de Brausch renforça l'exaltation de Hoffmann.

— D'après lui, dit Brausch, il est près de toucher au but.

Hoffmann, aux anges, pensa que si Brausch disait « il est près de... », il fallait traduire : très près.

V

Saint James's Park, à Londres, dans la fraîcheur d'un dimanche matin. Gerhard Tessin longeait une allée bordée de saules et de bosquets en fleurs. Il cherchait un homme, qui serait assis sur un banc.

Il allait d'un pas vif. Une silhouette efflanquée, des traits anguleux, des yeux fureteurs, des mèches en bataille, d'un roux safran.

Tessin était un agent recruteur à la solde de l'Abwehr. Un des meilleurs « entremetteurs », selon Brausch. Il avait connu des hauts et des bas, mais dernièrement la chance lui souriait car il disposait d'une équipe de quatre hommes qu'il manœuvrait habilement au gré des désirs de son chef.

C'est à Hambourg, où il travaillait au district X, un poste régional de l'AST (Abwehrstelle) chargé des activités antibritanniques, que Tessin s'était fait remarquer et avait accédé au titre de *spécialiste* dans le groupe d'espionnage n° 1. Ils n'étaient que sept sur trois cents à être honorés de cette distinction. Tessin avait voyagé en Angleterre dans les années trente, sous diverses identités. Le plus souvent, il se présentait comme un représentant de l'IG Farben, les laboratoires pharmaceutiques fabriquant l'aspirine Bayer.

Tessin parlait anglais sans accent, disposait d'une excellente mémoire et, en bon mercenaire, se montrait prêt à affronter tous les dangers s'il y trouvait financièrement son compte. D'après certaines rumeurs, il soutirait une confortable commission des fonds qui lui étaient alloués pour recruter et payer ses agents. De quoi faire froncer les sourcils à bien des officiers de l'Abwehr. Jürgen Brausch, quant à lui, s'intéressait plus aux résultats obtenus qu'au respect par d'autres d'une intégrité qu'il s'imposait à lui-même.

Tessin était pointilleux, maniéré. Qu'importe, se disait Brausch, il en a d'autant plus le genre british. Il est totalement vénal ? Tant mieux, il dépend corps et âme de la générosité et du bon vouloir de son supérieur. En somme, un heureux mariage.

Après avoir longtemps attendu, Tessin obtint la récompense la plus rare pour un espion : un faux passeport britannique. Un tel document n'était pas facile à mettre au point. Le papier devait répondre à certaines normes de rigidité. On en fabriquait la pâte dans une usine de Spechthausen, près de Berlin. Une équipe spécialisée de graveurs, armés de tampons en caoutchouc et de cachets dorés, s'appliquait à inscrire méticuleusement les visas, les dates et lieux d'entrée et de sortie.

Avant même d'occuper son poste en Angleterre, Tessin fut muni d'une panoplie de faux papiers — acte de naissance, photographies, reçus divers — et d'une garde-robe appropriée. Rien ne fut laissé au hasard, des lainages anglais au moindre bouton. Et, naturellement, on lui donna beaucoup d'argent. Des livres sterling, de l'or, et même quelques pierres précieuses dont il ne devait se séparer que dans des circonstances désespérées.

S'ajoutait à cela une radio à quartz — *Agentenfunk*, ou *Afus* — spécialement conçue pour les agents secrets, et qui ne fonctionnait que sur une seule fréquence. Elle se présentait comme une petite mallette. Cet outil de travail, incontestablement le plus précieux pour Tessin, avait été expédié séparément sur un cargo espagnol et introduit clandestinement à Bristol. Tessin espérait bien utiliser sa radio le soir même, à l'heure convenue, et transmettre un message qui consoliderait à jamais sa position aux yeux de son colonel.

Quelques jours auparavant, Tessin avait reçu un coup de fil de son jeune agent Émeraude. L'appel venait d'une cabine publique et la voix, laconique, s'exprimait en code, comme il se doit. Il y avait pourtant dans cette voix quelque chose qui avait excité sa curiosité et qui le poussait à hâter le pas. Certes, il n'oubliait pas qu'il devait essentiellement sa réputation à son fameux agent Treasure, le plus efficace, le plus haut placé des espions allemands dans les annales de l'Abwehr. Mais Tessin fondait de grands espoirs sur le jeune homme qu'il allait rencontrer. Car Émeraude promettait. Un fonceur qui avait le vent en poupe.

Au bout de l'allée, il était là, assis sur un banc, seul, et contemplait l'évolution des cygnes sur le lac. Au fichier central, Émeraude figurait sous le sigle GV-8635 — GV étant les initiales de Gegen-Vertrauensmann ou « agent du contre-espionnage ».

Émeraude observa la démarche de Tessin, bien rapide pour un simple promeneur du dimanche. En fait, il n'éprouvait pas beaucoup d'admiration pour l'homme qui venait maintenant s'asseoir auprès de lui, sur le banc.

— Heil, Hitler ! murmura Gus Lang.

— Je suppose, dit Tessin d'une voix sourde mais tremblante d'irritation, que c'est là votre grotesque sens de l'humour. Je ne comprendrai jamais pourquoi vous manquez délibérément aux principes élémentaires de sécurité.

Il n'y avait personne dans un rayon de deux cents mètres.

— D'accord, dit Gus. Si nous parlions de la pluie et du beau temps ? Il y a un peu de brise, ce matin, ne trouvez-vous pas ? (Tessin lui jeta un regard assassin.) Si vous suivez les matches de foot qui se déroulent aux États-Unis, que pensez-vous des Red Sox ?

Gus crut entendre gargouiller l'estomac de Tessin. Il avait renoncé à voir dans cet homme autre chose qu'une petite fouine particulièrement répugnante, sans aucune qualité qui pût le racheter.

— Je vous apportais pourtant de bonnes nouvelles, ce matin, Gerhard. Je m'attendais à ce que vous vous en informiez très gentiment.

Les épaules de Tessin se décontractèrent car la conversation retombait dans un domaine qu'il connaissait bien : l'extorsion de fonds. Il s'y prêterait, d'autant plus que ce n'était pas son argent mais celui de Brausch.

— Vous me placez dans une situation embarrassante, dit-il. On ne remet pas sur le tapis un marché déjà négocié. A la centrale, ils n'apprécient pas le chantage.

Pour Gus, c'était comme s'il avait déjà un chèque en poche.

— Erreur ! s'exclama-t-il. On peut même dire que c'est eux qui ont inventé le chantage, lequel suppose de l'esprit d'initiative, du dévouement à une cause, et un tact exquis dans le choix du moment.

Tessin se renfrogna. Ne pas accepter à n'importe quel prix. Veiller à sa part du gâteau.

— Hors de question ! lança-t-il.

— Ravi de vous avoir rencontré, Gerhard. Je vous rappelle jeudi. Nous bavarderons.

Gus se leva, observa Tessin une fraction de seconde pour s'assurer de l'effet produit, puis tourna les talons et s'éloigna de quelques pas.

Tessin se racla la gorge assez bruyamment pour ébranler les vitres de toutes les fenêtres jusqu'à Buckingham Palace. Il se tordait les mains contre la poitrine.

Gus gratta le sol du bout du pied, comme un gamin en colère. Il revint ensuite lentement vers le banc et s'assit.

— Je serais prêt à accepter un don pour mes œuvres de charité. Quatre mille livres.

Tessin, les lèvres décolorées, se demanda lequel de Gus ou de lui Brausch tuerait en premier. Il semblait sur le point d'avoir une attaque. La somme dépassait ses possibilités, même s'il ne soutirait rien au passage.

— Vous n'êtes pas d'accord, Gerhard ? Je vous jure que chaque penny ira aux veuves et aux orphelins. Nous les avons privés de toit avec nos bombardements insensés, ils ont droit à une compensation. Faites appel au sens des responsabilités qui anime certainement le colonel.

Tessin se contentait pour l'instant de surmonter les battements de son cœur.

— La décision n'a rien de complexe. Vous me dites oui, vous entendez une histoire intéressante. Vous vous amusez à parler de trois mille ou de trois mille cinq cents, vous me mettez de très méchante humeur.

La réponse ne se fit pas attendre.

— C'est oui, dit Tessin.

Gus le transperça alors d'un tel regard que le petit homme craignit de voir le prix grimper.

— Des manœuvres vont avoir lieu, annonça Gus d'une voix neutre. A Lyme Bay, sur la côte sud du Devonshire.

Tessin sentit une décharge d'adrénaline dans tout son corps.

— Je ne connais exactement ni le nombre ni les noms des bateaux prévus pour ce débarquement. Deux ou trois, je pense. Ils partiront de Torbay en direction de Prawle Point.

Tessin tenait son information. Lyme Bay, entre Torbay et Prawle Point.

— A bord se trouveront naturellement de futurs participants à l'opération Overlord. Je crois que l'un de nos contre-torpilleurs basés à Cherbourg se chargerait très bien de l'affaire.

Overlord était le nom de code du débarquement allié. On appelait aussi des Overlords ceux qui avaient été mis dans le secret.

Tessin parvenait mal à cacher sa jubilation. Les informations données par Émeraude s'étaient jusqu'à présent révélées rigoureusement exactes.

— C'est toujours un plaisir, dit Gus, de travailler pour quelqu'un qui sait apprécier.

— La date ? demanda Tessin.

— Quand j'aurai vu l'argent.

— Vous m'accordez trente minutes ?

Pour une telle somme, Tessin devait puiser dans ses réserves personnelles.

— Je vois, dit Gus avec un sourire, que j'aurais pu me montrer plus gourmand. Enfin, on apprend à tout âge.

Tessin se leva et effaça les plis de son pantalon.

— J'ai entendu dire que vous étiez au mieux avec la fille du colonel anglais. Vos sources ont-elles un rapport avec cette relation ?

Sans savoir pourquoi, Gus fut agacé par la question. Il avait lui-même fait circuler cette rumeur, mais le ton visqueux de la remarque et la façon d'appuyer sur les mots « au mieux » lui donnèrent envie d'écraser Tessin d'un coup de poing.

— Puis-je avancer, dit-il, que vous êtes curieux ?

Tessin hocha la tête.

— Puis-je avancer, poursuivit Gus d'une voix égale, que vous êtes ignoble ?

Tessin parut ressentir l'offense, à supposer qu'il en fût encore capable.

— Si vous vous imaginez, Gerhard, que Basil Nicholas confierait les secrets d'un exercice de débarquement à une gamine de dix-sept ans, vous êtes encore plus idiot que je ne le pensais.

Cette sortie ne suffit pas à soulager Gus. Il était bon, de temps en temps, de remettre Tessin au pas. Ce parasite qui ne vivait que du talent de ses agents.

— Je demande à présent cinq mille livres, Gerhard. Et en voici la raison. La jeune lady en question est presque une amie, et j'éprouve de la répulsion à vous entendre parler d'elle. C'est un être humain. Une espèce que vous connaissez mal. Un sujet, donc, sur lequel vous devriez apprendre à garder le silence.

Gus nota avec satisfaction que Tessin écarquillait les yeux. Il s'éloigna avant que le désir de frapper cette fouine ne devienne incoercible.

VI

Gus entra dans la petite pièce et sentit la même odeur que celle qui se dégage d'un vestiaire où s'entassent des sportifs. Un grand désordre de cartes, d'organigrammes, de gobelets de café. Pas de fenêtres, évidemment, à dix mètres au-dessous de la ville de Londres.

C'était là le bureau du colonel Basil Nicholas, l'homme du MI-5 qui, depuis six ans, traquait les espions allemands, s'emparait d'eux, les retournait et les utilisait à son profit.

Trois ans auparavant, il était entré au XX Committee, appelé indifféremment Twenty Committee ou Double Cross Committee, qui se faisait une spécialité des agents doubles et regroupait des officiers du MI-5 et des fonctionnaires des Affaires étrangères. Son centre d'interrogatoires, Latchmere House, dans le Surrey, autrefois maison de convalescence pour gradés, abritait maintenant les meilleurs soldats de l'armée des ombres.

C'est à Latchmere House que Nicholas avait rencontré pour la première fois le jeune capitaine Lang, venu tout droit des services américains de l'OSS (Office of Strategic Services) au XX Committee, en Angleterre. Une recrue de choix car le groupe X2 auquel il appartenait dans l'OSS s'occupait également de contre-espionnage. Gus était entré dans la carrière à la fin de ses études universitaires à Yale. Il travaillait alors pour le FBI et son rôle consistait à infiltrer les organisations subversives germano-américaines. Il y avait fait merveille. Quand il s'engagea dans l'armée et fut admis à l'OSS, l'Abwehr se félicita d'avoir trouvé, au sein même du renseignement américain, un homme sûr.

Parce que les Allemands le considéraient comme un joyau précieux entre tous, ils lui donnèrent le nom de code « Émeraude ».

— Merci de m'avoir invité à votre garden-party, dit d'emblée Gus à Nicholas. Un excellent après-midi. Je me sentais en famille.

Nicholas, un homme trapu et courtaud, l'air habituellement jovial, parut un peu embarrassé.

— J'espère que vous avez trouvé un moment pour bavarder avec ma fille. Elle mourait d'envie de faire votre connaissance.

En fait, Nicholas avait minuté le tête-à-tête d'Alicia avec Gus, depuis l'instant de leur disparition derrière le portail du jardin jusqu'à leur retour.

— Je vous connais depuis dix-huit mois, Basil. (Gus ne l'avait jamais encore appelé par son prénom.) Dix-huit mois, et pas un mot sur votre vie privée... Vous m'écoutez ?

— De toutes mes oreilles.

— Il y a quelque chose de tendre, de chaleureux, chez votre fille. C'est un aspect d'elle qui devrait vous plaire. Encore faudrait-il vous donner la peine de le voir.

Nicholas, très touché, s'en tira par une plaisanterie :

— Vous avez de la chance qu'Alicia ne vous ait pas attaqué de front. Ce doit être parfois encombrant d'être si séduisant.

Gus ne s'y trompa pas. Le sourire de Nicholas, le rouge qui lui était monté aux joues, exprimaient de la gratitude.

— C'est encore une très jeune fille, Basil. Elle a besoin de l'amour de son père. Elle cherche en vous un ami, et non un juge.

Nicholas se rappelait seulement la manière dont Alicia serrait le bras de Gus. Il apprécia la délicatesse que cachait le mensonge de Gus. D'ailleurs, il appréciait tout chez Gus. Changeant de sujet, chassant Alicia de son esprit, il demanda :

— Avez-vous fait une bonne promenade dans le parc, ce matin ?

— J'ai raconté mon boniment à Gerhard. Il en bavait de plaisir. Je lui ai même piqué cinq mille bons billets nazis pour nos victimes de guerre.

— Cinq *mille* ? s'exclama Nicholas, ahuri.

— Est-ce que j'aurais dû réclamer cinq millions ? demanda Gus, au grand amusement de Nicholas. Je lui ai affirmé que l'argent irait aux veuves et aux orphelins, mais je ne suis pas absolument certain qu'il m'ait cru... Enfin, espérons que nous avons fait ce qu'il fallait.

Devant l'air étonné de Nicholas, Gus s'expliqua :

— Ce bobard que je leur ai fait avaler... Nous nous sommes donné tant de mal pour qu'ils croient au personnage d'Émeraude.

Certes, un effort énorme avait été accompli pour rendre crédible aux yeux des Allemands cet agent nazi dont Gus parlait comme s'il ne s'agissait pas de lui. Nicholas veillait personnellement à ce que toutes les informations transmises à Tessin soient fiables et utiles. Plus d'une fois au prix de sérieux sacrifices.

Le stratagème le plus subtil, c'était Gus qui l'avait imaginé. Il avait réussi à convaincre les Allemands que le MI-5 l'avait chargé de traquer Émeraude. Se traquer soi-même représente la meilleure couverture pour un agent double. En même temps, l'Abwehr attachait encore plus d'importance aux services que pouvait lui rendre un tel homme. Nicholas encourageait les fuites sur cette pseudo-mission de Gus. Ainsi, sa fille y croyait, d'autres furent discrètement mis au courant et Tessin reçut indirectement des éléments propres à corroborer la mystification.

Nicholas tapotait des doigts son bureau. La dernière remarque de Gus prouvait qu'il se posait des questions. Pourquoi compromettre la crédibilité d'Émeraude en envoyant les nazis sur la piste loufoque d'une manœuvre bidon dans le Channel ? Le silence de Nicholas, son regard perdu au loin, firent passer un frisson chez Gus. Il eut le pressentiment qu'après tout il ne s'agissait peut-être pas d'une fausse information. Enfin, les mots tombèrent :

— Nous allons leur envoyer quelque chose, là-bas. Deux bateaux, exactement. Des bâtiments plus petits et moins sophistiqués que les LST qui serviront à transporter nos troupes et nos chars pour le vrai débarquement. Ainsi, les Allemands sous-estimeront nos forces.

Nicholas vit dans les yeux de Gus ce qu'il s'attendait à y trouver. Le jugement moral intransigeant, l'attitude pure et dure de la jeunesse.

— Inutile de vous dire, ajouta-t-il, qu'il n'y aura pas de Bigots à bord.

« Bigot » était le véritable nom de code d'un Overlord. Le mot venait de l'inversion de « To Gib », formule abrégée pour « To Gibraltar », le mot de passe figurant sur les documents top secret concernant la campagne d'Afrique.

Pour Gus, les hommes à bord de ces bateaux ne seraient peut-être pas des Bigots, ils ne connaîtraient peut-être rien des préparatifs du Jour J. Mais ils restaient des hommes. Des êtres humains que sa petite conversation avec Gerhard Tessin venait sans doute de condamner à mort. Un simple contre-torpilleur se chargerait de les envoyer par le fond.

Gus ressentit le même coup au cœur que le jour où il avait

entendu parler de Coventry, la ville que Churchill avait choisi de sacrifier afin de protéger ULTRA, le service secret capable de décrypter les messages radio allemands. Pour la première fois, il était question de ce « prix qu'il faut savoir payer ». En mars, la même expression prétendait justifier l'échec prémédité de l'attaque aérienne sur Stuttgart : il avait fallu informer l'ennemi afin de renforcer sa confiance en un agent du Double Cross Committee.

Et voilà que, figé, il écoutait Nicholas parler encore du prix à payer pour sauver des millions de vies. Gus ne marchait pas. On sacrifiait trop facilement et trop souvent des êtres humains. Il devait toujours, ou presque toujours, y avoir un autre moyen.

— Ne soyez pas injuste, dit Nicholas qui avait compris ce qui se passait dans la tête de son interlocuteur.

Gus se mordit les lèvres, puis murmura :

— Je vais vous dire à quel moment précis je commencerai à vous écouter. Quand vous m'affirmerez connaître personnellement ne serait-ce que l'un des hommes qui mourront sur ces bateaux. Sa femme. Son gosse qui parcourt la pelouse sur un cheval de bois. Je vous écouterai quand vous me donnerez une bribe de réalité humaine qui puisse compenser tout ce gâchis.

Gus se leva. Décidément, il était d'humeur à se mettre en colère, depuis le matin.

— Et surtout, ajouta-t-il sans crier mais très excité, ne me dites pas que vous prenez cette décision par sens des responsabilités. Parce que vous n'êtes pas foutu de savoir ce que vous faites. Vous ne comprenez même pas que c'est *vous* qui allez tuer ces hommes. N'invoquez pas les nazis, ou la guerre, ou je ne sais quoi. Un mot de vous suffirait. Les hommes ne mourraient pas. Et peut-être que des centaines d'enfants grandiraient avec un père...

Gus venait de toucher une corde sensible. Son ton se fit moins âpre :

— Vous ne savez même pas qui sont ces hommes, et à quel genre de vie vous les arrachez. Vous ne vous souciez pas de ce qui arrivera à ceux qui les aiment et qui ont besoin d'eux. Alors, ne me parlez pas du prix qu'il faut payer, parce que vous n'avez aucune idée de ce que va coûter votre charmante croisière.

Nicholas se contenta de fixer Gus droit dans les yeux. Étrangement, une seule chose lui venait à l'esprit : il aurait aimé avoir un fils de cette trempe.

— Accepterez-vous de vous rasseoir, Gus, si je vous dis que vous avez raison ?

Le jeune homme réfléchit une seconde puis obéit.

— J'ai choisi d'être où je suis, et ce que je suis, dit Nicholas. J'ai choisi d'être l'homme qui prend de telles décisions. Et j'ai cessé de penser à ce qu'elles coûtent parce que cela me fait trop mal.

Un profond silence suivit ces mots.

— Je suis coupable, dit enfin Nicholas.

— Moi aussi, dit calmement Gus. Ce qui ne veut pas dire que je vous pardonne, ni que je me pardonne.

Il esquissa un sourire qui détendit l'atmosphère. Le cou et les épaules du colonel se décrispèrent.

— Je ne peux pas annuler cette « croisière », comme vous dites. Et je ne suis pas libre de vous en donner la raison. Mais c'est beaucoup plus important que de tromper les Allemands sur la taille de nos navires.

Gus savait que s'il attendait patiemment, sans baisser les yeux, il en apprendrait davantage.

— Est-ce que vous jouez aux cartes, Gus ? Un mercredi sur deux, je retrouve quelques Yankees et ils m'apprennent leur « stud poker ». J'ai compris l'importance de la dernière carte qu'on garde cachée. Ils l'appellent « ace in the hole ». C'est toujours bon d'avoir un as en réserve. Si les circonstances s'y prêtent — peut-être devrais-je dire : si elles l'exigent —, chacun doit faire le maximum pour protéger sa carte maîtresse.

Gus n'était pas plus avancé. Nicholas sentait bien qu'il espérait une autre révélation. Il secoua la tête.

— Désolé, Gus. C'est une carte que je ne peux montrer à personne, pas même à vous.

VII

Ce vendredi soir, sur les docks de Plymouth, le Chelsea's Pub était envahi d'une clientèle plus bruyante et plus chahuteuse que jamais. Les habitués avaient dû abandonner leur place près du bar en merisier et se trouvaient relégués dans les coins plus ou moins obscurs de la salle. Attablés par petits groupes, ils sirotaient de la bière et conversaient à voix basse. Quelque chose se tramait.

Ce n'était pas la présence de marins américains. Ceux-là, on les voyait depuis un bout de temps. Non. Les commentaires allaient bon train sur l'apparition de fantassins, deux ou trois mille, qui avaient envahi Plymouth et dont l'énergie fébrile témoignait qu'un événement important devait se préparer.

Les habitués avaient raison.

Dans vingt-deux heures, six LST quitteraient Plymouth Sound et se dirigeraient d'abord au sud-est, vers Prawle Point, puis au nord jusqu'à Lyme Bay. Ils jetteraient l'ancre au large, à onze miles de Slapton Sands, une plage choisie pour sa ressemblance topographique avec celle de la côte française qui portait le nom de code de « Utah Beach ».

L'opération « Walrus » — répétition générale de ce que serait l'heure H — devait avoir lieu avant les premières heures de l'aube. Les hommes qui buvaient, plaisantaient, ou improvisaient un tournoi de fléchettes, manifestaient une excitation exempte de peur car, cette fois encore, ils n'affronteraient pas le feu ennemi en débarquant sur la plage.

L'état-major suprême du corps expéditionnaire allié, ou SHAEF (Supreme Headquarters Allied Expeditionary Forces) avait très bien gardé le secret. Trop bien, peut-être. Sans aucune coordination avec les unités qui n'étaient pas directement concernées. Le SHAEF redoutait les bavardages entre Britanniques et ne supportait plus de voir « Ike » fourrer son nez partout.

Pour avoir les coudées franches, il annulerait au tout dernier moment toutes les patrouilles de nuit à Lyme Bay. Sans exception ni explication.

Parmi les opérations ainsi supprimées, il y avait une patrouille prévue à la demande de Nicholas, et dont le SHAEF ignorait à peu près tout. Ces Anglais pensaient vraiment mener leur petite guerre en inventant n'importe quelle histoire pour couvrir leurs initiatives privées.

Au milieu des buveurs de bière du Chelsea's Pub, un homme frêle et d'allure timide écrivait une lettre.

Andy Wheeler portait sur un nez mince des lunettes sans monture. Il faisait plus jeune que ses vingt-sept ans et flottait dans son uniforme. Il aurait pu passer pour un quelconque fantassin si son col ne s'était orné des feuilles de chêne d'un major américain.

Les capacités intellectuelles d'Andy avaient fait de lui un être à part, dès sa plus tendre enfance. A douze ans, dans l'État de Washington, au collège d'Yelm, il se trouvait sur les mêmes bancs que des adolescents. A quatorze ans, il entrait au MIT, le prestigieux Massachusetts Institute of Technology. Comme on pouvait le prévoir, il s'y montra brillant, négligeant dans la vie tous les domaines qui ne relevaient pas de la seule intelligence.

Andy excellait particulièrement en électronique. Il fut d'emblée admis au nombre des Bigots et il connaissait donc les secrets de la future invasion en Normandie. Ce jeune homme, qui avait tant de mal à communiquer avec autrui, devint responsable de tout le système de communications concernant Utah Beach. On le jugea trop précieux pour le faire participer au débarquement réel, mais il serait parmi de ceux qui, le lendemain, exécuteraient la manœuvre à Slapton Sands. Son rôle serait de conseiller les opérateurs radio.

Oublieux du brouhaha frénétique qui l'entourait, Andy terminait sa lettre quotidienne à Stéphanie.

Stéphanie. La seule exception à l'isolement où vivait Andy. Ils s'étaient rencontrés l'été précédent. Elle avait dix-neuf ans et travaillait comme vendeuse à Seattle. Derrière son comptoir, elle osait à peine lever les yeux sur Andy dont elle admirait le savoir et la gentillesse. Lui ne voyait pas en elle une jeune fille banale. C'était une douce, une délicate créature qui avait besoin de son amour. Avec elle, la confiance et la tendresse lui venaient tout naturellement.

Dans ses lettres, Andy parlait surtout du débarquement. Il ne divulguait pas de faits, on s'en doute, mais exprimait ses sentiments, sa compassion pour ses jeunes compatriotes qui, autour de lui, buvaient, se bagarraient, lançaient des plaisanteries aux filles, se moquaient familièrement des Allemands et des Anglais, et qui étaient également capables de contempler en silence, longuement, la lettre reçue du pays. Ces jeunes gens allaient mourir, échanger leur vie et tout ce que les cinquante prochaines années leur auraient apporté pour un bout de plage dont personne n'avait jamais entendu parler. Ils savaient ce qui les attendait, et en même temps ils ne le savaient pas. La question n'était pas là. Ils iraient...

Andy ne trouvait pas les mots pour exprimer l'émotion que lui causait leur sacrifice, ni son propre sentiment de culpabilité à l'idée qu'il ne serait pas des leurs. Il se jugeait toujours sans complaisance. Il ne niait pas son intégrité, sa fermeté dans la défense des principes auxquels il croyait. Mais, à ses yeux, cela n'avait rien à voir avec le courage. Le courage, c'était de faire face une fois dans la cage aux lions, de rester ferme au moment où l'on risque de tout perdre. Andy n'avait jamais eu à affronter une telle situation, et il doutait de ce que serait son comportement.

A supposer qu'à cet instant Andy ait pu ouvrir son cœur à un étranger nommé Gus Lang, il aurait retrouvé chez lui les mêmes doutes. Leur caractère était toutefois différent. Gus pensait qu'un être humain n'est pas infaillible, qu'il a droit au pardon. Andy, lui, ne pardonnait qu'aux autres.

VIII

Il était presque minuit. Au sud de Torbey, les contre-torpilleurs allemands avaient fouillé en vain les eaux pendant des heures. Neuf bâtiments légers et rapides, les seuls disponibles dans le Channel depuis que la flotte sous-marine s'était vue pratiquement anéantie par les Alliés.

Le lieutenant s'approcha du commandant pour lui réitérer sa suggestion de retourner à Cherbourg. Comme d'autres officiers, il croyait aux rumeurs selon lesquelles l'opération avait été ordonnée par le seul SD, et pensait que leur mission actuelle devenait sans objet. Mais pas sans danger, dans une telle zone. Menant follement leur guerre, les SS faisaient peu de cas de la vie de braves marins.

Le commandant n'ignorait rien de tout cela. Il avait compris qu'il n'y aurait pas cette nuit, dans Lyme Bay, de simulacre d'invasion alliée. Mais il savait autre chose. Politiquement, la Kriegsmarine ne pouvait rivaliser avec la SS. S'il retournait à Cherbourg sans avoir attendu jusqu'au bout, l'amiral ne parviendrait jamais à le protéger des foudres nazies.

Il n'avait pas le choix. Il ne cesserait de patrouiller les eaux de Lyme Bay que deux heures avant le lever du jour, tout en priant le Ciel qu'aucun événement ne le prenne au dépourvu, que rien n'arrive à ses hommes qui puisse être mis sur le compte de sa lâcheté.

A bord du bateau se trouvait un garçon de dix-neuf ans, Wolf Müller. Il venait de la Ruhr, le grand centre industriel du Reich. Il avait déjà participé à cinq missions, mais pour les anciens c'était un « bleu », car il lui restait à affronter un véritable combat. Dans les bars de Cherbourg, d'autres, comme lui, bouillaient d'impatience, avides de prouver leur bravoure. Le soir, étendu sur sa couchette, Wolf se demandait comment il réagirait dans le feu de l'action. La même idée le harcelait au réveil. D'un côté, il avait hâte qu'une occasion se présente, qui lui permette de répondre à cette question. D'un autre, il se disait naïvement que cela ne lui arriverait jamais à lui.

Debout sur le pont, Wolf contemplait le quartier de lune qui voguait bas dans le ciel. Il pensait à sa mère et au colis que, dans sa dernière lettre, elle avait promis de lui envoyer. Il y aurait des gâteaux faits à la maison, avec du vrai sucre et du vrai beurre prélevés sur les rations familiales. Il pensait à sa petite sœur Gertie et s'étonnait de découvrir combien il l'aimait. Et puis il pensa à des œufs. Des œufs frais dans une poêle, grésillant dans du beurre.

Et tandis qu'il scrutait la nuit, il aperçut des masses noires qui glissaient lentement sur l'eau, traversant le quartier de lune. Six navires de cinq mille tonnes, en file indienne.

Wolf resta pétrifié, fasciné par l'étrange beauté du spectacle. Il ressentit dans ses tripes l'approche du combat.

Il s'attendait à ce que la scène se déroule devant lui au ralenti, comme au cinéma, avec la précision et la netteté d'une séquence bien filmée.

Tout à coup, en une sorte de rêve, il vit la torpille percer l'obscurité, et s'y perdre. Puis, le jaillissement de lumière quand elle toucha le LST 239. Enfin, il y eut un bruit incroyable : l'explosion de la soute à mazout. Le tout n'avait duré que trente-huit secondes.

Wolf ne pouvait distinguer de silhouettes humaines, mais il savait ce qui se passait. Là-bas, des hommes, certains déchiquetés, étaient projetés au sein des eaux calmes de la Manche. Des larmes coulèrent aux yeux de Wolf. Il ne savait pas encore, pourtant, que la mort de ces hommes annonçait la sienne.

Dans l'eau glacée, Andy Wheeler, le cœur battant sauvagement pour lutter contre l'engourdissement atroce du froid, s'accrochait d'une main à un bout d'épave et tenait de l'autre ses lunettes, s'y cramponnait comme un enfant à un jouet qui représente le dernier lien avec un monde dont il se sent abandonné.

Andy ne pensait pas à son enfance, à son pays. Aucun moment de sa vie ne lui revenait en mémoire. Rien n'existait que cet effroyable moment. Sous ses yeux embués, des hommes étaient en train de brûler, de se ratatiner, de sombrer. Et il ne pouvait rien pour eux.

Une telle horreur, personne n'imaginerait pouvoir la supporter plus de quelques minutes. Andy la supporta plus d'une heure.

Il vit ensuite un bateau approcher sans bruit, comme à la dérive, braquant son projecteur sur l'eau, éclairant un tableau de désolation.

Bien qu'il l'ignorât, c'était la tâche de Wolf de rechercher, au milieu des décombres et des agonisants, l'« oiseau rare » convoité par Himmler. Le faisceau lumineux tomba sur Andy Wheeler.

Aveuglé par cet éclat fulgurant, Andy arracha de ses doigts transis les feuilles de chêne fixées à son col. Elles flottèrent dans l'ombre avant de disparaître au fond de la mer.

IX

Gus dormait. On alluma brusquement la lumière de sa chambre. Il mit une main devant ses yeux pour les protéger. Quand il les rouvrit, Basil Nicholas se tenait debout devant lui.

Gus n'avait jamais vu visage humain exprimer à ce point l'accablement, le chagrin, l'impossibilité d'accepter une perte irréparable. Il craignit que Nicholas lui annonce que toute sa famille venait de trouver la mort dans un bombardement.

— Habillez-vous vite, dit Nicholas. J'ai besoin de vous.

Il essayait pitoyablement de garder son sang-froid.

— Le stratagème..., murmura Gus.

Nicholas aspira une bouffée d'air entre ses dents.

— Le SHAEF a fichu en l'air notre plan.

— Alors, je ne vois pas...

— Il a annulé le projet d'origine, sans rien expliquer à personne, et l'a remplacé par une foutue opération Walrus.

La voix de Nicholas — un mince filet — était celle d'un homme dont l'univers vient de s'écrouler.

— Walrus, dit-il. Un projet secret. La répétition du débarquement à Utah Beach. Une simple manœuvre, avec une seule et unique corvette britannique pour escorte.

— Oh ! mon dieu ! soupira Gus.

— Et quand la petite escadrille que nous devons à Herr Tessin a finalement décidé de faire demi-tour, un de nos LST était au fond du Channel, deux autres gravement endommagés, et trois cents Américains portés morts ou disparus.

Dans un visage de marbre, seuls les yeux de Gus exprimaient une stupéfaction indignée.

— Espèce de fou dangereux ! grommela-t-il. Vous... vous n'aviez pas prévenu le SHAEF !

— Vous semblez négliger le fait que...

— Que ce sont ces crétins qui ne vous ont pas mis dans le coup ? Mais ce sont eux qui donnent les ordres ! Sinon on ne parlerait pas de commandement *suprême.* Ce que je ne comprends pas, c'est pourquoi le mot « intelligence » entre dans le sigle MI-5.

Que pouvait répondre Nicholas ? A voir son visage décomposé, Gus regretta d'avoir retourné le couteau dans la plaie.

— Excusez ce que je viens de dire. Pardonnez-moi. Vous traversez un rude moment, et je veux vous aider.

Des gouttes de sueur perlaient sur le front de Nicholas.

— Je n'ai rien à vous pardonner, Gus. Et vous n'avez pas encore entendu le plus terrible. Des survivants affirment que quelques hommes ont été repêchés par les Allemands... Habillez-vous. Nous allons prendre la voiture et rouler jusqu'à ce foutu Devonshire. Et pendant tout le trajet, je vais prier pour que les Boches n'aient pas mis la main sur un Bigot. Le bateau qui a coulé en était plein.

C'était là le pire, et Nicholas se sentait responsable. On pouvait se demander comment il tenait encore sur ses jambes.

— Alors, demanda-t-il en se penchant au-dessus du lit de Gus, vous m'accompagnez ?

— Heu... il me faudra faire faux bond à la duchesse de Windsor. J'étais invité pour le thé.

Et, miraculeusement, Gus sourit. Nicholas entra dans le jeu :

— Je chargerai le palais de faire parvenir vos excuses.

Gus serra le bras de son ami.

— Ce qui est fait est fait, dit-il. C'est à partir de là que nous allons nous battre. Débarrassez votre esprit de tout le reste.

— On ne pouvait pas mettre le SHAEF au courant, Gus. Il n'y a que quatre hommes en Angleterre, dont Churchill, qui savent quelle est notre carte maîtresse. Et en aucun cas on ne pouvait l'abattre. Je vous supplie de me croire.

Gus lui répondit du même sourire rassurant.

— Si je tiens à vous avoir auprès de moi, ajouta Nicholas, ce n'est pas seulement pour bénéficier de votre soutien moral. Tout ce qu'il faudra faire croire aux Allemands sur cette affaire, ils devront l'apprendre par Émeraude.

— Se rendre utile est toujours un plaisir, dit Gus.

X

A plus de neuf cent cinquante kilomètres à l'est, Walter Hoffmann avait été réveillé en pleine nuit. Il s'habilla rapidement pour rejoindre l'homme qui attendait déjà dans la voiture, devant le perron. Le moteur ronronnait et le froid transformait en buée les gaz du tuyau d'échappement.

Assis à l'arrière, Ritter affectait le plus grand détachement. Mais dès que Hoffmann le vit, il comprit que l'homme était positivement pris de vertige.

Son coup de téléphone avait été laconique et précis : « Je suis heureux de vous apprendre que notre rendez-vous de demain, neuf heures vingt, est confirmé. » Et il avait raccroché.

Hoffmann ne disposait pas chez lui d'un brouilleur. Aussi Ritter avait-il employé un code simple et efficace. « Heureux » signifiait le succès de la mission et la capture de prisonniers. « Neuf » informait Hoffmann que sa présence était souhaitable immédiatement. « Vingt » indiquait le nombre de minutes qui lui restaient avant qu'on passe le prendre.

La voiture ne se dirigea pas vers le quartier général du SD, mais vers Zehlendorf. Pendant le trajet, Ritter confirma à Hoffmann que quatre hommes avaient été faits prisonniers — tous américains. Ils étaient détenus à Cherbourg, jusqu'à nouvel ordre. Ritter emmenait Hoffmann chez Schellenberg parce que le Brigadeführer voulait lui exprimer personnellement sa satisfaction.

L'idée de recevoir des compliments ne transporta pas Hoffmann d'enthousiasme. D'abord, rien n'indiquait qu'il y eût un Overlord parmi les hommes capturés. Ensuite, un fait restait troublant. Pourquoi Ritter avait-il appris la nouvelle directement à Schellenberg et non à son supérieur immédiat ? Ce n'était peut-être pas la première fois qu'il transmettait ainsi des rapports en passant par-dessus la tête de Hoffmann. Des rapports concernant la confiance politique qu'on pouvait lui accorder, par exemple. Il y avait de quoi en tirer de fâcheuses conclusions.

La voiture quitta la Potsdamerstrasse et s'engagea dans la Dreilindenstrasse (la rue des Trois-Tilleuls), puis tourna dans une petite rue tranquille du quartier résidentiel de Zehlendorf, et s'arrêta devant un bel hôtel particulier. Une seule fenêtre était éclairée.

— Eh bien, dit Hoffmann en essayant de mettre quelque sincérité dans son sourire, nous allons avoir droit à un petit cognac.

Ritter répondit par un rictus qui se voulait encore plus amical. Il secoua la tête.

— Non, le Brigadeführer tient à vous voir seul, Walter. C'est *votre* triomphe. Toutes mes félicitations.

Avec un brin de paranoïa — dont il n'était pas exempt —, Hoffmann aurait pu penser que c'était au massacre que Ritter l'envoyait en souriant. En homme réaliste, il eut la sagesse d'écarter cette crainte. Pour le moment, du moins.

— Félicitations à nous tous, Ernst, dit-il en lui tapant sur l'épaule le plus chaleureusement possible. C'est grâce à votre rapport que j'ai compris que Brausch pourrait être sensible à une pression plus affirmée. Il avait besoin d'un coup de pied au derrière pour rendre ses gars plus agissants, moins froussards, en Angleterre.

Ritter, d'un geste de la main, repoussa modestement sa part de compliments.

— Mais si, Ernst, vous y êtes pour quelque chose. Maintenant, allez vous coucher. Je vais travailler notre seigneurie et quand vous vous réveillerez dans quelques heures, si moi je suis complètement soûl, vous serez, vous, Standartenführer.

Hoffmann savait que la promotion de Ritter était prévue. Le succès de la dernière opération ne ferait qu'accentuer les attentions dont Schellenberg couvait Ritter. Hoffmann pouvait donc s'en attribuer le mérite.

Ritter rayonnait de gratitude. L'appétit de puissance provoquait chez lui l'une des deux ou trois émotions dont il était capable.

— Et ce n'est que le premier pas..., ajouta Hoffmann.

Une seconde, il se demanda avec dégoût si Ritter n'allait pas l'embrasser. Il ne reçut, Dieu merci, qu'une poignée de main à lui broyer les phalanges.

Hoffmann grimpa l'escalier jusqu'à la porte de Schellenberg.

Un planton se tenait prêt à l'accueillir. Charmant boulot que le sien, se dit Hoffmann, il est plus de quatre heures du matin.

Schellenberg le reçut dans son cabinet de travail. Il portait une robe de chambre en soie et offrit de son inévitable cognac. L'élégance quasi féminine du Brigadeführer ne s'épanouissait jamais mieux qu'en période de triomphe, et on lisait sur son visage que la mission avait réussi encore plus brillamment que Ritter ne le supposait — ou ne voulait le révéler.

Agé de trente-quatre ans, fils d'un facteur de pianos sarrois, Walter Schellenberg possédait un flair infaillible. Dès sa plus tendre jeunesse, il avait misé sur le NSDAP (Nationalsozialistische Deutsche Arbeiterpartei). Autrement dit, il adhéra au parti nazi et sut placer sa confiance dans le seul élément représentatif de cette organisation embryonnaire : son Führer. Des années plus tard, il lia son sort à celui de Reinhard Heydrich, fondateur du SD. Là encore, il avait su opter pour la voie la plus profitable à sa carrière. Ses talents lui assurèrent une puissance et un luxe bien mérités.

— Content de vous voir, claironna le jeune Brigadeführer.

Il tenait un verre de cognac — certainement pas le premier de la soirée —, ce qui ne l'empêcha pas de se jeter au cou de Hoffmann, lequel accepta cette accolade du mieux qu'il put.

Ils s'assirent l'un en face de l'autre sur des canapés recouverts d'un même brocart.

— Je viens de recevoir un coup de téléphone personnel du Reichsführer Himmler, dit Schellenberg, exultant. Il tenait à me dire que les derniers événements l'emplissaient de joie au point de l'empêcher de dormir. Et il m'a assuré que le Führer était tout aussi satisfait. Naturellement, Walter, j'ai protesté que toute la gloire vous revenait.

Tu parles, se dit Hoffmann, qui déclara, modeste :

— Vous êtes beaucoup trop généreux. Si vous ne l'aviez pas pris en main, le projet aurait avorté.

— D'après les premiers rapports reçus de Cherbourg, sur les quatre hommes faits prisonniers, trois sont de simples soldats. On ne leur a certainement confié aucun document confidentiel. Mais le quatrième, ah !...

Trop malin pour intervenir prématurément, Hoffmann but une gorgée de cognac.

— ... le quatrième homme n'a accepté de donner ni son nom, ni son grade. Un sérieux manquement à l'étiquette.

Hoffmann jugea le moment venu de souligner d'un sourire ce trait d'esprit.

— De toute façon, un des prisonniers a révélé, lors d'un interrogatoire, que l'homme s'appelait Wheeler. *Major* Wheeler, rien que ça ! Et expert électronicien.

— Cette capture ouvre certainement des possibilités.

— Sans l'ombre d'un doute, Walter, nous avons mis la main sur un Overlord.

Les Allemands connaissaient le nom de code « Overlord ». Gus et d'autres les y avaient aidés afin de mieux cacher celui de « Bigot ». De même, ils ignoraient qu'en septembre 1943 « Neptune » était devenu le nom de code le plus secret du débarquement en Normandie.

En ce qui concernait le major Wheeler, Hoffmann trouvait l'optimisme de Schellenberg exagéré. Il se garda pourtant de le contredire. Va pour un Overlord ! La vérité compte moins que le triomphe. Et cette capture était certes un triomphe.

— J'ai prévenu le Reichsführer Himmler que je vous considérais comme le seul capable d'interroger cet Overlord, annonça pompeusement Schellenberg.

Un cadeau empoisonné, pensa aussitôt Hoffmann. Admettons que Wheeler soit un Overlord. Si j'arrive à le faire parler, les récompenses pleuvront. Dans le cas contraire, mieux vaut ne pas penser à ce qu'il m'en coûtera. Je ne veux pas être réduit à dire : « Je n'ai mérité ni cet excès d'honneur, ni cette indignité. »

Mais on ne lui demandait pas son avis.

— Techniquement, ce genre d'interrogatoire est encore sous la juridiction de Brausch, avança-t-il prudemment. Les services de renseignement à l'étranger ne seront pleinement réorganisés qu'en juin.

La réponse fut trop prompte, au gré de Hoffmann.

— Pure question technique, comme vous dites, mon cher Walter.

Il fallait jouer serré. Hoffmann garda un ton neutre :

— N'oublions pas que c'est un agent de Brausch, un certain Émeraude, qui nous a avertis de l'opération.

Ce léger rappel n'effaça pas le sourire confiant de Schellenberg.

— Où voulez-vous en venir ? demanda-t-il.

— Je dis simplement que Brausch et ses hommes sont des maîtres de l'interrogatoire, les meilleurs dont dispose le Reich. Dans le cas présent, le succès aurait une importance capitale pour l'issue de la guerre, et je suis certain que c'est ce qui compte pour vous.

Schellenberg tapota son verre. Par expérience, il savait qu'en grattant la surface n'importe quel officier du SD se révélait pour les trois quarts une brute de la Gestapo. Il savait en outre qu'en matière de contre-espionnage rien ne rivalisait avec l'Abwehr. C'était la raison pour laquelle il en avait soutiré Hoffmann. Il décida d'abandonner son ton de supériorité et d'entreprendre Hoffmann d'égal à égal :

— Je vous comprends, et je suis tout à fait d'accord avec vous. Mais, cette fois, il s'agit pour Himmler d'une démonstration de force. Une tâche, donc, à laquelle nous ne pouvons nous soustraire.

Les doigts de Schellenberg caressaient à présent, sur le côté gauche de son menton, la cicatrice horizontale d'une blessure reçue longtemps auparavant, lors d'un duel. Une question d'honneur.

— Ce serait merveilleux, Walter, de laisser l'Abwehr encourir le blâme en cas d'échec. Il faudrait même prévoir déjà quelque chose dans ce sens. Mais en réalité nous ne pouvons nous permettre aucun échec. Si *nous* ne réussissons pas, c'en est fini de nous. Autant nous mettre en avant et affronter les feux de la rampe.

Avec un gracieux sourire, Schellenberg leva son verre pour porter un toast en l'honneur de Hoffmann.

— Vous voilà en vedette, Walter. Bonne chance !

XI

Le petit village de Torcoss, au sud de Slapton Sands, se trouvait être le plus proche de l'endroit où le LST 239 avait coulé au fond de la Manche.

Ses pauvres habitants furent envahis par une nuée de militaires dont ils ne s'expliquaient pas la présence. En moins de vingt-quatre heures, ils virent arriver un nombre incroyable d'officiers supérieurs de différentes armes, chacun accompagné de nombreux subordonnés et d'un équipement considérable, chacun formulant des exigences que les maigres ressources du lieu pouvaient difficilement satisfaire.

Le plus exaspérant, c'était la prétention absurde des envahisseurs de faire croire aux villageois que rien d'extraordinaire ne se passait, que cette activité hystérique n'avait pour motif qu'une enquête de routine sur le naufrage d'un bateau ordinaire et de petit tonnage. Attitude comparable à celle d'un gendarme qui, devant les débris fumants d'un carambolage d'une vingtaine de véhicules, dirait simplement : « Circulez, les gars, y a rien à voir. »

Un sentiment de frustration extrême tourmentait spécialement M. Barnaby Snively, patron de l'unique pub sur les docks. Un véritable monopole, aimait-il à proclamer. Le pub s'appelait avec une admirable simplicité « Chez Snively ». Le problème du patron était le suivant : deux heures et demie après la première vague d'assaut, il ne lui restait plus de bière, ni en bouteilles ni à la pression. Une heure plus tard, son stock d'*ale* se trouva épuisé. Le cœur lourd, Snively errait sur les docks et expliquait à qui voulait l'entendre : « Si seulement ils m'avaient dit qu'ils allaient se ramener. »

Seule l'apparition des hommes-grenouilles faisait taire les sentiments personnels. Parfois, des curieux s'approchaient suffisamment pour observer deux silhouettes sans visage, vêtues de vert foncé et de noir, aux prises avec une sorte de sac qui, visiblement, contenait un être humain. Ou bien, hissé sur un canot pneumatique, un plongeur tenait un sac d'autant plus impressionnant qu'il était petit. Un fragment humain, sans doute. La plupart du temps, on ne distinguait rien, car seule une plaque d'identité avait été repêchée.

Sur le quai, Gus et Nicholas frissonnaient dans la bise cinglante. Nicholas tenait en main une feuille jaune. Une liste de noms qu'il barrait un à un avec son crayon. La veille au soir, il restait huit noms. A l'aube, cinq. Puis quatre.

Bien peu parmi les officiers et hauts fonctionnaires présents sur la plage savaient que sur cette liste figuraient les noms des Bigots embarqués sur le LST 239.

Gus et Nicholas tâchaient de ne pas se faire remarquer. Dans leur gros pull-over, on pouvait les prendre pour de simples curieux, tranquilles et respectueux.

Ils restèrent là toute la matinée. A midi, la brume ne s'était pas levée. L'enseigne chargé de les tenir au courant des sauvetages venait de moins en moins souvent. Nicholas s'usait les yeux à fouiller le rivage dans l'espoir de le voir apparaître.

L'attention de Gus se concentra sur un homme, un civil. Petit, la face ronde, le teint terreux, il faisait les cent pas sur le quai tout en ne cessant de poser sur Nicholas un regard perçant. Son silence et sa présence même avaient quelque chose de menaçant.

Nicholas dit à Gus qu'il s'agissait de M. Peters, l'envoyé de Sir Geoffrey.

Geoffrey Macklin appartenait à la LCS (London Controlling Section), un organisme secret et puissant qui assurait la coordination des services du renseignement allié. Dans l'univers de Nicholas, Sir Geoffrey représentait l'autorité absolue. M. Peters semblait également l'intimider. Quand il se trouvait dans son champ de vision, Nicholas, mal à l'aise, détournait les yeux.

— Est-ce qu'il vous rend nerveux ? demanda Gus.

— Qui ?

— Ce bonhomme, là-bas. On dirait qu'il vous terrorise.

— Il fait son métier. Ne vous occupez pas de lui.

Son « métier » consistait apparemment à apprécier la situation afin d'en rendre compte à Sir Geoffrey. Gus se dit que, pour cette appréciation, il pourrait au moins prendre contact avec d'autres intéressés. Or M. Peters ne parlait à personne.

Gus sentait, à cinquante mètres, que quelque chose était mort dans le cœur de M. Peters. L'homme lui déplut au premier regard.

Vers la fin de l'après-midi, le soleil orangé sembla hésiter, rassembler toutes ses forces avant le plongeon final dans le crépuscule. Sur la liste de Nicholas, il ne restait plus que deux noms.

L'enseigne réapparut pour la dernière fois. Il tendit la plaque d'identité d'un jeune capitaine. Un météorologiste, imbattable sur les questions de courants et de marées. Joueur de base-ball, ou plus exactement de *softball.* Semi-professionnel, troisième base. Père de famille. Et bien d'autres choses qu'il ne serait plus jamais.

Pour Nicholas, le jeune capitaine ne représentait qu'un nom.

Et sa liste s'était maintenant réduite à un seul nom : Wheeler.

XII

La voiture s'engagea dans la Berkaertstrasse et stoppa devant le bâtiment de brique qui s'incurvait à l'angle de la rue. Le jeune Sturmführer quitta le volant et aida son passager à s'extraire du siège arrière.

Curieusement, c'était la première fois que Jürgen Brausch pénétrait au quartier général du SD. Hoffmann l'y avait convoqué de manière courtoise et déférente. Le message n'en demeurait pas moins clair. Émeraude avait décroché l'oiseau rare convoité par Himmler, mais l'Abwehr vivait ses derniers jours. On convoquait Brausch, on lui envoyait une voiture. La poigne de l'autorité SS s'affirmait.

Tandis que le jeune homme conduisait Brausch à travers le hall et les couloirs, des têtes se retournèrent pour voir cet homme de haute et forte stature, en uniforme de l'armée, au milieu de tenues toutes de noir et d'argent. Brausch eut l'impression d'être conduit comme un prisonnier. A la réflexion, il ne se trompait pas tellement.

Dans la vaste antichambre du bureau où il était attendu, une jolie secrétaire décrocha un combiné pour annoncer d'une voix douce l'arrivée du visiteur. Elle fit ensuite un signe de tête et le Sturmführer qui se tenait raide comme un piquet à côté de Brausch ouvrit la porte, salua le bras tendu et claqua des talons.

Brausch le suivit, obstruant presque complètement l'embrasure de la porte. Hoffmann se leva pour l'accueillir.

— Bonjour, Jürgen, dit-il avec chaleur.

Brausch se retourna. Le Sturmführer gardait le bras immobile et tendu.

— C'est drôle, grommela Brausch, ce salut me fait toujours penser à une érection.

— C'est un plaisir, à notre âge, de pouvoir encore nous rappeler ce genre de choses !

Hoffmann avait eu assez de tact pour dire *notre* âge, bien qu'il fût d'une bonne vingtaine d'années le cadet de Brausch. Ce dernier vit cependant dans la boutade une allusion : son époque devenait synonyme d'impuissance.

L'uniforme étincelant de Hoffmann lui parut un symbole de plus. L'uniforme, l'immense bureau, tout respirait une puissance dominatrice.

— Walter, s'écria-t-il en levant les mains, vous êtes resplendissant. Quelle tenue !

Hoffmann sourit et tourna lentement sur lui-même pour mieux se faire admirer.

— Vous savez bien, Jürgen, que c'est la seule raison qui m'ait fait quitter l'armée.

Brausch ne put s'empêcher de sourire.

— Et nous aurons droit à de nouveaux modèles le mois prochain, créés par Goering, dit Hoffmann en retournant s'asseoir.

Le Sturmführer, qui avait assisté à toute la scène, fut prié de se retirer.

Brausch ne s'était pas laissé amadouer par ce déploiement d'humour. Il savait que sous son air humain, bon enfant, Hoffmann s'apprêtait à le confronter à un problème qui supposerait des nerfs d'acier. D'où la convocation au quartier général. D'où les ordres qui ne manqueraient pas de suivre.

— Puis-je vous offrir quelque chose ? demanda Hoffmann.

— Un nouveau gouvernement me ferait grand plaisir, soupira Brausch.

— Alors, c'est à Ludwig Beck qu'il faut vous adresser. Dois-je lui transmettre votre requête ?

Hoffmann se référait à une rumeur largement propagée selon laquelle Beck appartenait à la Schwarze Kapelle, cette faction d'officiers supérieurs soupçonnés de comploter contre Hitler.

Brausch s'éclaircit poliment la gorge.

— Je crois, dit-il, que nous pouvons déclarer officiellement terminé cet agréable prélude.

Hoffmann approuva de la tête.

— Le Brigadeführer Schellenberg, annonça-t-il, m'a chargé de vous exprimer ses félicitations et sa gratitude pour avoir mené l'opération Arnaque jusqu'à son heureuse conclusion.

Imperturbable, Brausch répondit :

— Je vous prierais donc d'assurer le Brigadeführer que ma gratitude pour sa gratitude dépasse sa gratitude pour ma réussite. Je dois cependant admettre que je n'aurais pas obtenu un si brillant résultat sans l'aide de bien d'autres personnages moins en vue. Et je ferai une mention spéciale en ce qui vous concerne, Walter, pour m'avoir si bien mis le couteau sous la gorge.

Du bout des doigts, Hoffmann dessinait le contour de son sous-main.

— Jürgen, dit-il sérieusement, le Brigadeführer m'a personnellement chargé de l'interrogatoire de l'Overlord.

— Un excellent choix. Amplement mérité.

— Je sais ce que vous voulez dire, remarqua Hoffmann ironiquement. J'ai néanmoins décidé de mettre l'affaire entre les mains de l'Abwehr.

Brausch ricana :

— Vous trouvez vraiment que l'Abwehr a besoin d'une plus longue corde pour se pendre ?

— Je n'entends pas vous utiliser comme bouc émissaire, dit Hoffmann avec une lueur froide dans les yeux. Si je le pouvais, je le ferais, croyez-moi. Ce n'est malheureusement pas le cas.

Brausch le crut.

— Jürgen, on a affirmé au Führer que l'homme était un Overlord. Il ne reste donc plus qu'à extraire ce que le prisonnier a dans le crâne. Une bagatelle, en somme. Le travail fini, nous battons Churchill à plate couture, sur la plage même qu'il a choisie, et une longue et heureuse vie nous attend. Le scénario est tout tracé... En revanche, si vous et moi nous nous débrouillons mal, nous n'aurons plus l'occasion d'échanger d'aimables propos dans un décor de bon goût. Nous avons la tête sur le billot, Jürgen. Pas d'autre issue que le succès.

Hoffmann se tut un instant, puis ajouta d'un ton léger :

— J'allais oublier un argument supplémentaire. De notre action dépendra sans doute l'issue de la guerre.

— Vous venez de dire, Walter, que vous souhaitiez mettre l'affaire entre les mains de l'Abwehr...

— Oui. Et mon offre vous accorde une autonomie *de facto*. Dans mon propre intérêt. Vous êtes, à mon point de vue, le seul homme capable de réussir.

— Le Brigadeführer est... d'accord ?

— Franchement, je ne lui en ai pas encore parlé. Je préfère lui laisser croire que je reste le seul responsable.

— Je vois... En somme, vous me demandez de vous aider. Pourquoi ne m'ordonnez-vous pas simplement d'obéir ?

— Parce que ce qui m'importe, c'est le résultat. Je n'ai que faire d'un acquiescement donné du bout des lèvres. Si vous ne mettez pas de cœur à l'ouvrage, Jürgen, l'Abwehr ira directement en enfer, ou il n'en subsistera que quelques lignes dans les livres d'histoire, peu importe. Quant à moi, je serai obligé de trouver une autre solution.

Bien poétique, ce choix entre l'enfer et l'histoire. Brausch, lui, se sentait vaciller au bord des deux gouffres en même temps.

— Laissez-moi vous dire, Walter, ce qui va se passer. Vous me proposez de diriger cet interrogatoire. Je ne cherche pas à savoir si la proposition est sincère ou pas...

— Disons : entre les deux.

Hoffmann sourit intérieurement. « Entre les deux » était devenu son lieu de résidence. On devrait désormais lui expédier son courrier à cette nouvelle adresse.

— Un accès de franchise bien touchant, Walter. Je pense souvent au plaisir qu'il y aurait à travailler de nouveau avec vous. L'affaire en question serait le test ultime de nos talents combinés. Je ne me soucie pas de savoir qui de nous prendra les décisions, parce que je sais que nous les prendrons *ensemble.* Comme nous le faisions toujours.

Ne nous réjouissons pas trop vite, se dit Hoffmann. Attendons la suite.

Brausch ajouta en effet :

— Le problème, c'est que je ne travaillerais pas avec vous. Je travaillerais pour Walter Schellenberg et Heinrich Himmler. D'énergiques, compétents, intelligents serviteurs de l'Etat. Et aussi des individus méprisables. En conséquence...

— En conséquence ? demanda calmement Hoffmann.

— En conséquence, à moins d'un refus formel, j'ai l'honneur de vous présenter ma démission. J'ai joué trop longtemps le jeu, au service de mon pays. Trop longtemps pour le faire maintenant au service des SS. Il y a quelque part dans la vallée du Rhin une maison de campagne qui m'attend. Il y a le soleil et les petits-enfants. Helga et moi serions heureux de vous inviter, lorsque vous pourrez venir sans manquer au devoir.

Brausch hocha la tête avec émotion et répéta :

— Le devoir...

Le mot resta comme suspendu entre eux pendant un long silence.

— Ce qui m'exaspère le plus, dit enfin Hoffmann, c'est qu'il nous connaît trop bien.

— Qui, « il » ?

— Hitler. Il savait qu'il entraînerait les faibles et que les forts se retireraient.

Brausch admira la justesse de cette surprenante remarque.

— Si les meilleurs d'entre nous choisissent le soleil et la compagnie de leurs petits-enfants, poursuivit Hoffmann, il est facile de comprendre pourquoi des gens comme Heinrich Himmler occupent la place qui est la leur aujourd'hui. Plus ils imposent leur brutalité, Jürgen, plus l'Allemagne a besoin du contrepoids d'hommes raisonnables et humains.

Ce fut un moment parfait. Un sourire qui ressemblait déjà à une entente éclaira le visage de Brausch.

— Ce Wheeler, dit-il, n'a peut-être aucune importance. Ou, au contraire, il ouvre la possibilité d'un tournant dans la guerre. Auquel cas, nous devons mettre toutes les chances de notre côté en tirant de lui ce qu'il sait.

Hoffmann savoura ce dégel attendu. Peu lui importait de savoir si ces propos étaient spontanés ou prémédités. Seul le résultat comptait.

— Vous avez parlé du devoir avec une certaine nostalgie, Jürgen. Je pense, moi, à la vérité. Est-ce que vous vous rappelez ce qu'est la vérité ?

Brausch se rappelait très bien.

— Je fais naturellement la différence entre vérité politique et vérité tout court. La première, Jürgen, peut se résumer à l'approbation systématique des élucubrations d'un quelconque abruti. Quant à l'autre, celle du prisonnier, nous ne la saurons pas avant l'interrogatoire. Contraire aux règles en vigueur ? Je l'admets. Un retour en arrière ? Certainement. C'est la première mission que je trouve exaltante depuis des années, et je veux que nous la partagions.

Un seul mot sortit des lèvres de Brausch :

— Paris.

Hoffmann ne comprit pas.

— C'est ma seule condition. Que nous procédions à l'interrogatoire à Paris. S'il se déroule à Berlin, nous assisterons, point par point, à une farce mise en scène par Himmler.

Bien que Brausch eût raison, Hoffmann pensa que Schellenberg trouverait la chose inacceptable.

— Ce n'est pas réaliste, dit-il calmement.

— Ce n'est pas réaliste *politiquement*, corrigea Brausch. Il ne vous a pas fallu quinze secondes pour démontrer que la politique passe à chaque fois avant la vérité.

Hoffmann sourit de bon cœur.

— Personne n'a dit, Jürgen, que la tâche serait aisée.

— Ou ça se passe à Paris, ou vous agissez seul. C'est ce que, dans l'armée, nous appelions un ultimatum — avant que les SS ne s'emparent du mot à leur usage exclusif.

Les yeux de Brausch disaient néanmoins que l'homme était acquis. Avec ou sans Paris. Hoffmann se demanda pourquoi.

— N'en arrivons pas à échanger des menaces, dit-il, amical. Nous nous rendrions ridicules. Nous allons travailler ensemble, prendre des décisions ensemble, comme nous l'avons toujours fait. Et je me battrai pour obtenir tout ce que vous souhaitez. Y compris Paris.

XIII

Sur la façade de l'immeuble, une longue plaque explicative : *Victoria Patriotic Asylum for the Orphan Daughters of Soldiers and Sailors killed in the Crimean War.* Gus appelait plus brièvement « l'Asile royal » cet orphelinat pour jeunes filles dont les pères avaient été tués pendant la guerre de Crimée. L'immeuble abritait à présent les services d'interrogatoires et de sécurité du MI-5, à Battersea.

Gus entra dans le bureau de Nicholas. En dépit du plus grand espace et de l'ameublement plus luxueux, le fouillis qui régnait là n'était pas sans rappeler le local souterrain où Nicholas opérait également.

Dans un coin, M. Peters occupait une chaise.

Nicholas choisit parmi les dossiers étalés devant lui sur la table quelques feuilles qu'il tendit à Gus :

— Voici les documents où sont consignés les antécédents et le profil psychologique des quatre hommes capturés — dont le major Wheeler. Ces informations, rigoureusement exactes, doivent être transmises à Herr Tessin.

Gus leva un instant les yeux sur Nicholas, puis se plongea dans le dossier « Andy Wheeler ».

— C'est incroyable, dit-il en parcourant la dernière page. Tout semble indiquer que Wheeler serait bien un Bigot.

Nicholas poussa un soupir et se croisa les mains.

— Malheureusement, les services allemands possèdent déjà de nombreux éléments concernant le major Wheeler. Ceci ne leur apprendra pas grand-chose. Par contre, le rôle qui vous est imparti devient, lui, primordial.

— Que savent-ils exactement sur lui ?

— Ils ne sont pas encore certains d'avoir affaire à un Bigot, mais ils en savent suffisamment.

— Et comment avons-*nous* appris ce qu'ils savent ?

Peters intervint brusquement :

— Nous le savons, ça suffit.

Le ton impliquait qu'il était inutile de poser d'autres questions à ce sujet. Un visage de marbre, un visage d'assassin, se dit Gus.

— Et quel est le rôle que je serai appelé à jouer ? demanda-t-il.

— Celui qu'on vous ordonnera de jouer, capitaine, dit Peters. Vous recevrez des instructions quand vos supérieurs le jugeront bon, et vous n'aurez qu'à obéir. Ma réponse vous satisfait-elle ?

Gus fixa un moment son interlocuteur, puis annonça tranquillement :

— Je vous ferai connaître ma décision.

Peters se raidit.

— Et quand, exactement, avez-vous l'intention de nous la faire connaître, capitaine ?

— Quand je me sentirai fin prêt.

Les mâchoires crispées, Peters jeta à Gus un regard lourd d'hostilité.

— Ne faites pas cette tête, monsieur Peters. Je ne manque pas de finesse. Il ne reste donc plus que la moitié du chemin à faire.

Gus se remit à la lecture du dossier. Une chose était évidente : Peters avait besoin de lui. Moins il se laisserait traîner dans la boue, plus il aurait de chance d'affirmer sa position. Il relut en silence les six pages consacrées à la vie d'Andy Wheeler. Une image se forma dans son esprit, celle d'un garçon timide, extraordinairement brillant, projeté dans un monde étrange et déroutant. Gus éprouva pour Wheeler un élan de sympathie qu'il n'aurait su justifier rationnellement.

— D'après vous, quel genre de gars est ce Wheeler ? demanda-t-il à Peters.

— Une mauviette. La pire espèce. Celle qui peut nous causer le plus de tort. Un petit intellectuel introverti qui va craquer sous la moindre pression.

Comment peut-on porter sur autrui un jugement si dur et si catégorique ? pensa Gus. Et il se sentit plus que jamais disposé à prendre la défense d'Andy. La condamnation de Peters exprimait néanmoins clairement l'opinion officielle. Gus s'accorda un moment de réflexion avant de déclarer :

— Dans ce cas, je souhaiterais voir figurer une donnée supplémentaire dans ce dossier. Une fiche médicale mentionnant, par exemple, un problème cardiaque. Quelque chose d'assez vague pour ne pas être démenti par un simple examen, mais suffisant pour laisser entendre que la torture pourrait entraîner la mort.

— Je trouve que c'est une bonne idée, approuva Nicholas.

Peters soupesa la proposition.

— Vous ne pensez pas, capitaine, que c'est un peu gros ? Que ça risque d'éveiller des soupçons ?

— De drôles de soupçons, certainement. Les nazis ne se permettront pourtant pas de courir le risque que ce soit vrai.

— Non, dit Peters rêveusement, je crois que vous avez raison.

— A vous de juger, dit Gus. Mais si vous êtes si sûr que Wheeler ne tiendra pas le coup sous la torture, une précaution élémentaire serait de le soustraire aux pattes du bourreau.

XIV

Les cygnes se pressaient à l'autre bout de l'étang. Un marin et sa petite amie leur jetaient des bouts de pain noir, une aubaine par ces temps de restrictions. Saint-James's Park somnolait dans une douce tiédeur, en ce mardi après-midi. On en aurait oublié la guerre. La vie redevenait la vie.

Gerhard Tessin, assis sur le banc habituel, tournait lentement les pages d'un journal qu'il ne lisait pas. Émeraude était en retard. Tessin l'attendait depuis presque une heure. Par chance, l'euphorie des derniers jours lui donnait une étonnante patience.

Il replia son journal et observa les cygnes. La blancheur de leurs ailes, de leur gorge, éclatait dans la lumière du soleil. A grands cris, ils se disputaient à qui aurait le plus gros morceau de pain. Sous l'apparence d'une grâce souveraine, ils cachaient la même rapacité que les autres créatures. Les plus vifs l'emportaient. Une leçon qui n'était pas perdue pour Tessin. Lui se débrouillait magnifiquement dans sa petite mare. Il reconnaissait devoir beaucoup au jeune Gus Lang, aussi Émeraude pouvait-il être en retard dans la mesure où Tessin savait qu'en fin de compte ce serait payant.

Loin d'entretenir sa rancœur à l'égard de Gus pour sa conduite de la semaine passée, Tessin souhaitait rentrer dans ses bonnes grâces. Il craignait en effet une chose qu'il avait déjà vue se produire : un agent, devenu une star, demandait à changer de « contact ». Tessin ferait donc une offre de paix accompagnée d'un petit cadeau. Il s'était déjà mis en quête d'une émeraude, pas trop chère mais sans défaut.

Gus arriva enfin. Il s'assit à côté de Tessin et posa entre eux deux un paquet — des dossiers qu'il laisserait sur le banc en partant.

— Quoi de neuf au sujet de notre major Wheeler ? demanda

Tessin avec l'assurance d'un propriétaire qui ne met pas en doute les qualités de son pur-sang et ne s'attend qu'à de bonnes nouvelles.

Gus prit un air préoccupé.

— Eh bien, rien ne permet encore de l'écarter, mais je ne crois pas que nous tenions notre homme.

Le moins qu'on puisse dire, c'est que Tessin accepta mal de voir ainsi détruire l'espoir qui, chez lui, était devenu une conviction absolue.

— Le sujet ni le moment ne se prêtent à la plaisanterie, déclara-t-il.

— Je crois, dit Gus sans hausser le ton, que notre enthousiasme pour le major venait du fait que nous n'avions rien d'autre à nous mettre sous la dent. C'est un petit gars bien tranquille, passionné d'électronique. De là à ce qu'Eisenhower lui ait confié le lieu du débarquement...

— Un petit gars bien tranquille, peut-être, mais qui a été présenté au Führer comme un Overlord.

Il se heurtait à un mur.

— Nicholas ne pense pas qu'il s'agisse d'un Overlord, ajouta Gus.

— C'est lui qui vous l'a dit ?

— Il a semblé en tout cas ressentir un immense soulagement en apprenant que Wheeler était le seul officier fait prisonnier.

— Vous ne pensez pas qu'il vous mentirait ?

— Non. C'est peu probable.

— Et ses supérieurs, ne lui auraient-ils pas menti ?

Gus fit mine de réfléchir à la question.

— J'en doute. Si un Overlord avait été capturé, ils auraient besoin de la coopération de toutes les branches du renseignement. Nicholas serait au courant.

Tessin semblait en plein désarroi, tel un enfant qui essaie de se rappeler quelque chose qu'il a oublié depuis longtemps.

— On a informé le Führer, je dis bien le *Führer*, répéta-t-il comme pour s'assurer que Gus comprenait de qui il parlait, que cet homme était un Overlord.

— Manque de sagesse, peut-être, dit posément Gus.

— Mais le fait est là, mon jeune ami, lança Tessin soudain irrité.

Gus haussa les épaules tout en essayant de garder un air de sympathie.

— Si quelqu'un se trouve en mauvaise posture, ce n'est ni mon problème, ni le vôtre.

Tessin resta bouche bée d'étonnement.

— Je donnerais n'importe quoi, finit-il par dire, pour retrouver l'innocence de la jeunesse. Vous pensez vraiment, mon cher petit, que les gens de Berlin nous absoudront ? Et au nom de quoi, je vous prie ? Du fair-play ? C'est ce qui trotte dans votre jolie tête ? Tout à fait charmant !

— Vous vous emportez, Gerhard. N'oubliez pas que nous leur avons donné six bateaux grouillants d'Overlords. Nous ne sommes pas responsables de ce qu'ils ont repêché dans l'eau.

Exaspéré, Tessin crispa les paupières. Quand il les rouvrit, Gus était toujours là, aussi calme, aussi rationnel. Aussi irritant.

— Si cet homme n'est pas un Overlord, alors *nous* avons livré à Berlin une marchandise avariée. *Nous*. Vous comprenez ?

Ce qu'il en résulterait pour le déroulement de la guerre n'entrait nullement dans la rage de Tessin. Il songeait à sa carrière. Et Gus fut persuadé que ce genre de réactions se répercuterait d'un bout à l'autre de la hiérarchie. Il avait prévenu Peters. Ils croyaient tenir leur proie, et on ne les en ferait pas démordre.

Gus se tassa sur le banc. Son expression laissait penser que, finalement, il entrerait dans la cosmologie cynique de Tessin.

— Les gens de Berlin ne sauront jamais, Gerhard, si c'était ou non un Overlord. Ils apprendront seulement que la Gestapo n'a pas été capable de lui tirer les vers du nez.

Tessin lui jeta un regard étrangement vide.

— Vous faites partie de l'équipe, dit-il.

Gus ne comprit pas.

— L'équipe qui va le questionner. On vous envoie sur le continent pour participer à l'interrogatoire de l'Overlord.

Peters. Le rôle qu'on vous ordonnera de jouer... Gus sentit comme de l'acide lui ronger les intestins. Peters avait fichtrement bien manigancé tout ça.

— Considérez votre mission comme un grand honneur, dit Tessin avec un pâle sourire. Vous vous ferez passer pour un prisonnier américain et vous gagnerez ainsi la confiance de Wheeler. Votre rôle est considéré par Berlin comme primordial.

En termes de métier, d'« agent », Gus devenait « acteur ».

La peur l'envahit d'un coup, accablante. Gus ne s'était jamais porté volontaire pour être un héros — et n'avait jamais envisagé d'en devenir un. La certitude s'ancra en lui qu'il allait bientôt mourir. Tous ses raisonnements ne purent en venir à bout. La préfiguration d'une fin que Gus n'avait encore jamais osé concevoir fit monter en lui un sentiment de perte, le regret de tous les moments qu'il ne connaîtrait pas.

Et pourtant, à écouter Tessin, une indéniable excitation soulevait Gus. Il ne s'aveuglait pas au point de la considérer comme noble ou courageuse. C'était seulement l'émotion d'être projeté au cœur de l'action. De devenir celui par qui les choses peuvent changer.

La colère qui s'était accumulée en lui depuis des semaines le secoua tout à coup. S'il n'était pas venu à Londres, il ne se serait jamais cru capable d'une telle colère, car elle venait d'une intense frustration : celle de demeurer un simple témoin de l'horreur et de l'échec. Et maintenant, avec sa peur et le reste, il allait jouer un rôle, être « acteur ». Sa colère, il la garderait pour un meilleur usage. Mentalement, il se sentait déjà prêt.

Quand Tessin en eut fini avec les détails de la mission, Gus, le regard assuré, ne s'était jamais senti aussi maître de lui.

— Vous... vous y allez... n'est-ce pas ?

Gus s'amusa du tremblement de la voix de Tessin. Elle exprimait la terreur abjecte d'un homme qui craint de se voir opposer un refus. Les agents secrets, surtout les mercenaires non germaniques, avaient la fâcheuse habitude de donner leur démission dès qu'ils devaient faire face au danger ou à de graves complications. La preuve restant à faire que Wheeler était un Overlord, Émeraude accepterait-il néanmoins de se jeter à l'eau ?

— Une chance s'offre à nous qui débouche sur la gloire, pour tous les deux, dit Gus. Comment pourrais-je refuser ? D'ailleurs, Gerhard, vous ne me le pardonneriez pas !

Tessin observa les yeux verts de Gus. Il y découvrit un changement subtil, aussi peu tangible qu'une différence de pression atmosphérique, mais qui révélait une assurance et une force troublantes.

— Parlons sérieusement. Vous acceptez ?

— Est-ce que je dois dire à Nicholas que j'ai décidé de prendre des vacances printanières à Berlin ? Que les tilleuls sont de toute beauté en cette saison ?

— Détail sans importance. Nous veillons à ce que vous soyez couvert.

Tessin se passa la langue sur les lèvres. Pour finir de convaincre Gus, il ajouta :

— Depuis trois jours, le Funkabwehr a pris les précautions nécessaires, soyez rassuré.

Tessin faisait allusion au service radio de l'espionnage allemand. Il arrivait que ce service réussisse à mettre la main sur des agents ennemis encore en possession de leur matériel et, en particulier, de leur code secret. Les opérateurs du Funkabwehr continuaient alors d'envoyer à Londres des messages qui paraissaient authentiques. Avec un peu de chance, la supercherie pouvait durer des mois.

— Dans votre cas, nous avons utilisé le code d'un agent du SOE fait prisonnier en France.

Les agents britanniques du SOE (Special Operations Executive) avaient pour mission d'organiser et de soutenir la Résistance.

— Après avoir informé le MI-5 que l'agent allemand Émeraude était rappelé à Paris, nous avons demandé que vous, l'homme qui traque Émeraude pour le MI-5, soyez parachuté en France. Vous êtes censé entrer en contact, là-bas, avec des membres du SOE très intéressés par le cas Émeraude.

Cette machination, se dit Gus, pouvait aussi bien avoir été imaginée par l'Abwehr que par le MI-5 lui-même. Et c'est à Peters qu'il pensa.

Jamais il n'avait ressenti de manière aussi aiguë la solitude et l'impuissance d'un agent double. Son pouvoir ne tient qu'aux informations qu'on veut bien lui donner. Or, des deux côtés, Gus n'en recevait que le minimum. Soumis à la surveillance — visible ou invisible — de tous, il se retrouvait seul.

XV

Walter Hoffmann attendait dans l'antichambre. Il portait son uniforme des grands jours et tenait sa casquette d'officier serrée sous le bras gauche. L'exceptionnelle audience de ce jour justifiait qu'il se présentât en tenue d'apparat.

Extrêmement nerveux, car il n'avait encore jamais rencontré l'homme, Hoffmann tentait de cacher son agitation au personnel présent — un groupe de jeunes gens extraordinairement beaux dont il sentait les regards hostiles. Bizarre, cette sélection, pour un homme qui affichait une aversion quasi hystérique envers les homosexuels.

Hoffmann se tenait donc bien droit, impassible. Image idéale de l'officier aryen. La porte s'ouvrit enfin et il fut introduit dans le bureau. Le bras tendu, il prononça le « Heil, Hitler » avec une conviction appropriée à la circonstance.

Le Reichsführer Heinrich Himmler regarda Hoffmann avec des yeux de reptile, à travers d'épais verres de lunettes. De petite taille, les cheveux coupés ras, il arborait un sourire qu'on aurait pu qualifier d'épicurien.

Pour l'instant, ni Dieu ni boucher, Himmler était simplement l'homme qui tenait entre ses mains soignées le sort de Hoffmann.

Il ne se leva pas. Après son bref regard au visiteur, il continua à signer la pile de documents soigneusement disposés sur son bureau de style ancien.

— Oberführer Hoffmann, asseyez-vous, je vous prie, finit-il par dire d'une voix si calme qu'elle en était irritante.

Puis il se remit à son travail, veillant à apposer ses initiales à chaque page des dossiers. Hoffmann s'assit et garda le silence.

Quand Himmler leva de nouveau les yeux sur lui, son visage s'éclaira d'une jubilation imprévue.

— C'est bien dommage que nous ne nous soyons jamais rencontrés !

Quelque chose dans son expression évoquait le plaisir d'un collectionneur qui vient d'acquérir un nouveau chef-d'œuvre.

Hoffmann jugea qu'aucun commentaire de sa part ne s'imposait.

— Nous avons suivi votre carrière, Oberführer Hoffmann, avec le plus grand intérêt et une fierté toujours croissante.

— Merci, Herr Reichsführer, dit Hoffmann du ton simple et sincère d'un homme parfaitement à l'aise.

— Je sais que le mot *destin* a été galvaudé, ce qui enlève de la majesté au plus majestueux des concepts. Laissez-moi vous dire cependant d'ouvrir grand vos oreilles, car nous vivons un moment marqué du signe du destin.

Encouragé par le regard attentif de Hoffmann, il poursuivit :

— Vous avez offert à la patrie le don le plus précieux. Vous avez dénudé la gorge de l'ennemi pour la présenter à l'épée du Führer. Chacun se sent humble devant un tel exploit.

Himmler reprit son souffle après cette tirade.

— Dans les semaines qui suivent, mon cher Oberführer, tandis que l'interrogatoire du prisonnier apportera des révélations, votre avenir et celui du Reich seront étroitement liés. A l'instant où la vérité sortira de la bouche de cet homme, la guerre prendra fin.

La voix devint un chuchotement confidentiel :

— Nous ne lancerons pas immédiatement nos troupes sur le lieu de l'invasion, afin de ne pas donner à Churchill la possibilité d'annuler l'opération, ou au contraire d'y engager le gros de ses forces. Nous profiterons du premier assaut pour infliger à l'ennemi des pertes considérables, surtout chez les Américains. Roosevelt, humilié devant ses électeurs, sera contraint de porter son effort du côté du Pacifique.

Himmler fit un geste de la main comme pour indiquer que le reste allait de soi.

— Cela nous permettra de libérer des divisions que nous enverrons vers l'Est. Environ deux cent cinquante devraient suffire pour annihiler les forces du maréchal Staline. Dans un an, deux à la rigueur, notre maîtrise sera définitivement affirmée sur le continent. L'Europe sera devenue l'Allemagne... Voilà pourquoi je vous disais que maintenant se joue le destin de notre peuple. Je vous salue et j'envie le rôle qui sera le vôtre ces prochains jours.

Après avoir respectueusement observé quelques secondes de silence, Hoffmann s'éclaircit la voix.

— Je ne trouve pas de mots, Herr Reichsführer, pour exprimer ma gratitude devant la confiance que vous me témoignez. Cette confiance sera mon plus grand secours dans l'épreuve qui m'attend.

L'*épreuve*. Un ballon d'essai qui ne passa pas inaperçu.

— Vous avez raison, dit Himmler, contrairement à ce que certains pourraient penser, l'entreprise n'est pas gagnée d'avance.

Petite victoire pour Hoffmann. Il attendit la suite.

— Vous avez demandé que l'interrogatoire ait lieu à Paris. Pourquoi Paris ?

Hoffmann se pencha vers le bureau et prit un ton grave :

— Je ne suis pas surpris, Herr Reichsführer, que vous sachiez apprécier la difficulté de cette mission. Parmi les leaders de la nation, vous êtes celui qui connaît le mieux les problèmes inhérents à tout interrogatoire d'un ennemi. Parvenir à mettre au jour la vérité reste l'une des tâches les plus critiques dans la conduite de la guerre. Et vous avez éloquemment montré l'enjeu de cet interrogatoire.

Himmler savait quelle valeur attribuer à un compliment de commande. Néanmoins, il en prit note. Se voir désigner comme l'expert le plus éminent du Reich dans l'art de l'interrogatoire l'incitait à apprécier encore davantage le jugement de Hoffmann.

— Ce n'est pas de Paris que j'attends quelque chose, Herr Reichsführer, c'est de Jürgen Brausch. Ce colonel de l'Abwehr est un véritable professionnel des services secrets. Rien n'égale sa technique, sa perspicacité.

Himmler eut l'air amusé :

— J'ai naturellement entendu parler du colonel Brausch, mais je ne savais pas qu'il habitait à Paris. Nous pourrions, j'en suis sûr, tirer de notre budget de quoi lui payer un billet de train pour Berlin.

Comme de coutume, il souligna ce bon mot d'un modeste sourire.

Hoffmann ne se laissa pas distraire du but qu'il poursuivait.

— Le colonel Brausch a lui-même insisté pour que l'interrogatoire n'ait pas lieu à Berlin.

Himmler leva les sourcils, stupéfait :

— Tiens ! Et pourquoi donc ?

— Il redoute une possible et néfaste intrusion politique.

D'un hochement de tête, Himmler montra qu'il comprenait une telle position, mais il demeura intérieurement choqué de l'entendre ainsi exprimée à haute voix.

— Est-ce qu'un contrôle des SS constitue une intrusion ? demanda-t-il calmement.

— Pour cet homme, oui, répondit Hoffmann sans hésiter.

Himmler était si peu habitué à ce qu'on ose lui dire honnêtement la vérité qu'il ne put s'empêcher de sourire.

— A mon avis, poursuivit Hoffmann, le génie des SS a toujours été d'utiliser tous les moyens susceptibles d'aboutir au résultat désiré.

Autrement dit, Hoffmann reconnaissait l'habileté, l'efficacité et, par-dessus tout, le pragmatisme de Himmler. Jusque-là, rien à dire.

— L'interrogatoire en question, Herr Reichsführer, suppose de la délicatesse, je dirais même de la virtuosité. Brausch est passé maître dans cet art. Or il sait que lui et ses hommes vont tomber sous notre coupe, que dans un mois l'Abwehr ne sera plus que le département militaire du SD. Il le sait, et il en a peur. Dans le cas présent, mieux vaut ne pas trop faire peser la menace de notre force. L'efficacité et l'ingéniosité y gagneront.

— Le colonel Brausch nous est-il à ce point indispensable ?

— Indispensable, non. Utile.

Cette réponse fit mouche. Himmler aimait à penser qu'il n'avait *besoin* de personne, qu'il dépendait de son bon plaisir d'utiliser ou non cet homme. Son regard se perdit au loin. Il en savait assez. Sa décision était prise.

— Saviez-vous qu'en moins de six mois Londres ne sera que ruines ?

Changer brusquement de sujet était chez Himmler une habitude lors d'une discussion serrée. Il maintenait son interlocuteur dans l'inquiétude en retardant l'annonce de son verdict et savourait les moindres signes de tension. Hoffmann n'en manifesta aucun. Il conserva la même attitude attentive, comme si les raids sur Londres avaient été dès le départ le sujet de l'entretien.

— Que savez-vous des V-3 ?

— Peu de chose, répondit Hoffmann.

En vérité, il en savait sans doute autant que Himmler, mais il n'allait pas enlever au Reichsführer l'occasion de broder sur un thème qui lui était cher : l'écrasement de Churchill

Himmler fut légèrement déçu par l'égalité d'humeur de Hoffmann.

— On les appelle les *Canons de Londres.* Ils sont actuellement en construction à Mimoyecques, un petit village tout proche de Calais. A cinquante kilomètres de Londres.

Avec une évidente satisfaction, Himmler se renfonça dans son fauteuil.

— Cinquante canons ! Deux batteries de vingt-cinq. Longs de cent trente-cinq mètres, orientés dans la direction voulue, ils seront enterrés dans un abri de béton. Seule leur bouche à feu sera visible. Les obus — vingt-cinq kilos chacun, très puissants — seront lancés par la mise à feu de charges explosives placées à différents intervalles le long du canon.

Les yeux d'Hoffmann exprimèrent ce qu'il fallait d'étonnement devant pareille révélation.

— Nous devrions être prêts dans six mois, conclut Himmler. Nous lancerons sur Londres un obus toutes les douze secondes. Jusqu'à ce qu'il ne reste plus un seul bâtiment debout.

Hoffmann ajouta mentalement : Si nos ingénieurs, pour une fois, ont vu juste. Et, surtout, si nous tenons encore Calais dans six mois.

— Eh bien, dit-il, Winnie pourra enfin profiter de son domaine campagnard !

A cette plaisanterie lancée contre son ennemi Churchill, Himmler répondit par un sourire presque enfantin, puis ajouta :

— A mon avis, étant donné que le Parlement aura besoin de trouver un nouveau siège dans les cinq minutes qui suivront le premier bombardement, ce n'est que tard dans la journée qu'il pourra se réunir pour exiger la démission du Premier Ministre.

Satisfait de la réaction de son auditeur, Himmler garda ensuite le silence, certain que Hoffmann allait en profiter pour réitérer sa demande concernant Paris. Ce dernier n'en fit rien. Il attendit patiemment le sujet qu'il plairait maintenant à son chef d'aborder.

— Si nous parlions un peu de Paris, dit enfin Himmler.

Nouvelle pause, destinée à faire croire qu'il n'avait pas encore pris sa décision.

— Malgré les objections du Brigadeführer Schellenberg, je respecte votre jugement et la confiance que vous placez en Brausch. Je vous accorde Paris pour l'interrogatoire. Je ferai en sorte que Berlin ne s'interpose pas. Il va sans dire que je vous laisse toute liberté, quel que soit le lieu où vous accomplirez votre mission.

Himmler escomptait un sourire reconnaissant. Il l'obtint.

— Je crois en certaines idées, mon cher Oberführer, et en certains hommes. Ma confiance, tout comme celle du Führer, vous est acquise. Ce dont vous aurez besoin pour parvenir au triomphe qui, je n'en doute pas, sera le vôtre vous est accordé d'avance.

La bouche de Himmler se tordit presque imperceptiblement. Assez pour que les cheveux de Hoffmann se hérissent sur sa nuque. Le large sourire qui suivit aurait fait frissonner même un homme moins averti que lui.

— En vue de ce triomphe, je vous ferai accompagner à Paris par votre bras droit, l'Obersturmbannführer Ritter. Je le nomme dès à présent Standartenführer. Il aura donc dans la SS un rang similaire à celui du colonel Brausch dans l'Abwehr. Et tous les deux seront vos subordonnés. Je suis convaincu que la présence de Ritter vous apportera le réconfort de savoir que, même loin de Berlin, les mesures de sécurité seront entre de bonnes mains.

On lâchait donc la bride à Hoffmann, sans toutefois lui permettre trop d'écarts.

— Je ne peux que vous remercier, Herr Reichsführer, d'avoir prévu mes besoins et d'être allé au-devant de mes désirs. Avec Ernst Ritter dans l'équipe, je ne vois pas comment le succès pourrait nous échapper.

XVI

Il était plus de minuit lorsqu'on amena Gus dans le fameux local souterrain de Storey's Gate, place du Parlement.

Deux jeunes lieutenants l'avaient sorti du lit en lui disant simplement que son rendez-vous était confirmé. Curieuse façon d'annoncer une convocation à une heure aussi tardive. Pendant le trajet, ils encadrèrent Gus sur le siège arrière de la voiture. Leur attitude comportait quelque chose de chaleureux, de protecteur. Ils se ressemblaient bizarrement, et leurs yeux fouillaient avec la même attention chaque immeuble, chaque rue ou ruelle de la ville obscurcie par le couvre-feu. Gus eut l'impression d'être escorté par deux molosses fidèles.

Ils descendirent tous trois à Great George Street. Leurs pas résonnèrent sur la place déserte du Parlement — ou palais de Westminster. Une seule lumière brillait : celle du poste de garde à l'entrée des bureaux du Cabinet de Guerre.

L'un des jeunes gens s'avança vers le garde. Ils causèrent longuement à voix basse, dans le froid. De la buée sortait de leurs lèvres. Le garde demanda par téléphone la permission de laisser entrer les visiteurs, ce qui prouvait qu'il n'avait reçu aucune consigne à leur sujet. Le lieutenant maîtrisait mal son impatience. On l'envoyait chercher Gus de toute urgence, et maintenant on lui faisait des histoires à l'entrée.

A côté du deuxième loyal doberman, Gus se balançait d'un pied sur l'autre pour se réchauffer. Enfin, la sonnerie du téléphone retentit. Le garde ouvrit le portail aux trois hommes en bredouillant des excuses.

Ils traversèrent le hall et descendirent au fond du labyrinthe des postes de commande. A la hâte, pour compenser le temps perdu, ils parcoururent des couloirs aux parois renforcées de bois et d'acier. Aux divers points de contrôle, les gardes, prévenus, les saluèrent. Des portes blindées s'ouvrirent devant eux.

Ils arrivèrent enfin à leur destination : la zone réservée à la London Controlling Section, ou LCS, l'organe suprême de coordination entre les différents services secrets alliés. Après avoir dépassé une série de petits bureaux ouverts aux regards, ils se retrouvèrent devant une porte close, la seule. Un des lieutenants resta à l'extérieur, en sentinelle. L'autre fit entrer Gus dans un bureau d'aspect surprenant. Des panneaux de chêne couvraient les murs, des livres s'alignaient sur des étagères, des fauteuils de cuir vous tendaient les bras. Gus fut invité à s'asseoir et se vit offrir un verre de porto. Bientôt, le lieutenant avait disparu.

Une heure environ s'écoula. Gus trouvait sa situation assez comique. Réveillé au milieu de la nuit, emmené précipitamment au centre névralgique de l'effort de guerre, déposé comme un colis dans ce qui aurait pu être la bibliothèque privée d'un maître d'école de l'époque victorienne, puis soudain abandonné, il se sentait ridicule, assis là, avec son verre de porto. Il en vint même à se demander si quelqu'un viendrait jamais. Les Britanniques s'y prenaient peut-être ainsi pour incarcérer leurs prisonniers politiques...

C'est alors que son hôte apparut.

Sir Geoffrey Macklin, un aristocrate décharné, d'aspect cadavérique, entra sans bruit et s'assit en face de Gus. Il avait de loin dépassé les soixante-dix ans et quand il s'enfonça dans le fauteuil de cuir souple, Gus eut l'impression que ses os allaient s'écrouler en un petit tas.

Personnage éminent de la LCS, Sir Geoffrey se situait à un tel niveau dans la hiérarchie que Gus n'aurait pu espérer rencontrer un homme de son espèce. Un de ces hommes qui approchaient Churchill.

Ce que Gus savait de Sir Geoffrey, il l'avait principalement tiré d'articles flatteurs qui lui étaient consacrés dans le *Kelly's Handbook to the Titled, Landed and Official Classes*, un véritable annuaire mondain. Carrière sans faille. Entre au collège Saint-Mary d'Eton en 1886. Devient président du « Pop », la plus prestigieuse des associations d'étudiants. Puis, études à l'université d'Oxford où il brille dans les disciplines intellectuelles — sans qu'on puisse pour autant mettre en doute les qualités de caractère et la discrétion propres à son rang aristocratique. Actuellement membre du Brook's, le plus fameux des clubs politiques londoniens, et chevalier de l'ordre de Saint-Michel et Saint-Georges.

Sur ses activités professionnelles, peu de données étaient révélées, ce qui est de règle depuis la fondation de l'Intelligence Service par Sir Francis Walsingham, au XVIe siècle. Dès cette époque, le recrutement des services secrets se faisait au sein des classes privilégiées. Et lorsqu'un homme entrait dans la carrière, c'était comme s'il disparaissait de la surface de la terre. Pourvu d'un grade purement formel dans l'armée ou l'amirauté — à moins que ce ne fût d'un vague poste aux Affaires étrangères —, d'après le manuel *Kelly*, il ne faisait plus rien du tout. Ses activités demeuraient invisibles sauf à quelques membres très importants du gouvernement.

A vrai dire, Sir Geoffrey Macklin pouvait se prévaloir de certaines activités publiques. Il s'était distingué auprès du capitaine Mansfield Smith-Cummings, le premier chef du MI-6 à avoir pris pour nom de code la simple lettre « C ». Lors de la Première Guerre mondiale, Macklin s'était révélé capable d'exploits si extraordinaires qu'en 1918 on lui attribua une très haute distinction, de valeur historique : une plaquette d'ivoire qui permettait l'entrée à Saint-James's Park par le portail réservé aux Horse Guards. Seuls étaient jugés dignes de posséder ce laissez-passer les personnages dont la Couronne jugeait la présence indispensable en cas de crise.

Après la guerre, Sir Geoffrey et ses collègues assistèrent, désemparés, au démantèlement du MI-6 victime de coupes sombres dans son budget. Pendant une vingtaine d'années, ils firent le siège de Whitehall pour que soit reconnue la nécessité primordiale de maintenir, en temps de paix, l'activité des services de renseignement. Il leur fallut attendre Adolf Hitler pour voir renaître le MI-6 — et par là même Geoffrey Macklin.

Assis à présent dans son bureau, au cœur du « bunker » de Churchill, Sir Geoffrey observait le jeune homme qu'il avait en face de lui. Et peu à peu son visage ridé exprima une certaine satisfaction.

— Mon cher capitaine, les Teutons vous réclament à Paris pour les aider à examiner leur précieuse trouvaille. Ils vous offrent ainsi, sans le savoir, l'occasion unique de rendre un immense service à votre patrie et à notre cause.

Le son de sa voix évoquait le bruissement d'une feuille de cellophane ou les derniers chuintements d'un feu qui s'éteint.

— Vous vous doutez certainement qu'il ne s'agit pas là d'une glorieuse coïncidence.

Gus s'en doutait un peu. Il écouta la suite.

— Basil Nicholas a fait allusion, en termes voilés, à un précieux atout qu'il aurait en réserve. Je ne connais pas le jeu auquel il se réfère, mais il doit disposer d'une carte bien puissante et bien secrète. Celle qui ne sera retournée qu'à un moment précis d'une action décisive...

Le vieil homme parut rassembler dans son regard tout ce qui lui restait de forces.

— ... Notre carte à nous est un officier du renseignement allemand. Non pas un traître à son pays, mais au contraire un patriote au sens le plus pur. Un être conscient du fait qu'une victoire des Alliés serait moins catastrophique pour le peuple allemand qu'une victoire des nazis.

Macklin reprit son souffle, comme si sa gorge se refusait à révéler l'identité de l'homme en question.

— Il s'appelle Jürgen Brausch, dit-il enfin.

Des images fusèrent dans l'esprit de Gus. Nombre d'indices observés pendant les derniers mois se mettaient à former un ensemble cohérent.

— J'ajoute que c'est Jürgen Brausch en personne qui a demandé votre participation à l'interrogatoire. Il sera à Paris lorsque vous rencontrerez le major Wheeler. Grâce à lui, vous accomplirez la mission la plus nécessaire de toute cette guerre : l'assassinat du major.

Le sang de Gus se figea dans ses veines. A force de s'identifier à Andy Wheeler, il avait négligé une vérité évidente. La question n'était pas de libérer Andy. On le voulait mort. Et vite.

Gus s'entendit prononcer cette phrase incroyable :

— Non. Si je vais à Paris, ce sera pour ramener le major ici, avec moi.

Aucune réaction sur le visage de Sir Geoffrey qui avait pourtant senti, au ton convaincu de Gus, que cette déclaration n'était pas de façade. Restait à résoudre le différend en usant de moyens appropriés. Il décida d'adopter un ton à mi-chemin entre le péremptoire et le compréhensif. Une attitude qui, sans être rigide, ne conduise pas à l'espoir fallacieux d'un compromis possible.

— Ce que vous venez de dire non seulement ne servirait à rien mais serait tout à fait irréalisable. Les mesures de sécurité qui entoureront le major Wheeler rendent toute évasion inconcevable.

Vous serez néanmoins en contact avec le prisonnier, en tête-à-tête. Vous n'aurez qu'à lui tendre la petite capsule de cyanure. On peut faire confiance au major, il accomplira le geste nécessaire. Dans le cas contraire, vous devrez vous y prendre de manière plus directe.

Gus cherchait lui aussi la meilleure tactique à suivre, l'argumentation la plus logique.

— Vous dites que Brausch sera là-bas. Pourquoi ne pas lui demander d'agir ?

La question méritait de peser la réponse. Macklin se croisa les mains.

— L'affaire comporte des risques, surtout si Wheeler refuse le cyanure. Nous ne souhaitons pas compromettre le colonel Brausch, notre plus grand atout dans la guerre secrète. Si risques il y a, nous préférons, pour parler franc, que ce soit vous qui les couriez. J'espère seulement qu'ils seront minimes.

Franchise, peut-être, pensa Gus, mais il ne dit pas tout. Une raison plus importante justifie de ne pas confier à Brausch la mort de Wheeler.

Écartant momentanément cette idée, Gus opta pour une question de pure rhétorique :

— A quel niveau situez-vous votre confiance dans la solidité de Wheeler ?

— Aucun. Je ne connais pas l'homme.

— Et qu'est-ce qui se passera s'il apprend que nous avons choisi de le tuer plutôt que de l'aider ? S'il préfère, lui, livrer ce qu'il sait à l'ennemi plutôt que d'être exécuté par ses amis ?

— Le liquider d'une balle, au plus vite, serait peut-être alors la meilleure approche.

Gus marqua volontairement une pause, puis déclara :

— Mais si nous le tuons, nous ne saurons jamais ce qu'il a raconté aux nazis avant de mourir.

Ce fut au tour de Macklin de garder un instant le silence. La réponse, évidente, qui lui venait aux lèvres, soulevait un problème beaucoup moins évident. En bon joueur d'échecs, il évaluait la position, voire l'avantage de son adversaire.

— Brausch le saura, se décida-t-il à prononcer à mi-voix.

Gus ne lui permit pas cette échappatoire.

— Il le saura, certes, mais jusqu'à quel point peut-on se fier à lui ? Admettons qu'il se révèle être, lui, la carte secrète de Himmler. Cette supposition a sûrement traversé votre esprit.

Sinon, pourquoi m'envoyer à Paris ? Pourquoi ne pas laisser à Brausch le soin d'éliminer Wheeler ?

Nouveau silence. Gus venait incontestablement de marquer un point, à en juger par le regard du vieil homme. Celui qu'il avait qualifié de « plus grand atout dans la guerre secrète » était tout de même un Allemand.

— Vous jugez vraiment impossible de libérer le prisonnier ? insista Gus.

— C'est hors de question. Ne rêvez pas.

— Alors, utilisons-le sur place, au lieu d'en faire notre victime. Imaginons pour eux un scénario de débarquement crédible et laissons-lui le soin de le faire accepter aux Allemands.

Macklin soupira.

— Cette idée, croyez-moi, je l'ai eue aussi. Merveilleuse idée... si ça marche ! Huit divisions seulement seront lancées dans l'opération Neptune. Trois autres suivront dans les dix-huit heures. Hitler, à ce que nous savons, dispose d'au moins trois cents divisions. S'il a le moindre soupçon, entrevoit la vérité, et envoie ne serait-ce que cinq pour cent de ses forces au bon endroit, au bon moment, nous assisterons au bain de sang le plus humiliant que les Anglais ou les Américains aient jamais connu.

— Aucun des termes de l'alternative n'est séduisant, reconnut Gus. Et pourtant, il nous faut choisir. Tuer Wheeler n'avance à rien si nous ne savons pas *d'abord* ce qu'il a pu dire aux Allemands. Seriez-vous prêt à jouer le sort du débarquement sur la loyauté de Brausch... ?

— Mais vous serez sur place, répondit Macklin d'un ton las. Vous pourrez découvrir si le major a révélé quelque chose.

Il se caressa le sourcil de sa main osseuse.

Gus hocha la tête.

— Nous en revenons toujours au même problème. Si Brausch joue double jeu, alors les nazis savent exactement qui je suis. Et ils ne me diront ou ne me laisseront voir que ce qu'ils souhaitent que je vous rapporte.

— Ce dilemme est également valable pour *votre* proposition. Fournir à Wheeler un scénario mensonger suppose que nous fassions de vous un Bigot. Une fois initié, si vous êtes démasqué par l'ennemi, vous devenez aussi dangereux que Wheeler. Si Brausch est un agent triple à la solde de Himmler...

— Il n'en saura pas plus que ce qu'il sait déjà. Je ne risque pas de lui faire de révélations plus éclatantes que celles qu'il aura réussi à tirer de Wheeler... Écoutez, ou bien l'opération Neptune aura lieu, ou bien elle sera annulée. Il est bon de vouloir une réponse rapide, encore faut-il qu'elle soit correcte.

Gus savait que Macklin tentait de toutes ses forces de gagner du temps, de repousser la décision que le SHAEF réclamait à cor et à cri. Le petit voyage de Gus à Paris représentait peut-être le moyen d'obtenir un sursis. Dans ce cas, le vieux Macklin devait laisser à son envoyé un certain droit de regard.

— Il ne s'agit pas de se lancer à l'aveuglette, poursuivit Gus. Pas devant la possibilité que vous évoquiez du bain de sang le plus humiliant pour nos deux pays. Comprenez-moi bien, je ne peux pas agir en misant uniquement sur la loyauté d'un agent allemand. Je ne peux jouer mon rôle qu'en travaillant avec Andy Wheeler. Ce n'est pas un menteur professionnel. Je saurai s'il me dit ou non la vérité.

La réponse de Macklin tomba comme la hache du bourreau :

— Et à quel moment choisirez-vous d'éliminer le major ?

— Au moment où je me serai fait une opinion, répliqua Gus, le regard clair et la voix assurée. Si Wheeler et moi parvenons à tromper l'ennemi sur les projets de débarquement, nous aurons retourné la situation en notre faveur. Au premier signe d'échec, je prendrai les dispositions nécessaires.

Macklin pinça les lèvres. Il mettait en balance sa conviction de voir juste et l'estime croissante qu'il éprouvait pour Gus. Ce dernier reprit la parole :

— Inutile de me rappeler combien de vies sont en jeu. Si la situation l'exige, j'éliminerai Wheeler, ou je me supprimerai, croyez-moi.

Macklin croyait surtout à une chose : ce jeune homme n'en ferait jamais qu'à sa tête.

— Tout cela vous laisse beaucoup de liberté d'action, dit-il. Je crains que mes collègues, habitués traditionnellement à un peu plus de contrôle, ne préfèrent avoir à l'avance une idée de ce qu'un agent envisage de faire.

Gus sourit :

— C'est enlever au jeu tout son piquant.

— Malheureusement, oui. Je sais que vous, Yankees, aimez l'imprévu. On peut néanmoins plaider en faveur de la vieille notion de discipline qui veut qu'on obéisse à tout ordre impératif d'un supérieur.

Le regard de Gus se durcit. Il venait de trouver la parade.

— En tant que Yank, justement, je me vois dans l'obligation de discuter tout ordre impératif avec l'état-major du général Eisenhower.

Macklin fut touché au vif. Nicholas lui avait dit que quatre hommes seulement connaissaient son fameux atout caché. Gus misait donc sur le fait que tous les quatre étaient anglais et que Macklin ne souhaitait pas élargir le cercle. Le SHAEF n'avait jamais entendu parler de Brausch, et qui sait ce que Macklin avait raconté sur Émeraude et sa mission ? Une chose demeurait certaine : il était un peu tard pour commencer à dire la vérité, sauf en cas d'extrême manque d'imagination.

— Les directives que j'ai reçues de l'OSS, précisa Gus, sont les suivantes : coopérer avec les services secrets britanniques tout en me préservant le droit à quelque initiative. A moins que vous ne me refusiez ce droit, je ne demanderai pas d'autres instructions à l'OSS.

Coincé, le vieux Macklin. Un Bigot fait prisonnier à cause des cachotteries des services britanniques envers le SHAEF. Un agent double allemand, très haut placé, utilisé dans l'ombre par le MI-6, par crainte que le SHAEF ne fasse obstruction. Enfin, la LCS essayant de réparer les dégâts en envoyant en douce son agent triple dans la gueule du lion. Si j'étais Sir Geoffrey, pensa Gus, je chercherais de l'aide au lieu de donner des ordres.

Macklin ne s'avoua pas vaincu.

— Il se dégage de vos propos une odeur qui porte un nom assez déplaisant.

— Vous voulez dire « chantage » ? Iriez-vous jusqu'à qualifier ainsi ma suggestion de respecter le contrat qui suppose une action coordonnée entre la LCS et mon gouvernement ?

Macklin sourit avec malice.

— Chantage est un mot d'une grossièreté impardonnable. Contentons-nous de parler d'une « légère pression ».

— Je suis le seul homme que vous puissiez envoyer là-bas. Et si je refuse de partir, vous mettez toutes vos chances entre les mains de Brausch. A vous de faire confiance à votre agent, ou au leur.

Macklin se croisa les mains et passa la langue sur ses lèvres. Il était obligé d'admettre intérieurement que ce jeune homme lui plaisait. S'il avait eu cinquante ans de moins, il aurait agi comme lui.

— Vous avez le talent de présenter les choses de telle façon qu'on est bien obligé de vous suivre, mon cher capitaine.

Ce talent, c'était la première chose que l'OSS développait chez ses recrues. S'arranger pour ne laisser aucun choix à l'interlocuteur, l'obliger à vous suivre dans le bon chemin.

XVII

Un bruit assourdissant. On aurait cru que le petit avion allait voler en éclats, boulon par boulon.

Gus enserrait ses genoux des deux mains, persuadé, à chaque secousse, qu'une mort soudaine et violente l'attendait, terrifié à l'idée qu'avec ce sac de toile énorme, dérisoire, accroché entre ses épaules, il devrait bientôt se lancer dans le vide, entamer une chute interminable, tirer sur un bout de corde et espérer qu'une toile de soie se déploierait magiquement au-dessus de sa tête.

Ce genre d'aventures figurait en tête de liste de tout ce que sa mère avait rayé de l'éducation de son petit garçon. Gus considérait cependant avec ironie sa misérable situation. Macklin savait qu'en France les Allemands attendaient son envoyé, mais il fallait absolument éviter qu'ils puissent se douter qu'il était au courant. Bien que des deux côtés de la Manche on fût averti, tout devait se passer comme s'il s'agissait d'un parachutage normal. Prendre le ferry à Douvres aurait été tellement plus simple...

Willoughby, un officier du SOE, s'amusait beaucoup de la panique de son passager. D'aspect bourru, la moustache rousse taillée en brosse, il était en train de manger une orange. Ses petits yeux jaunâtres surveillaient Gus comme pour lui faire comprendre qu'il défendrait farouchement la provision apparemment inépuisable de fruits contenue dans le sac à dos posé à côté de lui.

Gus n'en douta pas un seul instant.

— Ben, mon gars, annonça Willoughby en roulant les mots avec un accent gallois sur lequel on ne pouvait se méprendre, tu peux dire que t'as d'la veine.

Le moment était mal choisi pour jouer aux devinettes.

— Ah oui ? Et pourquoi donc ? demanda Gus.

Après tout, mieux valait entendre la suite.

Willoughby le fit languir avant de répondre.

— On m'a raconté des choses sur toi, jeune capitaine.

Le regard devint mauvais, malgré un semblant de sourire.

— On m'a raconté que les Allemands pensent que t'es des leurs.

C'était la meilleure. Le visage de Gus se figea un instant, puis s'éclaira d'un sourire. Mais Willoughby avait remarqué la lueur glacée du regard. Un bref instant, Gus lui parut capable de tuer, capable d'agir seul. Il se sentit proche d'un tel homme, uni à lui par une sorte de fraternité. Gus demanda :

— Et pourquoi vous a-t-on dit une chose pareille ?

— Pour sauver ta peau, mon mignon. Les nazis connaissent la route qu'on va suivre jusqu'à Paris. Y pourront veiller sur nous, comme qui dirait, pour qu'une de leurs patrouilles ne te tire pas dessus. La LCS m'a mis dans la plaisanterie pour que je ne fasse pas de bêtises.

Ainsi, un homme de plus était au courant du triple jeu de l'agent de Macklin. Et pas n'importe quel homme. Celui qui serait parachuté avec Gus, à la merci de l'ennemi.

— Pour ça oui, j'ai de la veine, dit Gus d'un air sombre.

— Quelle bande d'imbéciles !... Je t'aurai pas sitôt expédié rue de Rivoli, après un petit baiser d'adieu, que des bonshommes en vert-de-gris pourraient bien sortir des buissons et m'inviter à un brin de causette à ton sujet.

Le ricanement exprimait une sorte de sympathie. Willoughby tendit à Gus un quartier d'orange.

Les vingt dernières minutes avaient à ce point secoué l'estomac de Gus qu'il le sentait à la hauteur de sa pomme d'Adam. Il remercia toutefois d'un hochement de tête et avala le morceau d'orange goulûment pour montrer qu'il appréciait le geste.

— Oui, t'as d'la veine, répéta Willoughby, parce que c'est moi qui vais choisir la route et l'endroit où on va tomber. Comme ça, quand toi tu verras le Sacré-Cœur, fiston, moi je serai tranquillement à cinquante bornes de là, très occupé avec une petite Française.

Malgré ses nausées, Gus accorda un sourire.

— Ces gars, à Londres, poursuivit Willoughby, y savent pas par quel bout enfiler leur pantalon, mais pour une chose ils ont du génie. Y savent quel mec on peut envoyer sur le terrain.

Le clin d'œil qui lui était adressé parut à Gus une faveur aussi rare qu'était parcimonieuse la distribution de fruits.

Willoughby appartenait à la section F du SOE. Son rôle consistait à découvrir, organiser, entraîner, équiper les résistants français. Une tâche que le monde sous-estimerait plus tard, préférant mettre en valeur, à l'exemple du général de Gaulle, l'héroïsme spontané des combattants de la liberté. Dans les missions quotidiennes, dangereuses, les officiers de la section F déployaient un courage et une habileté exceptionnels.

Pour la capture d'un tel officier, les nazis étaient prêts à donner six mille livres sterling. En avril 1944, il se trouvait des gens qui auraient vendu un membre de leur famille pour moins que cela. Willoughby choisissait donc ses compagnons de lutte avec un soin extrême. Gus se demanda même s'il lui arrivait de faire vraiment confiance à quelqu'un.

Le petit avion sursauta de nouveau. Puis, pendant quelques minutes qui semblèrent des heures, le moteur se tut. Enfin, il se remit à toussoter.

— Votre famille est originaire du pays de Galles ? demanda Gus.

— Oui. Et de Skye, au nord de l'Écosse. Et de York. Je suis un Britannique tous azimuts. Un peu abâtardi.

Il plongea la main dans le sac à provisions et en sortit une poire à peine gâtée. Quel appétit ! pensa Gus. Et surtout, comment s'y prend-il pour dénicher ces victuailles vendues à prix d'or au marché noir, en Angleterre comme sur le continent ?

L'avion, comme tiré vers le haut par un filin géant, se cabra. Gus comprit qu'ils atteignaient la côte. La règle exigeait de voler bas en traversant la Manche, puis de s'élever aussi haut que possible afin d'échapper à la DCA côtière. Couper ensuite les gaz, laisser l'avion plonger jusqu'à deux cents mètres du sol et le maintenir à cette altitude avant la remontée finale, prélude au parachutage.

Instinctivement, le corps de Willoughby anticipait les changements d'inclinaison de l'appareil. Gus, lui, s'accrochait à tout ce qui lui tombait sous la main pour garder l'équilibre. Son unique préoccupation était de ralentir les battements de son cœur. Il avait l'impression que ses organes ne fonctionnaient que sous un contrôle personnel intense.

L'avion plongea aussi brusquement qu'il avait grimpé. Durant cette folle descente, Gus se demanda si le pilote s'était donné pour but d'atteindre le centre de la terre. L'appareil se stabilisa enfin, et le calme revint — sauf dans les tripes de Gus. Et tout ça, se dit-il, alors que je n'ai pas encore rencontré un seul nazi...

Willoughby observait silencieusement son compagnon, cherchant à retrouver l'assurance glacée qui avait un instant fait briller le regard de Gus. Pas plus que Macklin, il ne disposait de beaucoup de temps pour jauger un homme sur qui reposait une immense responsabilité.

L'avion entama son ultime ascension.

A présent, les yeux de Willoughby semblaient fixer au loin un insecte posé sur un mur. Il se leva et ouvrit une porte au flanc de l'avion. Une bouffée d'air froid cingla les épaules de Gus. Au-dehors régnait la plus complète obscurité.

Willoughby se pencha par-dessus son compagnon pour regarder le carré obscur que découpait la porte ouverte sur la nuit. On lui avait bien précisé que si Gus n'atteignait pas Paris le débarquement n'aurait pas lieu en temps voulu. C'est tout ce qu'il savait.

— Rappelle-toi bien les conseils de papa Willoughby, dit-il. Si t'oublies de tirer sur la corde, Ike peut mettre un trait sur son foutu Jour J, et Churchill m'en voudra personnellement.

Gus, lui, réfléchissait à la meilleure façon d'annoncer à ce cinglé qu'il ne voulait pas sauter de l'avion.

Il sentit soudain les grosses pattes de Willoughby se poser sur les courroies de son harnachement. Il n'eut pas le temps de comprendre que la décision avait été prise sans lui. Willoughby le souleva et le projeta au-dehors.

Le choc, si puissant, l'emporta sur la terreur. Gus, qui pensait que l'air n'était que vide, néant, eut la sensation d'être lancé contre un mur de brique.

Bientôt, la nuit ne lui parut plus aussi noire. Il distingua des arbres et des champs éclairés par le clair de lune. Le sol semblait ne pas se rapprocher. Et, tout d'un coup, ce fut comme s'il venait brutalement à sa rencontre. La tête plus bas que le corps, Gus aperçut Willoughby flottant non loin de lui.

Une partie de son cerveau devait avoir conservé son calme, car Gus avait déjà compté jusqu'à huit et ses doigts se préparaient à tirer sur la fameuse petite corde.

Quand le parachute s'ouvrit, Gus fut certain d'avoir les deux épaules disloquées.

Il se laissa tristement emporter vers une clairière, prévoyant avec une résignation morose qu'il allait, cette fois, se casser les deux jambes.

XVIII

A terre, Willoughby devenait un véritable chat sauvage. Gus n'avait jamais vu un être humain aussi confiant dans son instinct, aussi réceptif aux messages de ses sens.

Ils firent une pause et mastiquèrent sans plaisir les quelques biscuits secs qu'ils avaient emportés. Willoughby se lança de nouveau sur le chapitre de ses ancêtres. Celui d'Ardvasar, dans l'île de Skye, celui de Llandudno, au nord du pays de Galles. Il s'arrêtait parfois au milieu d'une phrase et proférait un juron. Les narines dilatées, il fouillait des yeux chaque arbre, chaque monticule rocheux. Gus ne doutait pas que la mort les guettait partout.

Il leur fallut deux jours pour arriver en vue de la ferme située en bordure du village d'Éragny et — ce que Gus ignorait — à une quinzaine de kilomètres seulement de Paris. Le soir tombait. Ils s'assirent dans l'herbe haute et attendirent la nuit. Willoughby se leva alors et se dirigea vers la porte du bâtiment.

Une jeune fille de quatorze, quinze ans, pensa Gus, les reçut. Elle embrassa Willoughby sur la joue. Il lui donna sur les fesses une tape plus que paternelle. Elle rougit, lui prit la main et le conduisit jusqu'à la cuisine.

Elle s'appelait Charlotte. Un bon dîner était préparé pour eux : soupe, porc, pain frais. Elle mit le couvert et leur versa du vin rouge.

Willoughby fit un clin d'œil à Gus.

— Tu nous excuseras. D'habitude la table est mieux garnie.

Apparemment, Charlotte ne parlait pas anglais. Elle se tint derrière les hommes, comme une serveuse, attendant le jugement de Willoughby sur le porc. Il se retourna et lui dit avec une surprenante gentillesse que la viande était délicieuse. Alors seulement, Charlotte quitta la pièce.

— Tu m'en voudras pas si je couche pas avec toi, ce soir ? demanda Willoughby.

— C'est une jolie fille, dit Gus qui n'en pensait pas un mot.

— Ça fait trois mois qu'elle est seule à la ferme. Sa mère est morte. Son père est mort. Son frère est dans un réseau de résistance, à Chantilly.

Willoughby annonçait cela sur un ton de complète indifférence. Il ne s'anima que pour déclarer :

— Fameux, le porc, tu trouves pas ? Ces Françaises, elles s'y connaissent en cuisine.

Gus sourit.

— Qu'est-ce qui te fait marrer ? demanda Willoughby.

— Si tu me disais que tu l'aimes bien, dit Gus en imitant l'accent gallois de son camarade et en adoptant le tutoiement, ou même que tu te fais un peu de souci pour elle, je garderais ton petit secret jusqu'à la tombe.

Willoughby fut un instant pris de court, puis s'esclaffa :

— Tu trouves que c'est mal ?

Le visage de Gus devint le masque glacé qui avait surpris Willoughby dans l'avion.

— Je pense que t'es un salaud, dit Gus calmement.

Puis il porta son verre à sa bouche en ricanant. Du vin rouge lui coula sur le menton.

Willoughby se détendit. Quelque chose s'était serré dans son estomac quand il avait revu cette lueur de glacier dans les yeux verts de Gus. Peu d'hommes étaient capables de plaquer une telle expression sur leur visage.

— Ce soir, dit Willoughby, tu vas aller te coucher, et tu ne me reverras plus jamais. Sauf si tu restes assez longtemps en vie pour me payer une bière à Cardiff.

Gus hocha la tête en signe de promesse. Il se trouverait dans le pub choisi par Willoughby, et c'est lui qui paierait la tournée.

— Charlotte t'emmènera avec sa carriole et son cheval. T'arriveras avant qu'il fasse jour. Fais-la un peu parler des Fritz pendant le trajet, ça t'intéressera.

Il consulta sa montre. Sept heures et demie.

— C'est le moment d'écouter Charlie McCarthy.

Willoughby alla chercher un grand poste de radio. Il le posa sur la table de Charlotte, délicatement, pour ne pas faire de rayures, puis manœuvra un bouton afin d'obtenir le moins de friture possible.

— C'est la BBC. En direct de Bush House, dans le Strand.

Ils entendirent les quatre premières notes de la Cinquième symphonie de Beethoven : trois brèves, une longue, c'était aussi, en morse, le V de la victoire.

— Bonsoir, dit une voix anglaise à l'accent français raffiné, voici les messages personnels.

Une série de phrases incohérentes suivit :

— Le lapin moucheté lèche le fromage blanc... La lune sent bon le jasmin...

Chaque phrase était répétée lentement et distinctement afin qu'aucun mot n'échappe.

— Ce sont les messages A, expliqua Willoughby. Ils annoncent à la Résistance qu'une action se prépare. Quelqu'un saura qu'il doit se tenir prêt à faire sauter un train à tel endroit. C'est plus tard qu'il y en aura un pour Charlotte.

Il ferma le poste.

— Et quand nous serons prêts, nous leur enverrons un message B, pour leur dire qu'on va exécuter leur ordre.

— Ça fonctionne bien ? demanda Gus.

— Ça fonctionnait bien. Avant Starkey.

« Starkey » était le nom de code d'une opération particulièrement complexe qui s'était soldée par un échec. Pendant l'été 1943, les Alliés avaient tenté de faire croire aux Allemands qu'un débarquement massif aurait lieu à l'automne dans le Pas-de-Calais. L'objectif majeur : forcer la Luftwaffe à concentrer ses forces sur un point précis, l'épuiser dans des duels aériens avant la véritable invasion. Or, aucune bataille aérienne importante n'eut lieu.

— Les gars de Londres, expliqua Willoughby, avaient envoyé un message A pour que la Résistance se prépare au débarquement. Les Français sont sortis de leurs trous, ont couru des risques, se sont fait repérer. Londres s'imaginait que, devant le regain d'activité des partisans, les Allemands tomberaient dans le panneau de Starkey.

Gus comprit. « Le prix à payer », une fois de plus.

— Évidemment, ricana Willoughby, Londres n'avait pas mis les Frenchies dans le coup. Sinon, il n'y en aurait pas eu un pour risquer sa peau dans une opération bidon... Faut dire qu'on n'avait pas non plus mis la section F dans le coup et que nous, on s'est trouvés piégés comme les autres.

Willoughby fit une pause, comme pour donner du relief à ce qui allait suivre :

— Les Allemands se sont livrés au plus grand ratissage de cette foutue guerre. Ils ont écrasé comme des punaises des flopées de résistants français.

Après tout ce n'étaient que des mangeurs de grenouilles, mais c'est quand même une honte quand on tue les bons.

Willoughby se renversa en arrière et posa délicatement les pieds sur la table de Charlotte. Puis il reprit, véhément :

— Enfin, tu vas pas me dire ! Dans tout ce foutu pays, il n'y a pas plus de huit mille bonshommes qui ont un fusil. Et dans ceux-là, dix pour cent ont assez de munitions pour tenir plus d'un jour. Alors, ils mettent des morceaux de sucre dans les réservoirs d'essence, et ils tournent les panneaux de signalisation dans le mauvais sens... Tu crois que je leur apprends à se servir d'armes automatiques ? J'apprends à des gamines comme Charlotte à provoquer un court-circuit en enfonçant des punaises dans les fils téléphoniques.

Il leva les yeux vers le plafond et continua son monologue :

— Et puis, y a les factions. Les gaullistes et les communistes qui se tirent dans les pattes... Enfin, pour en revenir à Starkey, le réseau Prosper comptait soixante noyaux de résistance. Les Allemands avaient placé des agents doubles au bon endroit et quand tout a été foutu en l'air, les Français nous en ont voulu. Ils ont cru que ça faisait partie de l'opération Starkey.

— Comment ont-ils pu penser cela ?

— On l'aurait fait pour que les Allemands en torturent soigneusement quelques-uns et apprennent d'eux que le débarquement aurait bien lieu dans le Pas-de-Calais.

Les deux hommes se regardèrent.

— Faudrait avoir un cœur de pierre pour imaginer un truc pareil, dit Willoughby.

— Un cœur de pierre, en effet.

— Les Français sont un peu parano, et insolents, avec ça.

— Insolents, parce qu'ils ne font pas confiance à des gars comme toi...

Willoughby adressa à Gus un sourire inhabituel, un sourire de connivence.

— Rappelle-toi qu'il n'y a rien de vrai dans l'histoire que t'entendras raconter ou que tu liras dans les yeux des gens. J'avais prévenu Londres que Starkey, ça serait la mort. On ne doit pas commencer à mentir à ces gens-là, même une seule fois...

— Et Londres t'a répondu que c'était *ton* problème.

— Comme de bien entendu.

Gus n'avait plus envie de sourire.

— Tu ne m'enverrais pas, toi, dans un réseau Prosper, à Paris ?

— Non, fiston. Ce qui en reste est pourri de nazis. Je t'envoie chez ce que j'ai de mieux comme types. Perdons pas de vue que notre but, c'est de gagner la guerre. Bien sûr, j'ai peur qu'après l'affaire Prosper ils soient un peu méfiants...

La lueur glacée réapparut dans les yeux de Gus, et y demeura.

— Je n'aurai pas le temps de regarder ce qui se trame derrière mon dos, dit Gus sans hausser le ton. Quand j'ordonnerai à ces gens d'agir, ils devront m'obéir plus vite que si l'ordre venait de De Gaulle lui-même. Et si tu ne les as pas préparés à ça, il vaudrait mieux mettre les choses au clair tout de suite. Compris ?

— Compris, répondit Willoughby, le visage en feu.

— Je ne veux pas entrer dans des combines. Si Londres a fait une connerie, nous sommes là pour la réparer. Je suis le commandant suprême, dans ce pays. A la fois Ike et Monty et Winnie Churchill. On t'a averti de ça ?

— Oui.

— Je vais leur donner mes ordres, à tes Français. Et ils n'auront pas droit à une seconde d'hésitation, pas le droit de se demander si je ne serais pas en train de les vendre à l'ennemi, eux, leurs gosses, leurs chiens, ou la Résistance tout entière.

Willoughby s'éclaircit la gorge.

— Je peux te promettre leur coopération.

— Je ne parle pas de coopération. Je parle d'obéissance. Je parle du succès du débarquement allié. Alors, débrouille-toi, prends ton petit émetteur, appelle le plus haut placé de ceux que tu connais et prépare-le à pisser dans sa culotte rien qu'en pensant à mon nom.

C'est l'image d'Armand Leclerc qui vint à l'esprit de Willoughby. L'homme qu'il fallait avec sa forte carrure et son regard calme. Gus ferait mieux de ne pas s'échauffer avant de l'avoir vu.

— Je vais chercher le poste.

— Attends, dit Gus. Déballe d'abord les petites surprises que tu gardes en réserve. Une à une. Sagement.

Willoughby avala sa salive. Gus semblait prêt à lui sauter dessus.

— Garde ta rogne pour les Allemands, dit-il, au lieu de te faire les dents sur tes amis.

— Mes amis sont ceux qui font bien leur boulot pour que, moi, je fasse bien le mien. Alors tu veux faire ton boulot, ou tu préfères t'envoyer en l'air dans la chambre à côté ?

Willoughby croyait avoir prouvé depuis le début qu'il ne renâclait pas à la tâche.

— Reprenons les choses tranquillement, continua Gus. L'homme à qui tu m'envoies, tu considères qu'il est le meilleur parce que c'est tout ce que tu as ?

Le soupir que poussa Willoughby prouva à Gus qu'il avait raison sur toute la ligne.

— Je ne mets pas en doute sa compétence, poursuivit-il. Je suis sûr que l'homme est astucieux, solide, qu'il a de l'âge et de l'expérience. Capable aussi de survivre, puisqu'il est encore debout après quatre ans de lutte. Ceux qu'il a sauvés des ratissages, les rescapés de l'opération Starkey, doivent le vénérer, il peut compter sur leur loyauté. Le seul ennui, c'est que ça se passe uniquement entre eux.

On pouvait lire sur le visage de Willoughby une approbation désolée.

— Ce gars, ajouta Gus, ne se soucie que de la France et du peuple français. Il se fie à son propre jugement et, jusqu'à présent, tout a bien marché. Après Starkey et le démembrement de Prosper, il n'aimera pas obéir aux ordres d'un Américain ou d'un Anglais, même si ça lui paraît justifié. Alors, il va me saluer poliment, m'offrir son plus beau sourire, et continuer à essayer de gagner la guerre à sa manière, exactement comme ça lui chante.

Gus reprit son souffle. Il n'avait qu'un seul désir, à présent : s'enfoncer dans un lit douillet et dormir pendant quarante-huit heures.

— Le plus beau, déclara-t-il cependant, c'est que tu savais tout ça, et qu'un quelconque imbécile de Londres t'a demandé de la fermer. Peut-être qu'il s'est même dit que si je découvrais la vérité je me défilerais. Ou bien qu'il m'arriverait une chose extrêmement dangereuse : perdre ma foi en Londres et improviser à ma guise un petit changement dans les règles du jeu.

Willoughby trouva la force de sourire.

— Tu ne pourrais pas la boucler une minute ?

— Non. Tu as respecté la consigne, même si ça te soulevait le cœur. Tu n'as pas vraiment envie de me mettre dans de sales draps, parce que je suis un bon petit gars. Alors, tu distilles ta culpabilité au travers d'histoires du genre « Starkey » et « Prosper ». Maintenant, j'attends les vrais tuyaux.

— Que je déballe tout, maintenant ?

— Et ne me raconte pas seulement que j'ai raison. Avoir raison ne me conduira à rien dans cette guerre...

Willoughby fit claquer ses grosses mains.

— Bon. Il s'appelle Armand Leclerc.

— Parfait. Il est recalé.

— C'est tout ce que j'ai à Paris. Pas question de l'exclure. Si je demande aux résistants de le remplacer, ils vont refuser et te faire rudement sentir leur hostilité. Et on ne peut pas se passer d'eux. Pour les communications radio avec Londres, pour t'emmener dans les Alpes quand ça sera fini. Je peux pas te laisser tout nu dans cette affaire.

— Je considérerai ce Leclerc comme un ennemi. Tous ceux en qui je n'ai pas confiance sont pour moi des ennemis.

— D'après ce que j'ai vu, je crois que tu en viendras à bout. Faut pas discuter avec lui, faut t'imposer comme le chef de la bande. T'auras qu'à lui lancer un de ces regards dont t'as le secret. Il grognera peut-être, mais il filera doux.

— On ne vient pas à bout d'un type qui vous tire dans le dos. On peut seulement le manœuvrer.

— Ah oui ? Et comment ?

— En le mettant en dehors du coup, sans qu'il en sache rien. Je m'imposerai d'abord de telle façon qu'il n'osera pas m'attaquer de plein fouet — ce qui ne veut pas dire que je le laisserai agir derrière mon dos. J'expliquerai que ce serait trop dangereux d'avoir de fréquents contacts entre nous, que la Résistance ne peut risquer la vie d'un homme aussi important, et qu'il me faut donc trouver un intermédiaire. Une manière pour lui de sauver la face, tout en abandonnant son rôle de premier plan.

Willoughby approuva de la tête. L'idée lui plaisait.

— Ensuite, dit malicieusement Gus, je m'arrangerai pour que l'intermédiaire soit plus loyal envers moi qu'envers lui.

— Avec tes talents...

— Ce sera du gâteau, dit Gus en clignant de l'œil.

XIX

Entre la fin du couvre-feu et les premiers rayons de l'aube, Charlotte emmena Gus dans sa carriole.

Il faisait jour quand ils arrivèrent à Argenteuil. Charlotte avait insisté pour conduire Gus jusque dans la banlieue immédiate de Paris, en l'assurant qu'elle ne courrait aucun danger. Avant de descendre, il l'embrassa sur la joue et lui glissa quelques billets dans la main.

Gus marcha plus d'un kilomètre avant d'apercevoir un vélo-taxi.

— A l'Arc de Triomphe ! dit-il.

Le « chauffeur » sourit à ce touriste désireux de faire une promenade dans la capitale.

Si tôt le matin, Argenteuil n'évoquait en rien un camp retranché. On n'y rencontrait ni patrouilles ni postes de contrôle. Les habitants s'éveillaient lentement à la vie quotidienne. Gus rêva un instant à une ville déjà libérée.

Dès l'approche de Paris, les signes de l'occupation se firent évidents. Des soldats allemands, uniformes verts et capotes grises, défilaient par petits groupes. Gus les trouva pour la plupart incroyablement jeunes. A côté de sentinelles armées, des soldats en permission portaient non un fusil mais un appareil photo, et riaient comme des adolescents.

Et puis il y eut cette banderole accrochée sur la façade baroque d'un grand bâtiment : DEUTSCHLAND SIEGT AN ALLEN FRONTEN (« L'Allemagne est victorieuse sur tous les fronts »).

Bienvenue à Paris.

Comme s'il venait de passer une frontière invisible, Gus fut frappé de la présence de tant de soldats, de l'abondance de drapeaux et d'emblèmes allemands. Partout, des croix gammées, noires, cerclées de blanc sur fond rouge vif. Elles s'étalaient, tels des graffiti obscènes, à l'entrée des théâtres, aux balcons des hôtels réquisitionnés par l'occupant. Hideux symboles qui souillaient la grâce et la beauté de cette ville exceptionnelle.

Les Parisiens, bien réveillés, s'activaient déjà. Des convois de camions circulaient en klaxonnant bruyamment. Au passage de l'un d'eux, un sergent de ville français, qui réglait la circulation, fit le salut nazi.

A Paris, la journée commençait alors qu'il faisait encore nuit, depuis que les Allemands avaient avancé d'une heure les pendules pour les mettre à l'unisson avec celles du Reich. Des ménagères faisaient la queue devant les boutiques où il restait quelque chose à vendre. Le regard éteint, sans exprimer ni souffrance ni angoisse, ces femmes subissaient la routine quotidienne, les restrictions. Un spectacle bien attristant.

Plusieurs étaient en pantalon, tenue plus commode pour la bicyclette, qui était d'un usage courant. Les seules voitures qu'on voyait dans les rues portaient la plaque d'un « service public » allemand. Pour deux millions de bicyclettes, sept mille autos seulement. On se déplaçait principalement en métro, en voitures à cheval et en vélos-taxis. Il y avait quelques autobus équipés de gazogènes, l'essence restant le privilège des véhicules militaires.

Sur la vitrine de certains magasins, une inscription, noire sur un rectangle jaune, signalait un commerce juif, souvent déserté depuis longtemps. Vitrine brisée. Planches clouées en travers de la porte. Gus observa les passants. Aucune étoile jaune sur les vêtements. En avril 1944, on ne rencontrait plus beaucoup de Juifs.

Le vélo-taxi arriva à l'Arc de Triomphe. Gus descendit au coin de l'avenue Kléber. Malgré l'étalage de laideur nazie, Gus se sentait vraiment à Paris — la plus belle ville qu'il eût jamais visitée.

Du rond-point des Champs-Élysées, il contempla la perspective qui s'étendait devant ses yeux jusqu'à la place de la Concorde. L'avenue si large, les arbres arborant leurs jeunes feuilles. Les terrasses des cafés, éclaboussées de soleil, se remplissaient de clients matinaux. Gus se demanda si l'on pouvait encore se faire servir du café ou du chocolat. Des mères poussaient des voitures d'enfants. Des hommes d'affaires tenaient serrée leur serviette de cuir et jetaient un coup d'œil à leur montre. Même les bicyclettes ne semblaient plus des symboles de privations, elles évoquaient les grâces d'un temps plus paisible, plus lyrique. Le spectacle tout entier était d'une vibrante beauté.

Gus resta immobile. Il voulait prolonger cet instant. Puis, les mains dans les poches, il se décida à descendre l'avenue. En homme libre, en touriste. Il se mit à siffloter. Personne n'était au courant de son arrivée puisqu'il ne s'était pas encore présenté aux nazis. Il pourrait aussi bien disparaître. Louer une chambre quelque part. Trouver du travail, trouver une fille. Rien ne le forçait à mourir.

De telles pensées le firent sourire. Il savait que la peur de la mort sécrète sa propre logique aberrante. Trouver du travail, trouver une fille... Pure folie.

Tandis qu'il marchait en plein soleil dans l'odeur des châtaigniers, un souvenir lui revint à l'esprit. Ou plus exactement l'écho lointain d'un sentiment éprouvé un jour où, très jeune, il se trouvait dans un lieu d'une grande beauté. Il avait alors découvert que la solitude n'est rien pour peu qu'on s'intègre à un décor merveilleusement amical et rassurant.

Peu à peu, cependant, l'atmosphère empoisonnée de l'Occupation s'infiltra dans le cocon de sa rêverie. Comment ignorer ce qui sautait aux yeux ? Les plus beaux hôtels, les plus majestueux bâtiments publics réquisitionnés par les bureaucrates allemands, militaires, civils, SS. Les restaurants transformés en cantines. La barricade entourant l'entrée d'un *Soldatenkino*, cinéma réservé aux soldats allemands. Le titre du film projeté disparaissait sous d'innombrables slogans de propagande.

Chaque croix gammée, chaque affiche lui transperçait la chair. Ce premier matin à Paris, un matin qu'il ne revivrait jamais plus, on le lui gâchait. Non par des signes visibles de meurtres, de tortures ou d'asservissement, mais assez pour faire jaillir au cœur de Gus une haine profonde. Il s'y accrocha et se remit en marche en faisant claquer ses talons.

Au 52 de l'avenue : la *Propaganda Abteilung*, organisme chargé de la censure — cinéma, théâtre, radio, livres, journaux — et même de la répartition entre des mains sûres du papier disponible. Gus passa devant deux stations de radio dévouées à présent à l'esprit de collaboration : Radio-Paris et Radio-Cité. Il chercha à se rappeler sur quelles ondes on entendait Maurice Chevalier.

Au 31-33, le cinéma Marignan abritait le siège de l'organisation Todt, responsable de tous les projets de constructions nécessaires à l'armée allemande : Mur de l'Atlantique, terrains d'aviation, chantiers navals. Un demi-million de Français travaillaient pour cette organisation et touchaient de bons salaires. Si seulement vingt pour cent avaient refusé !

XX

En fin de matinée, Gus arriva rue Pergolèse. Il s'arrêta, silhouette anonyme derrière un journal déployé. Les nazis n'étaient pas encore à ses trousses, il pouvait donc, lui, s'amuser à faire une petite enquête personnelle. Suivre à la trace un adversaire finissait toujours par révéler des choses intéressantes : habitudes, manies, et même traits de caractère.

Bientôt, Armand Leclerc sortit d'un immeuble cossu. Gus avait vu une photo de lui et le reconnut aisément. La quarantaine, un début de calvitie, des épaules puissantes, un visage agréable malgré le nez large et plat. Leclerc portait des vêtements de qualité, comme il convenait à un homme qui devait passer pour un collaborateur fortuné.

Il s'engagea dans l'avenue Malakoff. Tout en marchant à grands pas, il serrait et desserrait les poings. Il descendit ensuite rapidement l'escalier de la station de métro Porte Maillot. Gus fut obligé de le suivre d'un peu plus près qu'il ne l'eût souhaité, de peur de le perdre dans ce labyrinthe.

Leclerc prit la direction « Vincennes » et aboutit sur un quai où, malheureusement pour Gus, il y avait beaucoup de monde. Quand Leclerc monta dans la rame, Gus s'y engouffra par une autre porte en s'excusant, par un sourire, de bousculer un groupe de passagers.

La rame s'ébranla. Gus se débrouilla pour rester près de la porte, prêt à bondir à chaque nouvelle station.

Il repensa à ce que Willoughby lui avait dit sur le réseau Jade Amicol, dernier bastion du MI-6 à Paris. Il disposait de plus de quinze cents agents, sous-agents et sympathisants apparemment dignes de confiance. Son centre vital était un couvent de Lazaristes situé rue de la Santé, au-dessous de l'asile d'aliénés Sainte-Anne. La mère supérieure, Henriette Frede, et les neuf religieuses de l'ordre de la Sainte-Agonie, menaient le couvent à la perfection.

Les responsables de Jade Amicol se réunissaient dans les cellules aux parois de pierre, éclairés par des bougies. Au-dessus de la sacristie, une pièce abritait le récepteur-émetteur qui serait le seul lien de Gus avec Londres.

Station Concorde. Leclerc laissa passer la foule et descendit en dernier, d'un bond souple, sans marquer de hâte.

A l'autre bout du wagon, Gus n'eut que le temps de se glisser à l'extérieur avant la fermeture automatique de la double porte. Le cœur battant, il vit Leclerc s'engager dans un couloir. Il laissa entre eux une distance d'une quarantaine de mètres. Habituellement, Gus n'évaluait pas la personnalité de quelqu'un d'après sa démarche. Avec Leclerc, il était difficile d'ignorer cet élément.

Il suivait maintenant un couloir. Direction : Porte de la Chapelle. Sur le quai, Gus adopta la même tactique que précédemment. Il laissa monter Leclerc et entra dans le wagon au dernier instant, par une autre porte.

Station Madeleine. Gus pensa que Leclerc ne savait pas qu'il était suivi. Sinon, il lui aurait été plus facile de se tirer d'une filature à la station Concorde avec ses multiples embranchements.

A la station Pigalle, Leclerc descendit très normalement. Peu de monde sur le quai. Gus attendit et faillit une fois de plus être coincé par la fermeture des portes.

Il monta les marches vers la sortie, à quelque distance de Leclerc, et se retrouva place Pigalle. Le soleil de ce début d'après-midi était plus diffus, l'air avait perdu la clarté limpide des premières heures de la journée. Montmartre grouillait d'animation, chatoyait de couleurs. Cependant, les rigueurs de l'Occupation s'y faisaient sentir davantage qu'aux Champs-Élysées.

Leclerc semblait trop bien habillé pour le quartier. Tout en le suivant jusqu'au boulevard de Clichy, Gus se félicita de l'initiative qu'il avait prise car, de toute évidence, Leclerc allait à un rendez-vous clandestin. De quoi exciter la curiosité.

Le trajet de Leclerc comporta maints détours. Il descendit la rue des Martyrs et revint vers la place Clichy pour aboutir rue Houdon. Il ne donnait pas l'impression d'un homme sur le qui-vive, il gardait l'allure d'un promeneur ordinaire.

En fait, cet homme, commerçant réellement fortuné, s'était rendu indispensable au *Deutsches Beschaffungsamt*, organe chargé de l'approvisionnement. Comme des centaines d'autres Parisiens, il servait de lien entre les nazis et le marché noir : bijoux, caviar, vins de Bourgogne, métaux précieux ou roulements à billes. L'accaparement des marchés et sa conséquence, la hausse des prix, constituaient exactement les crimes que les nazis avaient toujours imputés aux Juifs. Mais s'ils étaient l'œuvre de loyaux serviteurs du Reich, c'était autre chose.

L'excuse invoquée par les nazis pour se vautrer dans les milieux du marché noir était qu'on y trouvait des mouchards prêts à fournir des informations sur la Résistance. Les richesses frauduleusement accumulées ne représentaient qu'un à-côté d'une activité plus sérieuse.

Leclerc descendit la rue des Abbesses et entra dans un café. De la rue, Gus vit le garçon apporter spontanément à sa table un Campari et de l'eau de Seltz. Ce client était donc un habitué, bien que l'établissement fût situé fort loin de son domicile. La longue promenade dans Montmartre s'expliquait peut-être par le souci de ne pas arriver en avance. La personne attendue pouvait appartenir à la Résistance, ou au parti nazi. Ou peut-être s'agissait-il seulement d'une maîtresse ?

Quelques minutes plus tard, une jeune femme vint rejoindre Leclerc. Une ravissante gamine blonde de deux ou trois ans — sa fille, sans doute — l'accompagnait.

Willoughby aurait intérêt à mettre à jour ses fiches. Il avait dit à Gus que Leclerc n'était ni marié, ni engagé dans une aventure sentimentale d'importance.

La femme embrassa chaleureusement Leclerc. Elle s'assit et posa ses doigts fins sur la main de l'homme. Elle était d'une beauté stupéfiante, avec sa chevelure noire retombant sur les épaules, ses yeux immenses d'un gris pur, radieux.

Gus se posa la question de savoir si Leclerc pouvait être le père d'une petite fille aussi blonde. Puis il ne pensa plus qu'à la femme, la plus belle, la plus exquise des créatures sur lesquelles il eût jamais porté les yeux. Au premier regard, elle réveilla en lui d'anciens rêves.

Il se souvint avec délices de son premier enthousiasme devant la beauté féminine. Il avait onze ans. C'était l'été, au bord d'un lac. Sa famille rendait visite à des amis et, quand leur jeune femme de chambre adressa à Gus un sourire malicieux, une chaleur qu'il n'aurait su définir lui traversa le corps. Elle était mince, brune, avec une peau laiteuse.

Gus se souvint également de la façon dont il imaginait la vie parisienne, à l'époque où il voulait quitter le Connecticut, s'installer dans un vieux quartier de Paris, peindre, écrire, et tomber vraiment amoureux. Faire, enfin, ce à quoi il aspirait ardemment.

Écartant d'autres souvenirs, Gus chercha à se rappeler s'il avait déjà dans sa vie connu un véritable coup de foudre. Il trouva triste et bizarre à la fois que nulle image ne lui vienne à l'esprit. Aucune femme n'avait provoqué ce désir immédiat qui lui faisait tourner la tête devant la belle inconnue.

Qu'en était-il des valeurs qu'il prétendait porter si haut ? se demanda-t-il ironiquement. Avec ses longs doigts, son cou frêle, ses grands yeux, cette femme était peut-être stupide, vulgaire et... de mauvaise vie. Il rit en lui-même car il crut entendre les propos de sa mère : les hommes sont tous des chiens. Elle incluait son mari dans cet anathème, mais pas Gus, ce qu'il considérait comme assez vexant.

Gus revint à la réalité présente. Sans qu'il sût rien d'elle, la Dame aux Yeux Gris venait de lui procurer un moment de plaisir, elle avait fait remonter à la surface un fragment de sa tendre jeunesse qui lui disait que le passé, la chair et bien d'autres choses lui tenaient à cœur autant que la mission qu'il poursuivait.

S'il franchissait la porte du café, la magie de cet instant s'évanouirait. Il retomberait dans l'univers de Willoughby, du petit avion, des épreuves qu'il devrait affronter pour le peu de temps qu'il lui restait à vivre.

Il entra cependant, les mains dans les poches, et alla s'asseoir à une table proche de celle de Leclerc. Sans se l'avouer, il voulait observer la femme. Elle effaçait la guerre. Elle représentait sa seule attache avec la vie.

La femme se leva. Leclerc embrassa la petite fille sur les deux joues. Et, déjà, elles étaient parties.

Lentement, Gus vint s'attabler en face de Leclerc.

— Je m'appelle Lang, dit-il en français avec un sourire naturel. Les pétales sur le lac sont poussés par le vent. Le souffle purifiant de la pluie...

Leclerc écouta le message codé. Il garda bonne contenance. Son regard parcourut la salle. Après tout, l'endroit en valait bien d'autres.

La conversation des deux hommes dura moins de cinq minutes. Tout en échangeant des informations essentielles, ils adoptèrent un ton détendu. Leclerc promit de fournir une liste de noms et d'adresses.

— Rien par écrit, dit Gus. Donnez-les-moi verbalement.

Leclerc accepta et nota l'effort de mémorisation dans les yeux verts de son interlocuteur.

— Votre femme et votre fille sont très belles, dit enfin Gus.

Leclerc ne sourit pas tout de suite, enfermé dans des sentiments très personnels.

— Ce n'est pas ma femme. Elle s'appelle Claire Jouvet. Elle confectionne des bijoux, et aussi des faux papiers pour Jade Amicol — tout en se faisant passer pour ma maîtresse.

Gus crut déceler un regret dans ce « en se faisant passer... ».

— Et son mari ? demanda-t-il.

Leclerc fixa Gus avant de répondre.

— Le père de la petite Amy est anglais. Claire ne l'a pas épousé. On l'a envoyé au camp de concentration de Royal-Lieu. Elle l'adore et lui est très dévouée.

Le ton se voulait convaincant. Gus se demanda néanmoins pourquoi Leclerc lui en avait dit plus qu'il ne demandait. Il renifla quelque chose de suspect, mais inclina la tête en signe de discrète sympathie.

— Parlez-moi de la petite fille.

— Amy parle couramment l'anglais et le français. C'est une enfant sensible, très brillante. L'unique réconfort de sa mère.

Gus déclara abruptement :

— Demain matin, je me présenterai au SD. A partir de là, je serai constamment surveillé. Je n'aurai plus l'occasion d'avoir de contacts avec quelqu'un comme vous.

Leclerc, attentif, n'aimait pas ce qu'il sentait venir.

— Il me faudra cependant rester en contact permanent avec Londres. Donc, je rencontrerai Mlle Jouvet. Des relations mondaines. Je la ferai passer pour mon flirt pendant toute la durée de ma mission. Elle servira de liaison entre vous et moi.

Le visage de Leclerc s'assombrit, mais sa voix resta ferme et mesurée.

— C'est tout à fait hors de question. Je m'y oppose formellement. Il est de mon devoir de protéger Claire de tout danger. Je n'aimerais pas faire d'Amy une orpheline.

Les yeux de Gus reprirent leur lueur glacée.

— Est-ce que vous savez quelque chose de ma mission ?

La question vint comme une surprise.

— Non, dit Leclerc.

Visiblement, un mensonge. A voir la crispation des muscles de la face.

— La prochaine fois que vous me mentirez, monsieur Leclerc, vous n'entendrez plus parler de moi. Et ce sera un jour bien triste pour votre pays, croyez-moi. Le jour le plus triste que vous puissiez imaginer.

Un mélange d'émotion et de calcul provoqua chez Leclerc une certaine indécision. Les yeux verts lui conseillaient de ne pas jouer au plus malin.

— Je sais seulement qu'il y a un prisonnier, dit Leclerc sans trop baisser la voix pour ne pas attirer l'attention des autres clients du café. Ce prisonnier... possède des informations concernant le débarquement. Il doit être éliminé.

— J'ajoute qu'il n'y aura pas de débarquement si ma mission échoue. Tout devra être repris de zéro, et ça prendra au moins un an. Imaginez le peuple français soumis aux conditions actuelles pendant encore douze longs mois.

Leclerc commença à reprendre ses esprits.

— Laissez-moi me présenter : je suis votre dernière chance, dit Gus. Et j'ai beaucoup moins confiance en vous que vous n'avez confiance en moi. Autre chose : je suis ici parce que je suis le meilleur, c'est-à-dire un vrai professionnel. Pas un martyr. Je tiens plus à ma vie qu'à votre foutu pays tout entier, cher monsieur. Dès que je sens qu'il se passe des choses louches derrière mon dos, je lâche tout. J'irai suivre de Suisse la façon dont se dérouleront les douze prochains mois. Tandis que vous, vous les suivrez d'*ici*. Est-ce que vous me comprenez bien ?

Leclerc hésita puis hocha la tête, l'air sombre.

Comme Macklin, il s'inclinait. Gus se savait indispensable et il venait d'établir nettement la supériorité de sa position.

— C'est moi qui déciderai de chaque détail, du moindre changement d'orientation. Si je vous donne rendez-vous un jour, en plein midi, au sommet de la colonne de la Bastille, vous y serez.

Après une telle sortie, Gus tenta de déceler chez Leclerc un signe de faiblesse ou d'envie qui confirmerait sa totale soumission au nouveau chef de la tribu. Il ne vit rien de tel mais décida de ne pas pousser plus loin. Par souci de l'importante mission confiée à Gus, par raison, Leclerc se montrerait sûrement obéissant.

Désormais, la Dame aux Yeux Gris tenait entre ses mains la destinée de Gus.

XXI

Ernst Ritter leva les yeux de son bureau. Ce qu'il vit lui fut une agréable surprise. Devant lui se tenait, grand, bien droit, les cheveux blonds coiffés en arrière, un bel exemple de virilité aryenne. Cet agent de l'Abwehr serait magnifique dans l'uniforme noir et argent des SS.

— Bienvenue à Paris, capitaine Lang. Asseyez-vous, je vous prie. Votre voyage a dû être fatigant.

Ritter s'exprimait assez péniblement en anglais. Gus répondit dans un bien meilleur allemand.

— Merci, Herr Standartenführer. Je me sens reposé et bon pour le service ! Mais... je croyais recevoir mes consignes de l'Oberführer.

Gus était resté debout, les muscles tendus, le regard clair. Tout dans ce jeune homme plut à Ritter, y compris son accent du Nord de l'Allemagne. Il n'aimait pas les gens du Sud, en dépit des origines du Führer. Il joua un instant avec son crayon, peu pressé de répondre au sujet de l'Oberführer. Il guettait un signe d'impatience chez Gus. Ce dernier resta impassible.

— Asseyez-vous donc, capitaine, mettez-vous à l'aise, dit-il enfin, en allemand.

Le reste de la conversation se poursuivit dans cette langue.

— Je suis très à l'aise, Herr Standartenführer, répondit Gus aimablement.

Et il s'assit.

Ritter se rappela qu'il avait soulevé des objections quand Brausch s'était décidé à inclure Gus dans leur équipe. Ses doutes se dissipaient. L'allure du jeune homme avait de quoi le combler, et il se fiait toujours à sa première impression. Il admirait en lui l'aisance, la détermination, l'air attentif et respectueux, et même la façon de s'asseoir.

— Il y a eu un changement d'horaire, capitaine, ce qui nous laisse le temps de bavarder un peu avant l'arrivée de l'Oberführer.

Gus comprit que ce bavardage serait en fait un interrogatoire SS. Beaucoup d'autres suivraient, certainement. Comme l'annonce qui venait de lui être faite ne supposait pas de réponse, il se tut. Son attitude calme et son regard alerte enchantèrent toujours plus Ritter, qui lui offrit une cigarette française.

Gus refusa poliment. Ritter défit les deux boutons supérieurs de sa vareuse et s'enfonça confortablement dans son fauteuil. Il cherchait visiblement à créer une atmosphère d'intimité.

— Vos parents sont originaires de Bavière, n'est-ce pas ?

C'était une plaisanterie, lancée d'un ton satisfait. Car Ritter connaissait le dossier de Gus et savait que ses parents venaient de Saxe, de même que Gus savait que Ritter venait du Schleswig-Holstein. Cette « plaisanterie » révélait le préjugé des Allemands du Nord contre ceux du Sud. Gus allait l'utiliser.

Il fit mine de se hérisser, d'abord, comme sous une insulte, puis de comprendre et d'apprécier.

— Pourquoi souriez-vous ? demanda Ritter innocemment.

— Parce que je pensais à une boutade de Bismarck, Herr Standartenführer. Il disait qu'un Bavarois est un hybride, à demi homme et à demi Autrichien.

Ritter s'esclaffa, mais fit remarquer :

— Une telle citation serait mal venue à Berlin, de nos jours !

— Le Führer est l'exception qui confirme la règle. Mon père avait quelques préjugés en la matière. Je suppose que j'en ai hérité.

— Vous parlez admirablement notre langue, pour un Américain. Et laissez-moi vous dire, capitaine, que j'ai toujours éprouvé un grand respect pour votre peuple.

Ritter nota une certaine crispation chez Gus mais les yeux verts s'efforçaient de garder le même calme.

— Je vous rappelle, Herr Standartenführer, que je suis allemand. Depuis ma plus tendre enfance, je me suis considéré comme un Allemand vivant en terre étrangère. Je n'ai jamais vraiment compris les Américains. Je leur reconnais des talents en divers domaines, mais ils montrent de la faiblesse et sont portés à se faire des illusions. Je n'éprouve pas de haine à leur égard. Pour moi, ce sont simplement des étrangers.

Gus sortit de la poche de poitrine de sa veste un mince feuillet qu'il déplia avec soin et tendit à Ritter.

C'était sa *Ahnenliste*, son arbre généalogique. Les origines aryennes de Gus remontaient au XVe siècle. Ritter avait eu l'occasion d'étudier nombre de ces documents, rarement aussi impressionnants, aussi méticuleusement détaillés. D'ailleurs le visage du jeune homme rayonnait de fierté.

— Si je risque ma vie chaque jour depuis quatre ans, c'est parce que je suis allemand, au même titre que ceux qui portent votre uniforme.

L'entretien se poursuivit pendant une demi-heure. Gus avait lui-même été dressé à la pratique des interrogatoires. Celui qui l'interrogeait n'était visiblement pas un professionnel. Ainsi, il ne savait guère ménager de silences, aussi importants que les mots pour ponctuer un discours. Gus utilisait magistralement les pauses, abruptes ou insinuantes. Il ne fut toutefois pas sans remarquer, à certaines tournures de phrases, à certaines associations d'idées, que Ritter était d'une surprenante intelligence. Sans céder à la tentation de sous-estimer l'adversaire, il le considéra comme dangereux jusqu'à preuve du contraire.

Ritter énuméra complaisamment les mesures de sécurité prises au château de Vincennes, là où l'Overlord était emprisonné. Mesures raffinées dont il se flattait d'être l'artisan.

Gus en conclut que toute tentative d'évasion serait dérisoire. Andy Wheeler entrerait plus facilement dans les coffres de la Banque de France qu'il ne s'échapperait de Vincennes.

Tandis qu'il allumait sa quatrième cigarette, Ritter eut un regard étrange, fugace, mais suffisamment aigre-doux pour faire se contracter l'estomac de Gus.

— Quelle est votre opinion, capitaine, à l'égard du problème juif en Amérique ?

Gus prit le temps de réfléchir. La question marquait clairement un tournant dans la conversation.

— Je dirais, Herr Standartenführer, que je ne dispose pas de connaissances suffisantes pour formuler une opinion.

Ritter espérait une réponse beaucoup plus directe.

— Et si je vous demande quels sont vos sentiments à l'égard des Juifs américains ? Vous en avez certainement.

— Les Juifs que j'ai connus aux États-Unis n'étaient pour moi que des Américains.

— Pour vous, alors, les Juifs d'Allemagne ne sont que des Allemands ?

— Non, répondit Gus tranquillement. Ce que sont les Juifs, ce que sont les Américains, je vous ai dit que je ne le comprenais pas bien. En revanche, les Allemands forment un peuple.

— Une race ?

— Un peuple. La race est une question qui relève de la science, et je ne suis pas un scientifique.

Ritter paraissait sourire, mais ce n'était qu'un réflexe nerveux, une manière de déguiser l'agressivité qui montait en lui. Gus prit ce sourire pour un avertissement. Comme le signal émis par un serpent à sonnettes.

— Le Führer nous a enseigné que les Juifs forment une race.

Gus ne s'était donc pas trompé sur le rictus.

— Sans doute a-t-il raison.

— Sans doute ?

— Pensez-vous que le Führer soit infaillible ?

Ne recevant pas de réponse, Gus continua.

— Je pense que c'est un homme qui a accompli ce dont aucun homme avant lui n'avait été capable. Son véritable enseignement, c'est de donner la preuve éclatante de ce qu'un seul individu peut faire.

Ritter se détendit quelque peu, ce qui engagea Gus à conclure :

— L'histoire de l'humanité fourmille de dieux. Un homme comme le Führer est plus rare qu'un dieu.

Ritter trouva cette phrase à la fois profonde et poétique. Il se promit de l'utiliser à son tour. Gus venait de passer avec succès son examen oral. Quelques propos furent ensuite échangés et, soudain, la porte s'ouvrit.

Ritter fut choqué de voir apparaître son supérieur en pull-over à col roulé, alors qu'il l'attendait dans son bel uniforme SS.

— Je m'appelle Walter Hoffmann, dit l'homme en tendant la main à Gus. Il fait un temps délicieux, ce matin ; voulez-vous faire une promenade avec moi ?

XXII

Hoffmann conduisit Gus à travers un dédale de couloirs.

— J'ai fait préparer quelques sandwiches, dit-il en montrant le sac qu'il transportait, et je n'ai pas oublié le vin. Je pensais que nous pourrions pique-niquer dans le parc.

Il parlait un anglais impeccable et indiqua au passage les divers services de l'immeuble et les fonctions du personnel. Gus n'eut pas l'occasion d'intervenir. Hoffmann avait opté pour l'anglais, aussi facilement que Gus avait imposé l'allemand à Ritter. Ce n'était pas seulement pour mettre en valeur ses dons linguistiques. Employer la langue maternelle de son interlocuteur crée une atmosphère de familiarité. Une langue étrangère suscite des réflexes de défense. La règle valait pour le SD.

Hoffmann gagna donc la première manche dans ce duel entre confrères.

Ils descendirent les marches du perron et se trouvèrent dans l'avenue ensoleillée. Le SD avait réquisitionné cet immeuble de l'avenue Foch pour en faire son quartier général. Gus admira l'élégance architecturale de l'édifice, mais ses yeux furent attirés par la longue file de limousines noires rangées au bord du trottoir. Dans une ville où ne circulait pratiquement aucune voiture, il vit là un étalage de pouvoir touchant à l'exhibitionnisme.

Hoffmann avait suivi son regard.

— Vous remarquerez que, dans cette guerre, vous êtes finalement du bon côté.

— De quoi dissiper tous mes doutes ! dit Gus en souriant.

Hoffmann le regarda avec gentillesse. Il réussissait sans effort à créer une ambiance légère. Deux camarades partant à la découverte l'un de l'autre, prêts à établir des liens plus intimes.

— Et vous n'avez encore rien vu. Nous sommes les rois, ici. En fait, nous vivons plutôt comme des potentats orientaux. Je dispose, au Ritz, d'une suite de trois pièces d'une incroyable opulence. Marbre, antiquités, extraordinaires tapis persans. Mes collègues me reprochent cependant mon ascétisme. Ils se sont attribué des villas entières, à Garches ou à Marly. Des maisons appartenant à des Juifs qui ont fui vers le Sud.

Malgré le ton désinvolte, les yeux sombres d'Hoffmann étaient loin d'exprimer un plaisir sans mélange.

— Ritter s'est offert une maison à Neuilly. Des domestiques français le servent en livrée et gants blancs. Sa table est garnie avec les couverts en argent et la fine porcelaine d'un Juif enfermé à Drancy. Et il réunit, autour de vins et de victuailles provenant du marché noir, des membres de la bonne société parisienne.

Les deux hommes marchèrent un moment en silence. Puis Hoffmann ajouta :

— Nous sommes des Romains conquérants. Nous sommes des Mongols. Autrement dit, nous nous conduisons comme des cochons.

Gus se contenta de répondre par une expression de sympathie, rien qui laissât deviner une prise de position personnelle.

— Si cette occupation doit durer mille ans, dit Hoffmann, nous avons choisi une curieuse façon de l'instaurer.

— Au plan de la morale ou de l'efficacité ?

— Nous savons tout de la conquête, et rien de l'art de gouverner. Le sens moral est parfois efficace, dans la mesure où nous avons affaire à des êtres humains.

Gus admira la façon éloquente d'éluder la question.

— Vous devriez venir me rendre visite, chez moi, place des Ternes. J'habite une mansarde au quatrième étage sans ascenseur. De l'eau chaude, seulement le jeudi. Une austérité exemplaire.

Hoffmann lui décocha son sourire le plus espiègle.

— Avouez que c'est l'endroit dont vous rêviez, avant de venir à Paris.

Gus fut stupéfait de la pertinence de cette remarque.

— Je suis un romantique invétéré, dit-il d'un ton un peu puéril.

— Romantique *et* calculateur, rectifia Hoffmann. Une espèce dont nous devons être les derniers représentants.

Gus n'était pas un homme à se vanter, ni en public, ni en son for intérieur, il se dit pourtant qu'il n'avait jamais encore rencontré un homme qui le surpasse dans l'habileté à mener un interrogatoire. Or, la conviction naissait en lui qu'Hoffmann, avec son gracieux sourire et son doux parler, pourrait bien être celui-là. Il en ressentit la plus belle peur de sa vie.

Une fois arrivés au Bois de Boulogne, ils s'assirent au pied d'un arbre. Hoffmann parla de sa femme, de sa jeunesse, de ses années d'Université, de ses enfants, de ses voyages, cherchant à entraîner Gus aux mêmes confidences sur sa vie, ses opinions, ses émotions.

— Mon père était un petit homme tranquille, dit-il en levant la tête vers le dôme de feuilles vertes traversées de soleil. Un employé de bureau. Le nez dans ses paperasses, mais l'esprit ailleurs. Il aurait voulu voyager, il en parlait constamment... mais je crois qu'il n'est jamais allé à plus de deux cents kilomètres de Brême. C'était un homme qui respectait les valeurs morales, qui discernait le bien du mal. A mon égard, le bien consistait à me donner son amour. Il ne savait trop comment s'y prendre. Il essayait pourtant si fort, que cela revenait au même.

Encouragé par le sourire discret de Hoffmann, Gus se lança :

— Mon père était allemand. Un homme riche, intelligent, plein de fantaisie. Le dimanche après-midi, avec un peu de chance, il m'admettait en sa présence. Il préférait cependant sortir seul avec sa maîtresse. Parfois, je me disais que je le détestais, mais ce diable d'homme trouvait le moyen de m'obliger à l'aimer. On s'amusait si bien, avec lui, on riait. Il racontait des histoires inoubliables. C'est grâce à lui, dans ses yeux, dans sa manière de me serrer dans ses bras, que j'ai découvert ce que la vie pouvait avoir de délicieux, d'excitant.

— Et puis, vous alliez vous blottir contre votre mère...

— Et elle acceptait, parce qu'elle n'avait rien d'autre à étreindre. Elle portait en elle son chagrin. Une morte vivante. Elle aurait pu le quitter. Dieu sait pourquoi elle restait. Ce n'était pas une méchante femme, mais vide, recroquevillée sur elle-même. Au lieu d'aller vers ma mère, mon amour allait à cet homme et j'aurais fait n'importe quoi pour lui ressembler. Je m'en voulais, parce qu'il ne possédait aucune force de caractère, aucune compassion, rien qui justifiât mes sentiments.

Gus regarda Hoffmann, son ennemi. Tous deux jouaient le jeu, mettaient leur âme à nu, disaient des choses vraies parce que tout autre discours aurait sonné faux. Tout en se sentant manipulé, Gus reconnaissait une évidence : Hoffmann l'écoutait, le comprenait. Gus aurait pu compter sur les doigts de la main ceux avec qui ce miracle s'était produit.

— Mon père, dit Hoffmann, était persuadé que je serais un homme bien. Un homme aimant. Et il ne me souhaitait qu'une chose, qu'il a répétée jusque sur son lit de mort. Une chose qui, curieusement, n'a jamais eu d'importance pour moi... Il voulait que je sois riche !

Une fois encore, il avait touché la corde sensible.

— Mon père, dit Gus, m'a fait riche, que je le veuille ou non. Il ne me demandait d'ailleurs jamais mon opinion sur rien.

— Vous trouviez donc si terrible d'avoir de l'argent ?

Gus chercha à répondre le plus sincèrement possible.

— Oui... en un sens, oui. Si l'on possède quelque chose toute sa vie, on n'y fait plus attention. Cela devient, comme l'air, comme l'eau, une partie de la nature qui vous entoure. Le plaisir, c'est de désirer âprement quelque chose, et faire que ce désir se réalise...

Il se tut. Une idée l'avait poursuivi tout au long de cette déclaration et il se demandait s'il fallait la censurer.

— L'amour, dit soudain Gus. Il me reste à apprendre ce qu'est l'amour. Parce que j'en ai été privé. Mon père m'a donc tout de même laissé quelque chose à découvrir par moi-même.

Hoffmann paraissait soucieux de comprendre, d'apprendre.

— Reconnaissez, dit-il, que votre père a préservé pour vous la quête la plus précieuse.

Ils mangèrent. Ils burent. Ils observèrent les enfants qui faisaient naviguer de petits bateaux sur le lac. Jamais encore Gus n'avait ressenti cette impression d'être si inexorablement fouillé au plus profond de lui-même. La conversation se prolongea deux heures, puis trois heures. Le comportement amical de Hoffmann ne semblait pas forcé. En d'autres temps, Gus aurait souhaité être le disciple d'un tel homme. Être son ami.

Ils se promenèrent dans le Bois jusqu'au Lac Inférieur. Là, des Français attendaient en file pour louer une barque. Les Allemands bénéficiaient d'une priorité qu'ils affirmaient avec arrogance. Un petit garçon de quatre ans fondit en larmes parce que son père le fit descendre d'une embarcation pour céder la place à un soldat accompagné d'une jeune fille au regard morne. Elle transportait un phonographe à manivelle. C'est elle qui se saisit des rames. Le soldat s'allongea sur le dos. Des chansons allemandes retentirent, envahissantes. De barque en barque, on s'interpellait bruyamment.

Hoffmann, qui avait suivi la scène en silence, dit avec plus de pitié que de dégoût :

— La race des seigneurs...

Quand la musique cessa, Gus put entendre le frémissement du vent, le glissement des barques sur l'eau. Il s'étendit dans l'herbe et observa son compagnon, comme de très loin.

Bientôt, il remarqua que Hoffmann fixait un point précis, de l'autre côté du lac. Trois petites filles d'à peine dix ans marchaient en se cramponnant l'une à l'autre. Ce n'était pas un jeu. On ne les entendait pas rire.

— Des Juives, dit Hoffmann d'un ton neutre.

Gus frissonna sans que le vent y fût pour rien. De loin, il ne distingua pas d'étoile jaune sur les vêtements. Hoffmann, pourtant, n'avait pas hésité. Craintives, mais braves, les fillettes avançaient. Elles quittèrent le bord du lac, et disparurent. Gus n'eut pas l'occasion de voir leur visage.

— Est-ce que le Standartenführer Ritter vous a demandé ce que vous pensiez des Juifs ? demanda Hoffmann.

— Il a essayé de me le faire dire.

— Maintenant, c'est moi qui vous pose la question.

— Vous trouvez que je vous connais suffisamment pour répondre ? dit Gus, un sourire aux lèvres.

— Pas le moins du monde !

— Je n'ai jamais compris le « problème juif ». S'il y a des criminels parmi les Juifs, ils doivent payer. Mais un peuple entier...

— Haïr les Juifs, les massacrer, c'est une maladie ignoble et hautement contagieuse. Celui qui l'attrape en est marqué pour la vie.

Déclaration surprenante dans la bouche d'un Oberführer SS. Hoffmann semblait sincère, mais parlait-il au nom de la morale ou de l'efficacité ? Ou des deux à la fois ? Au fond, la distinction importait peu.

— Il existe à Paris, dit Hoffmann, un Commissariat Général aux Questions Juives, le CGQJ. Son siège est place des Petits-Pères. Chaque jour, des gens font la queue pour obtenir un certificat prouvant qu'ils sont de race aryenne. Supplications, tentatives de corruption... Un lamentable troupeau de Juifs et de non-Juifs, unis dans la fraternité du désespoir.

— Ce commissariat est géré par des Français ?

— Je vous ai dit que la maladie était contagieuse. Nous avons apporté aux païens le meilleur de nos croyances germaniques. Nous convertissons à tour de bras... Au début, c'était une conversion purement symbolique. Interdiction d'interpréter des airs de compositeurs juifs, dans les boîtes de nuit. Suppression du nom de Sarah Bernhardt au fronton d'un théâtre. Ensuite, on a assigné aux Juifs le dernier wagon dans les rames du métro. Ils n'eurent plus le droit d'utiliser les téléphones publics. Ils furent contraints de porter l'étoile jaune sur la poitrine — en donnant un ticket de textile pour ce privilège. On leur a fermé la porte des restaurants, des cinémas et, finalement, de tous les bâtiments publics...

Pendant ce discours, Hoffmann jaugeait les réactions de Gus.

— ... Il y avait naturellement des exceptions. Pétain a dressé une liste de dérogations en faveur de certains Juifs. Des amis, des nobles. Le Reich, lui, accordait un traitement de faveur aux Juifs « économiquement utiles ». Puis s'est tenue la conférence de Wannsee. Vous en avez entendu parler ?

— Non.

— Il y a deux ans, au cours de cette conférence, les dirigeants SS ont élaboré la « solution finale » qui devait régler le problème juif. Un homme de la Gestapo, du nom de Karl Adolf Eichmann, fut chargé de la mettre en pratique. Vous avez une idée de ce qu'était cette solution ?

Finale. Il avait dit « finale ».

— Eh bien, les tuer tous. Les faire disparaître de la surface de la terre.

Gus ne pouvait y croire.

— Ce que je dis est vrai, poursuivit Hoffmann. Voilà leur politique. Elle s'est déjà concrétisée... Aussi, quelques questions se posent quant à nos relations avec notre cher gouvernement. Le peuple allemand a encore son mot à dire... Mais vous et moi, nous allons avant tout nous rendre à la prison de Vincennes pour voir un certain Wheeler. Vous et moi, Gus, nous allons gagner cette guerre. Car, en dépit des sentiments dont j'ai fait état devant vous, aujourd'hui, ma résolution est inébranlable. Devinez-vous pourquoi ?

Gus avait deviné.

— Parce que, dit-il, ce qui nous arriverait, si nous ne la gagnons pas, ce serait de subir la défaite.

— Avez-vous déjà vu ce que devient un pays qui a perdu la guerre ? Je ne parle pas d'une capitulation rapide, comme ce fut le cas pour la France. Imaginez-vous ce que serait une défaite devant les Russes ?

Le regard de Hoffmann se perdit au loin.

— Imaginez chaque village, chaque ferme aux mains de l'ennemi. Les rues transformées en égouts. Pensez aux orphelins, aux vieillards. Pensez qu'en un seul mois il se commettra des horreurs telles que notre peuple, *votre* peuple, ne se rétablira jamais. Alors, laissons de côté les porcs comme Ritter, oublions les malheureux Juifs et tout le reste... Il faut aller dans cette prison et tirer du gars tout ce qu'il sait.

XXIII

Gus parcourut le quartier Saint-Séverin, de la rue Saint-Jacques à la rue Dante et au boulevard Saint-Germain.

Il était trois heures de l'après-midi quand il arriva au petit restaurant indiqué par Leclerc, près de la Sorbonne. Peu de clients. Une femme lisait le magazine pro-allemand *Signal*. Un garçon au tablier barbouillé de taches commençait nonchalamment à empiler les chaises sur les tables.

Assise seule dans un coin, devant une tasse de thé, Claire tenait un journal. A quelques pas, Amy, debout sur une chaise, venait de vider une salière sur la nappe rouge d'une table et dessinait du bout des doigts des motifs de sel.

Gus s'approcha et s'assit en face d'elle, les mains sur les genoux pour bien montrer qu'il n'avait pas l'intention de se mêler à la composition de cette œuvre d'art.

Amy, d'abord gênée par cette présence, se mit à rire en voyant Gus si absorbé par sa contemplation qu'à présent il se rongeait les ongles.

Gus s'enhardit alors à prendre le flacon de poivre et le fit tourner lentement au-dessus de la nappe. Amy ouvrit de grands yeux et porta les mains à sa bouche comme pour étouffer une exclamation. De très haut, Gus renversa le flacon, et le poivre tomba en minuscules grains noirs. Amy tortilla ses cheveux blonds, ravie.

Après avoir tout vidé, Gus traça en blanc et noir des figures géométriques, un visage humain, puis un animal à quatre pattes, muni d'une queue.

Alors seulement, Gus leva la tête et rencontra le regard d'Amy, ses jolis yeux d'une teinte indéfinissable où se mêlaient le brun, le gris et le vert olive.

— Tu sais ce que je viens de dessiner ? demanda-t-il doucement en anglais (puisque Leclerc lui avait dit que l'enfant était bilingue).

— C'est quoi ?

— Un gribouillis.

— Non, dit Amy en riant. C'est un toutou.

Gus observa le dessin en tournant la tête de droite et de gauche.

— On dirait plutôt un petit cochon.

— Non. Un toutou.

— Tu connais son nom ?

— Non je connais pas son nom, dit-elle en chantonnant.

— Eh bien, il s'appelle... *toutou* !

Amy n'avait jamais rien entendu d'aussi drôle. Elle effaça le dessin en poussant des gloussements joyeux.

Gus la regarda avec un grand sérieux.

— Est-ce que tu es un cowboy ? demanda-t-il.

— Non.

— Une grande fille ?

— Non. Une *petite* fille.

Une main se posa sur l'épaule d'Amy.

Le cœur de Gus se mit à battre. Claire lui souriait. C'était aussi inattendu que de recevoir un sourire d'Ingrid Bergman ou d'Hedy Lamarr.

— Puis-je me joindre à vous ?

Elle parlait anglais avec un léger accent américain.

— Qui est cette dame ? demanda Gus à Amy.

— C'est ma maman.

— Tu permets qu'elle vienne s'asseoir avec nous ?

Amy réfléchit et ne dit rien. Maman s'assit tout de même.

— Nous venions de dessiner un petit cochon, dit Gus.

— Non, protesta gaiement Amy, c'était un toutou.

Rien que la vue de Claire paralysait Gus. Il avait imaginé qu'elle n'était qu'une poupée de porcelaine aux yeux gris, et il se trouvait devant une vraie femme, calme et confiante.

Gus tenta une plaisanterie :

— Je sais ce que vous pensez : « C'est le vingt-quatrième gars qui essaie de me draguer en passant par ma blonde petite fille. »

— Le cinquante-quatrième, dit Claire. Et le meilleur, je dois dire, que j'aie vu depuis longtemps.

Quelque chose dans la voix encouragea chez Gus l'idée folle que peut-être on ne le trouvait pas déplaisant.

— Est-ce que j'ai une chance ?

— Je me posais la question. Voilà à quoi je ressemble quand je me pose une question.

Gus lui trouva un regard brillant d'intelligence. De tout son cœur, il aurait souhaité être quelqu'un d'autre, ne jamais avouer qu'il était Gus Lang.

— Je m'appelle Gus Lang, dit-il.

La flamme disparut des yeux de Claire.

— Écoutez, vous n'êtes pas obligée...

— Armand ne m'a pas laissé le choix.

La voix était froide, impersonnelle. Cette femme représentait certes, pour Gus, la partenaire idéale. Mais il s'y refusait.

— Vous n'êtes pas obligée, parce que moi, j'ai changé d'avis.

— Et pourquoi cela ?

En réponse, Gus se tourna vers Amy qui essayait gravement de dessiner son propre toutou.

— Attendrissant, dit sèchement Claire.

La colère s'empara de Gus.

— Est-ce que je n'ai pas le droit, chère madame, de prendre votre fille en considération ? Est-ce que votre Armand et vous avez tout décidé à ma place ? Vous ne m'accordez pas d'éprouver un seul sentiment honnête ?

— Si vous jouez le jeu correctement, dit-elle en retrouvant son sourire, je vous en accorderai deux.

Gus ne pensa pas un seul instant à l'amorce d'un flirt, mais il se sentit quelque peu soulagé.

— Le contact qu'il me faut, c'est quelqu'un que je puisse voir tous les jours. Donc, une petite amie à laquelle je prétendrai tenir beaucoup, afin que les Allemands ne m'accusent pas de perdre mon temps pour une futilité. Ma liaison paraîtra d'autant moins suspecte que la petite amie en question sera... irrésistible.

Nulle flatterie dans la voix. L'énoncé tout simple et sans calcul d'une vérité.

— Je vous avais choisie, parce que vous êtes la femme la plus belle que j'aie jamais vue.

Le sourire de Claire dégagea son étincelant pouvoir.

— Cela fait deux, dit-elle doucement.

Gus ne comprit pas.

— Deux sentiments honnêtes. Si vous en usez si bien, peut-être vous en accorderai-je trois, ou quatre.

XXIV

Gus ne tarda pas à être surveillé. Les hommes chargés de la filature agissaient par roulement. Gus en voyait un qui lisait le journal, dans le hall, dès qu'il descendait prendre son petit déjeuner.

A contrecœur, mais par raison, Gus avait quitté sa mansarde pour une chambre à l'élégant hôtel Georges-V. Inutile d'attirer l'attention par des excentricités.

L'homme attendit que Gus quitte la table, puis le suivit dans l'avenue, à une distance respectueuse de quarante mètres. Au bout de trois heures, un collègue le remplacerait.

Gus joua les touristes toute la journée. Il se savait filé, mais ne devait pas le montrer. Il s'arrangeait, dans sa promenade, pour disparaître un moment, réapparaître plus loin. Il en arriva ainsi à connaître chacun de ses quatre anges gardiens, leur manière de procéder, leurs faiblesses.

Il dut admettre que ces gars étaient plus habiles qu'il ne l'aurait pensé. Ils appartenaient sans doute au SD et non à la Gestapo.

En fin d'après-midi, il observa le quatrième homme qui prenait ses fonctions. Forte charpente, costume d'homme d'affaires, démarche sportive, visage placide. En somme, tout ce qu'il fallait pour ne pas se faire remarquer dans une foule.

Rue Saint-Honoré, Gus entra dans un magasin de mode masculine. L'homme fut obligé de le suivre à l'intérieur car le magasin comportait plusieurs sorties. Dès que Gus regardait dans sa direction, il tournait le dos et se mettait à palper une quelconque marchandise. Gus profita d'un de ces instants pour s'éclipser. L'homme se précipita au-dehors, fouilla des yeux la rue. En vain.

Dans une ruelle adjacente, à cinquante mètres du magasin, Gus resta vingt minutes immobile sous le porche d'une boucherie, dans l'ombre. Puis il se dirigea vers le métro Palais-Royal.

L'astuce de Gus entraînait des risques dont il était conscient. On pouvait mettre pour le suivre deux ou trois hommes au lieu d'un seul. Ce soir, néanmoins, il ne pouvait se permettre d'être filé.

Il atteignit la rive gauche et entra dans un petit hôtel qui ne payait pas de mine, rue des Écoles. Cinq étages à monter. Pas d'ascenseur. Il frappa à la porte n° 47. Ne recevant pas de réponse, il tourna la poignée.

Dans l'exiguïté de la pièce, sous la lumière d'une lampe, une silhouette affaissée qui paraissait énorme.

Jürgen Brausch regarda Gus d'un air las. Il avait des poches sous les yeux.

— Pardonnez-moi, dit-il sans sourire, de ne pas vous avoir invité dans ma suite du Majestic. Nous serons mieux ici.

Gus s'assit sur une chaise de paille bancale et resta silencieux.

Brausch désigna d'un hochement de tête le mobilier miteux.

— Un cadre, disons, pittoresque. Et qui a l'avantage de faciliter une conversation privée.

Le silence de Gus lui parut aussi éloquent qu'un mot de passe.

— Je ne vous imaginais pas aussi jeune.

— Une vie saine, dit Gus. Mais en dedans je suis vieux et très fatigué.

Brausch ne sourit pas mais sembla plus détendu. Il se cala dans son fauteuil.

— Voici donc face à face deux vieillards épuisés savourant un moment d'intimité.

— Le paradis, en somme.

Brausch s'épanouit. Son visage charnu devint aussi accueillant qu'un gros siège de cuir qui vous tend les bras.

— Que vous a-t-on raconté sur moi ? demanda-t-il.

— Geoffrey Macklin pense que vous êtes un patriote.

— Sir Geoffrey *dit* que je suis un patriote. En fait, il ne sait que penser de moi. Si je suis vraiment tel que je me présente, je peux rendre de grands services. Dans le cas contraire, les Britanniques sont en train de commettre la plus grande bévue de la guerre.

Une lueur malicieuse brilla dans les yeux bouffis.

— C'est moi qui ai eu l'idée de vous faire venir ici, ce n'est pas Macklin. Et cela l'ennuie beaucoup. Il ne peut écarter la possibilité que je vous utilise contre lui. De quoi l'empêcher de dormir la nuit.

— Et vous, demanda Gus, comment dormez-vous ?

— D'un seul trait. Car moi, je sais qui je suis... Je connais d'ailleurs tous les acteurs en présence. Sauf vous.

— Je vous accorde une question, dit Gus en souriant. Gratis.

— La voici, articula Brausch lentement : Est-ce que vous appréciez le bon gin ?

— Mon dieu... Oui.

Brausch se tourna vers le buffet.

— Si vous ne m'étiez pas sympathique, j'aurais gardé pour moi ma petite réserve.

Il tendit un verre plein à ras bord. Gus se leva pour porter un toast :

— A l'hospitalité germanique !

Brausch fit un geste d'assentiment et but une grande rasade.

— Ce n'est pas la première expérience que vous avez de notre hospitalité. J'ai entendu parler d'un certain pique-nique au Bois de Boulogne.

— Le fromage était acceptable. Le vin meilleur.

Brausch sembla trouver le commentaire satisfaisant.

— Quelle est votre opinion sur notre Oberführer Hoffmann ?

— J'aimerais qu'il soit de notre côté.

Le sourire s'effaça du visage de Brausch. Ses yeux disaient : Écoutez bien ce qui va suivre. Écoutez comme vous n'aurez jamais plus à le faire.

— Il ne l'est pas, martela-t-il. Que rien, jamais, ne vous conduise à en douter. Ce serait votre fin. Et la fin de tout.

Brausch soupira, mais le regard ne flancha pas. L'homme avait longtemps essayé de grimper la pente, son rocher sur les épaules. Il ne se faisait plus d'illusions.

— Si seulement il existait un sérum pour vous immuniser contre Walter... pour éviter que vous vous sentiez attiré par lui...

Il y avait dans la lassitude de Brausch une dignité qui allait au-delà du désespoir. Elle appelait la confiance autant que le charme de Hoffmann appelait la sympathie.

— Walter et les gens de son espèce sont les vrais responsables de cette guerre. Walter n'est pas un monstre. Mais sans lui les monstres seraient encore en train de ressasser leurs rancœurs dans quelque brasserie de Bavière.

Gus pensa : Ou bien Brausch dit la vérité, ou bien Hoffmann et lui ont forgé un scénario où je suis leur dupe, que je fasse confiance à l'un ou à l'autre — un pion dans leur jeu avec Londres.

Le poids de la solitude écrasa Gus comme s'il s'était trouvé à vingt mille pieds sous les mers.

— Vous avez à peine touché à votre gin, dit Brausch en levant son verre.

Puis, de la façon la plus naturelle du monde, il se mit à raconter sa vie. Son enfance à Cologne, ses voyages, ses études, les héros qu'il vénérait. Une technique qui rappelait celle de Hoffmann. A une différence près. Gus n'eut pas droit à la parole. Brausch parlait, parlait, tout en fixant Gus. Il cherchait visiblement à découvrir quelque chose que Hoffmann avait négligé.

Était-ce à cause de l'heure tardive, du gin, de l'émotion ? Gus fut certain qu'il subissait l'ultime interrogatoire. Un interrogatoire où l'interrogé ne ferait qu'écouter.

Il ressentait une sorte de fascination pour l'ampleur de l'expérience vécue par Brausch, malgré la modestie avec laquelle ce dernier ne mentionnait qu'accessoirement ses actions d'éclat. Le Kronprinz Ruppert, Hindenburg, Canaris. Que d'aventures ! La vie de Brausch retraçait, comme sur une carte, les activités secrètes de l'armée allemande depuis des décennies. Concevoir qu'un tel homme se soit mis au service de Londres ? D'un autre côté, comment admettre qu'il pût servir Hitler ? Les deux attitudes semblaient également impossibles.

— Personne n'est au courant de mes contacts avec Geoffrey Macklin, dit Brausch. Personne. J'ai des relations amicales avec plusieurs officiers de la Schwarze Kapelle, les opposants à Hitler. Ils me confient leurs secrets et je me montre digne de leur confiance, sans toutefois leur accorder la mienne.

Une force incalculable émanait de cet homme.

— Je n'ai jamais fait confiance à personne, poursuivit Brausch de son ton calme. Et je ne commencerai pas par vous, croyez-le.

Gus le crut sans peine.

— De même, vous ne devez pas me faire confiance. Il est cependant de notre devoir — un devoir agréable — de travailler ensemble. Et, pour finir, de perdre la vie ensemble...

Sans dramatiser, Brausch avait l'art de porter des coups.

— ... Je sais que vous avez peur que je vous trahisse. Accrochez-vous à cette peur, tâchez de la comprendre, de la justifier. Sinon, votre action sera totalement inefficace.

Dans sa bouche, l'inefficacité prenait valeur de péché honteux.

La conversation se prolongea. Le temps se mesurait aux verres de gin avalés. Un moment, Gus dit :

— Sir Geoffrey vous tient pour un héros. Il prétend que vous êtes sa carte maîtresse.

Étrangement, au fil des heures, la fatigue de Brausch avait disparu. Il semblait frais et dispos.

— Je suis une carte qui a déjà été jouée, dit-il.

Gus ne comprit pas.

— J'ai créé Émeraude. Vous, mon agent... Pensez-vous que vous serez capable de tuer le major Wheeler sans que je sois compromis ?... Je ne vois pas, à vrai dire, comment vous serez capable tout simplement de le tuer.

Gus hésita une seconde. La prudence s'imposait.

— Sir Geoffrey a parlé de cyanure, hasarda-t-il.

Brausch marmonna pour lui-même une phrase en allemand d'où ressortait le mot *Einfalt* — « stupidité ». Il s'adressa ensuite à Gus :

— Sir Geoffrey a lu trop de mauvais romans policiers. Soyez certain que le Standartenführer Ritter vous fera fouiller de telle sorte que vous ne pourriez pas avoir sur vous ne serait-ce qu'un comprimé d'aspirine. Ils exploreront des orifices dont vous ne savez même pas que vous les possédez. Pour nous tous, il en sera ainsi, en cas de visite au prisonnier.

Gus prit la chose plutôt comme une bonne nouvelle. Il se lança dans l'explication du plan qu'il avait soumis à Macklin. Andy Wheeler, bien entraîné, ferait croire à la fable d'un prétendu débarquement, à telle date, en tel lieu. Dans la mesure où supprimer Andy était impossible, le mieux serait de l'utiliser. Tout était prévu dans les moindres détails. Gus en révéla quelques-uns à Brausch, qui respira profondément, puis répondit :

— Le problème, c'est qu'au moment où la supercherie sera découverte les nazis auront tendance à reprendre le scénario à l'envers.

— Ah ! mais il y a une parade à cela ! dit Gus, souriant.

— Et c'est... ?

— Ne pas se faire prendre.

Brausch leva ses épais sourcils en une expression exagérée d'étonnement. L'attitude de Gus l'amusait, qu'il la trouvât stupide ou non.

— Voilà qui fait apparaître les choses sous un jour tout différent ! Que diriez-vous, capitaine, si je vous offrais un autre verre ?

XXV

Gus se tenait à la porte, nerveux à s'en faire éclater les artères. Qu'était-il venu dire ? Il ferait mieux de retourner à son hôtel, écrire un mot. Malheureusement, il avait déjà appuyé sur la sonnette.

Une longue minute s'écoula. Gus serrait un bouquet de violettes et écoutait le sang battre à ses tempes. En une autre occasion, il se serait moqué de lui-même. Pas cette fois-ci. Non, vraiment pas.

Sans aucun signe précurseur, la porte s'ouvrit.

Il ne put que regarder Claire, son bouquet à la main. Les cheveux noirs de la jeune femme, rejetés en arrière, découvraient de ravissantes oreilles. Elle portait une robe jaune décolletée d'où jaillissaient de douces épaules nues. Les yeux gris clair sous les longs cils sombres disaient, miraculeusement, que Claire était contente de voir Gus.

Elle le fit entrer dans un petit appartement bien aménagé.

— Votre robe est très jolie.

C'est tout ce que Gus trouva à dire.

— Une maîtresse, on s'attend à la trouver presque nue. J'ai l'habitude de jouer ce rôle.

— Fritz, dans la rue, sera fou de cette robe.

— Fritz ?

— Un gars haut comme une tour, et qui me suit partout. Il marche comme ça...

Gus fit de l'homme une imitation bien lourdaude, ce qui amusa Claire.

— Et vous savez qu'il s'appelle Fritz ?

— Non. Pas eu l'honneur d'une présentation. Ces gars sont censés passer inaperçus.

— Ces gars ?

— Ils sont quatre. Je leur ai donné des noms : Fritz, celui de la mi-journée, Klaus, Hans et Otto. Collectivement, je les appelle les Marx Brothers.

Claire rit de bon cœur.

— Ce qui explique qu'aucun ne porte le prénom Karl.

Amy arriva en courant, ses cheveux blonds flottant. Elle s'accrocha des deux bras aux jambes de sa mère. Puis elle rougit, et lança à Gus un coup d'œil plein de coquetterie.

— J'ai pensé, dit Claire en caressant la tête de sa fille, que nous pourrions l'emmener avec nous. Fritz aura l'impression que nous formons une vraie famille.

Gus se rappela le bouquet de violettes et le tendit à Amy qui, après un moment d'hésitation, s'en empara et le pressa contre elle.

— Elle vous appelle le *Pepperman*, dit Claire, à cause du gâchis que vous avez fait avec le poivre... Je lui ai dit que vous étiez notre nouvel ami.

Pas d'amertume, pas de sous-entendu dans la voix. Gus imagina tout à coup ce qui pourrait arriver s'il perdait la vie, ce que la mère et l'enfant pourraient subir de la part d'Ernst Ritter. Quand il avait lancé avec désinvolture que « le tout serait de ne pas se faire prendre », il n'était pas devant la petite Amy pressant contre elle les violettes de son « nouvel ami »...

— Tu me fais un câlin ? demanda-t-il car il en mourait d'envie.

Amy laissa tomber les fleurs. Gus la souleva. Elle lui mit les bras autour du cou, joue contre joue.

— Tu veux que je te prenne sur mes épaules, comme une acrobate ?

Amy hocha la tête, enthousiaste. Il la hissa. Pour garder l'équilibre, la fillette, des deux jambes, lui enserrait le cou et ses mains se cramponnaient aux cheveux de Gus. Il l'emmena ainsi perchée devant un miroir. Claire sortit de la pièce rassembler quelques affaires.

Gus pensa à la conversation houleuse qu'il avait eue avec Basil Nicholas, comment il lui avait demandé s'il connaissait personnellement ceux dont il risquait la vie, leur famille, leurs enfants. Il était décidément plus facile de donner des leçons d'humanité tant qu'on ne se trouvait pas soi-même dans le bain.

Certes, Gus avait besoin d'un contact — et, quel qu'il soit, cela mettrait toujours en danger un jeune enfant ou une mère infirme. C'était dans la logique des choses. Mais ce qu'il voyait en ce moment dans le miroir ne relevait ni de la logique ni de la vérité. C'était un petit bout de fille perchée sur ses épaules.

Claire revint. Ils sortirent et se dirigèrent vers la rue de la Montagne-Sainte-Geneviève. L'après-midi était ensoleillé. Claire prit le bras de Gus qui dirigeait d'une main la poussette d'Amy — avec assez de fantaisie pour faire rire la fillette.

Bien entendu, Fritz, qui les avait attendus en feignant de parcourir son inévitable journal, les suivit.

La promenade les mena au boulevard Saint-Michel. Devant les quelques épiceries et boulangeries ouvertes, des gens faisaient la queue. Gus proposa d'acheter des provisions. Claire refusa avec un mystérieux sourire. Il entra alors dans une mercerie et choisit un ruban de velours noir pour nouer les cheveux blonds d'Amy. Elle regarda complaisamment son reflet dans la vitrine, haussant le menton comme si elle posait pour un photographe.

Aux abords de la Sorbonne, une immense affiche donna à Gus la chair de poule. Le maréchal Pétain félicitait les Français de participer à la croisade de l'Allemagne contre le bolchevisme.

Une librairie vendait des ouvrages en allemand.

— Claire, désirez-vous un peu de lecture dans la langue de nos maîtres ? Une petite révision ne fait jamais de mal.

— J'ai déjà trop d'occasions de lire de l'allemand. Je me demande parfois si on publie encore quoi que ce soit en français... Il existe une liste noire, la liste « Otto », qui interdit la publication d'un millier d'auteurs.

— Des auteurs subversifs, voyons ! Juifs ou autres.

— Même des Allemands, comme Thomas Mann ou Einstein...

— Tous des perdants, en somme.

— Quoi qu'il en soit, puisque nous ne gaspillons plus notre temps à lire de la mauvaise littérature, il nous reste d'autres aspects plus constructifs de la culture française. Aller aux courses à Longchamp ou à Auteuil. Regarder Dior, Balenciaga ou Cartier faire de bonnes affaires, grâce à nos hôtes. Écouter Mistinguett ou Piaf presque chaque soir à Radio-Paris. N'est-ce pas merveilleux ?

La voix de Claire avait pris un mordant extraordinaire.

— Et si vous voulez sortir le soir, vous pouvez boire en compagnie d'intellectuels et d'artistes au Café de Flore, ou au Catalan, rue des Grands-Augustins. Nous irons, si ça vous fait plaisir. Le seul inconvénient c'est qu'avec le couvre-feu il faut s'arranger pour être soûl avant onze heures du soir.

Elle marchait aussi vite qu'elle parlait. Devant eux, la poussette d'Amy dansait et cliquetait. Gus remarqua que Fritz hâtait lui aussi le pas, sans en avoir l'air.

— Et naturellement, dit Claire, en tant que maîtresse d'un trafiquant du marché noir, je retrouve des gens de ma condition au Colisée ou au Cercle européen.

Gus serra son bras et la fit ralentir. Elle sembla désolée de s'être laissé emporter, mais ses yeux brillaient encore d'émotion.

— Si je comprends bien, Claire, vous avez du bon temps ici, dans la France occupée. Un véritable paradis pour vacanciers. C'est bien pourquoi j'ai économisé penny après penny pour venir.

— Au cas où personne ne vous l'aurait encore dit : merci d'être venu.

Gus sentit une douce tiédeur l'envahir.

— Et si vous me parliez un peu de ces gars blonds en tenue vert-de-gris ? Ils méritent une critique constructive, eux aussi ?

— Je les ai remarqués, en effet. Ils commencent à devenir encombrants.

— Quant à la clientèle des cafés parisiens, qu'attendez-vous d'elle ? Des suicides en masse ?

— Un peu de nerf suffirait.

— Il y a tout de même des hommes comme Armand.

Gus regretta immédiatement d'avoir mentionné ce nom.

— Armand a ses bons côtés, dit Claire avec un sourire évasif.

Incontestablement, Gus était jaloux. Incontestablement, il fourrait son nez dans ce qui ne le regardait pas. Plus désastreux encore : le sourire de Claire prouvait qu'elle lisait dans ses pensées. Si seulement il pouvait s'empêcher pendant dix secondes de tomber amoureux, peut-être serait-il capable de se conduire en homme... en *Mensch*.

Ce mot, courant dans la langue populaire juive et impliquant des qualités viriles, son père l'employait souvent. Cela supposait de sa part un mépris caché pour le concept lui-même.

Claire remarqua le regard absent de son compagnon.

— Je viens de faire, grâce à vous, une réflexion très juste au sujet de mon père, dit Gus.

— La parfaite courtisane. Je sais aussi faire la cuisine, couper les cheveux et lire dans les lignes de la main.

Ils avaient atteint le jardin du Luxembourg. L'air était vif et d'une clarté que Gus n'avait jamais goûtée, dans la Nouvelle-Angleterre ou ailleurs.

Aucune ressemblance avec le Bois de Boulogne — cette vaste forêt presque déserte — où il s'était promené avec Hoffmann. Ce jardin grouillait de Parisiens. Des enfants se massaient autour d'un bassin pour y faire naviguer leurs petits bateaux. Des mères bavardaient à l'ombre des feuillages. On voyait beaucoup moins d'Allemands.

Curieusement, les quartiers voisins du Bois, avec leurs beaux immeubles et leurs luxueux hôtels, avaient été les premiers infestés par l'occupant. Il faisait meilleur sur la rive gauche de la Seine.

Gus et Claire s'assirent au pied d'un arbre, à l'écart de la foule. Quelques mètres plus loin, Amy se mit à installer ses poupées pour jouer à la dînette.

Fritz, sur un banc, lorgnait les filles. Sa mission avait décidément des aspects agréables. On entendait le claquement des semelles de bois dans les allées.

— La Hollande a envahi Paris avec ses sabots, fit remarquer Gus.

— Paris manque de cuir.

Dans quelle mesure Claire souffrait-elle des restrictions ? Gus n'osa pas le lui demander.

— Je regrette de ne pas avoir acheté du fromage et du saucisson, dit-il. Je commence à avoir faim.

Il sentit qu'il venait de commettre une nouvelle gaffe. Paris ne manquait pas seulement de cuir.

Les yeux gris de Claire le rassurèrent.

— Nous avons de quoi manger, ne craignez rien. Parfois même j'ai plus de mal à refuser les victuailles qu'on m'offre qu'à en trouver par moi-même.

— Des importuns ?

— Vous êtes le premier homme qui, depuis bien longtemps, ait songé à m'apporter des fleurs. D'habitude, on m'offre du porc ou du riz.

— Comme c'est romantique !

— L'époque est favorable aux hommes qui aiment soudoyer les femmes qui leur plaisent... Elles peuvent donc, si elles l'acceptent, manger à leur faim, mais ne doivent pas compter sur beaucoup de gentillesse gratuite...

Elle se mordit la lèvre.

— Alors... merci pour les violettes.

— A votre service. La gentillesse gratuite est la spécialité de la maison.

Claire se rappela qu'il avait été question de sentiments honnêtes, dans le petit restaurant.

— Nous avons des cartes de rationnement, expliqua-t-elle. Je suis dans la catégorie A, Amy dans la catégorie E. A trois ans, elle deviendra « J1 ». Tout cela est très scientifiquement conçu. Elle a droit à moins de pain que les personnes âgées, mais celles-ci ne reçoivent pas de lait. Au début, nous avions trois cent cinquante grammes de viande par semaine. La ration n'a pas tardé à s'amenuiser, de plus en plus...

Gus resta silencieux, l'estomac contracté.

— Armand a été très bon pour nous. Ce qu'il m'apporte, il dit que c'est pour Amy. Je garde pour elle du lait, ou des fruits, parfois du chocolat. Le reste, je le donne à des gens qui en ont vraiment besoin.

Les yeux de Claire s'humectèrent.

— Quand je vois les autres... des mères dont les enfants n'ont rien. J'en rêve la nuit. C'est pourquoi je n'accepte pas pour moi ces offrandes. Par respect pour les plus démunis... Vous comprenez ?

— Oui... Que faisiez-vous dans la vie ?

— De la peinture. J'étudiais aussi la sculpture. Mais je ne vendais rien. Alors je me suis lancée dans la fabrication de bijoux. De jolies petites choses. Je faisais du troc. D'abord, pour me procurer du matériel. Ensuite, pour obtenir de la viande, des légumes. Les affaires marchent bien, en été.

— Les jolies petites choses ne se vendent pas en hiver ?

— En hiver, ce qui préoccupe tout le monde, c'est la recherche de nourriture. Et le moyen de la faire cuire. La Wehrmacht fait main basse sur tous les combustibles. Le plus triste, c'est le dimanche matin. Les boutiques sont fermées. Il y a des gens qui restent au lit, tout habillés. D'autres prennent le métro pour ne pas se retrouver seuls... Amy aurait peut-être dû dénicher une maman plus astucieuse... Je suis sûre qu'il existe quelque part un monsieur prêt à vous ouvrir, même avec votre enfant, un appartement douillet.

Ils s'allongèrent dans l'herbe, et leurs doigts se mêlèrent. Claire ferma les yeux. Gus écouta le vent dans les arbres et le babil d'Amy, très affairée avec sa dînette. Il songea à l'aspect le plus affreux de la guerre. Non seulement elle fait souffrir les gens, mais elle les force à changer. Au point que l'honnêteté et la dignité deviennent un luxe que peu de mères peuvent se permettre.

Il ferma lui aussi les yeux et des images lui vinrent à l'esprit. Claire, Amy et lui formaient une famille. Ils se promenaient joyeusement dans les rues de Paris libéré. Ils restaient unis pour la vie. Amy, devenue une grande fille, lisait tout en écoutant de la musique.

D'autres images vinrent chasser cette rêverie. Celle de Walter Hoffmann, par exemple. De toute façon, Gus avait la certitude qu'il serait mort avant la Libération.

Dans la galerie de portraits évoqués par son imagination, quelqu'un manquait à l'appel. Cet Anglais dont Leclerc avait parlé. Le père d'Amy. Enfermé par les nazis dans le camp de Royal-Lieu. Cet après-midi-là, l'homme que Claire aimait n'existait pas.

Ayant éliminé ses fantasmes, Gus formula en lui-même une promesse. Quel que soit le prix à payer, il veillerait, avant de mourir, à ce que Claire et Amy soient en sûreté.

XXVI

Gus découvrit Vincennes et ses multiples aspects. Le bois, avec son lac Daumesnil, à l'ouest, et son lac des Minimes, à l'est. Le zoo le plus vaste de France. Un jardin botanique où l'on cultivait des fleurs exquises. Et même un hippodrome.

Le tout dominé par un château que certains nommaient le Versailles médiéval. Des rois et des cardinaux l'avaient occupé jusqu'au début du XVIe siècle. Il était devenu ensuite une prison d'État, où l'on enfermait des gens de qualité auprès desquels les pensionnaires de la Bastille n'étaient que du menu fretin.

Avec ses murailles fortifiées, ses douves et son pont-levis, le donjon apparut à Gus comme un modèle de prison inexpugnable. Non loin, entourés par la douve extérieure, se dressaient des bâtiments anciens magnifiquement restaurés qui servaient aux nazis de bureaux et de salles de réception.

C'est dans l'élégant Pavillon du Roi que Jürgen Brausch avait convoqué au complet l'équipe chargée de l'interrogatoire. Des rapports sur les auditions préliminaires de l'Overlord seraient discutés et, deux jours plus tard, la phase ultime de l'enquête pourrait commencer.

Gus était venu seul à Vincennes. Seul, c'est-à-dire suivi par Hans, qui resta sur l'esplanade et le suivit des yeux jusqu'à ce qu'il soit introduit par le portail sud dans la cour intérieure.

Le Pavillon du Roi disposait d'une garde armée si nombreuse qu'on l'aurait cru assiégé par les troupes de Gengis Khān.

Gus se retrouva dans un gracieux salon du XVIIe siècle. Anachroniques dans un pareil cadre, des ventilateurs tournaient au plafond. Deux soldats en gants blancs circulaient sans bruit, servant du thé et des sandwiches à une quinzaine d'officiers en grand uniforme. Tenues vertes de l'armée ou noires de la SS. Seul, Gus était en civil.

Dès que Ritter l'aperçut, il lui fit signe de venir s'asseoir à son côté, sur un canapé richement tapissé de brocart. Les sièges étaient placés en demi-cercle. Un fauteuil restait vide. A tour de rôle, les orateurs l'occuperaient.

Près du canapé, enfoncé dans un lourd fauteuil de chêne, Brausch consultait attentivement une pile de dossiers posée sur ses genoux. Il tournait lentement les pages, sans s'occuper de son entourage.

Walter Hoffmann brillait par son absence.

Gus bavarda avec Ritter à qui Fritz avait, comme il se doit, raconté la journée au Luxembourg avec Claire et Amy. Sans aucun doute, les Marx Brothers soumettaient leurs rapports directement à Ritter. Ce dernier ne posa cependant aucune question sur l'emploi du temps de Gus. Il se contenta de lui parler du printemps, du front de l'Est et d'une invitation pour un dîner qu'il organisait prochainement chez lui, à Neuilly.

Ritter, qui passait d'une femme à l'autre, n'attachait peut-être pas d'importance à l'idylle de Gus. Plus probablement, il déployait la patience voulue par ses fonctions et attendait une allusion à ce sujet. Gus ne la lui fournit pas.

Walter Hoffmann, superbe, tout de noir et d'argent vêtu, fit son entrée. Il parcourut l'assemblée du regard et, quand il aperçut Gus, lui adressa un sourire chaleureux, comme s'il se sentait soulagé de revoir un vieil ami.

Brausch, le nez toujours dans ses documents, sembla ne pas avoir remarqué l'arrivée de Hoffmann, mais il s'éclaircit la gorge, signifiant ainsi que la séance était ouverte.

Le premier à prendre place sur le siège vacant fut le Hauptmann Trager, capitaine de l'Abwehr et, apparemment, bras droit de Brausch. Un jeune homme aux yeux clairs, vibrant d'énergie, compétent. Il donna à l'assemblée un résumé des premiers interrogatoires du prisonnier.

L'Overlord avait été interrogé quotidiennement de six à huit fois, depuis sa capture. Toujours à intervalles irréguliers. Rien n'avait été épargné pour désorienter le prisonnier. On le changeait constamment de cellule. On l'isolait ou, au contraire, on lui faisait partager la cellule de détenus triés sur le volet. On lui apportait de la nourriture à n'importe quelle heure.

L'Overlord ne s'était guère montré coopératif. Il avait même refusé d'indiquer son nom et son grade à ses interrogateurs ou à ses compagnons de cellule. L'observation attentive de son comportement amenait à conclure que son angoisse ne concernait pas uniquement son propre sort, mais qu'on se trouvait sans doute en présence d'un homme possédant des informations d'une exceptionnelle importance. S'il n'était pas un Overlord, il en avait toute l'apparence.

Les rapports se succédèrent au cours de l'après-midi. Ritter réservait des questions particulières à chacun. Brausch n'avait pas encore ouvert la bouche. Quant à Hoffmann, assis un peu à l'écart, il semblait à peine présent.

L'intervention que Gus trouva la plus intéressante fut celle d'un nommé Fröben, lieutenant-colonel de l'Abwehr. Pendant les vingt-quatre heures qu'il avait passées dans la même cellule que Wheeler, il s'était présenté comme un déserteur italien, s'exprimant volontairement en mauvais anglais. Le stratagème, pensait-il, avait réussi.

— Ceci augure bien, déclara-t-il en se tournant vers Gus, du rôle que l'agent Émeraude sera appelé à jouer. Le prisonnier manque considérablement de maturité. Dans sa frayeur, il se sent attiré par quiconque n'est pas allemand.

Ritter poussa un soupir. Il souhaitait qu'on en vienne aux faits.

— Il vous a parlé de...

— De sa bonne amie, compléta Fröben. Oui. Elle a dix-neuf ans et s'appelle Stéphanie. Elle habite Seattle, une ville au Nord-Ouest des États-Unis. Quand il se met à parler d'elle, on ne peut plus l'arrêter. Il vous décrit son visage, ses gestes. Il répète des bribes de conversations qu'ils ont eues en privé. Bien que timide, il n'hésite pas à entrer dans des détails intimes. J'en ai terminé, Herr Standartenführer.

— Iriez-vous jusqu'à dire que seul le souvenir de cette jeune fille réveille en lui des sentiments humains ? demanda Ritter.

Fröben toussota. Ce qu'il venait de déclarer ne constituait-il pas une réponse ? Ritter voulait sans doute se donner la gloire de conclure en beauté.

— La jeune fille est son obsession. Il s'accroche à son image comme il s'accrocherait à la vie.

— Donc, insista Ritter avec un air de patiente condescendance, vous conseilleriez au capitaine Lang d'entreprendre l'Overlord sur ce point particulièrement vulnérable ?

Une fois encore, Ritter voulait tirer avantage de l'analyse développée par Fröben.

Gus nota chez ce dernier, l'espace d'une seconde, une petite moue d'irritation et de dédain. Sentiments que Ritter ne manquait pas de susciter et qu'il devait lire souvent dans les yeux de ses interlocuteurs. Il provoquait même ce genre de réactions, pour le plaisir de voir un subordonné lutter contre l'envie de lâcher une phrase qu'il regretterait ensuite.

— Oui, Herr Standartenführer, dit Fröben après avoir justement refoulé une telle envie. Je crois en effet qu'il faudrait donner ce conseil.

Le suivant à prendre la parole, un homme rondelet aux grands yeux de biche, aux joues roses, était l'un des médecins chargés d'examiner le prisonnier. Il présenta en fait le profil *psychologique* de Wheeler — chose assez étonnante, car les psychologues n'avaient pas bonne réputation auprès des dirigeants du Reich.

Tandis qu'il parlait, Gus fut frappé de la convergence entre la description du médecin et ce qu'il avait lui-même imaginé. Andy lui apparut de plus en plus comme un ami.

Et pourtant, Andy Wheeler ne connaissait pas l'amitié. Il rêvait seulement du parfait amour. Solitaire toute sa vie, il devait ressentir à présent une solitude absolue. Son expérience passée lui donnerait-elle la force de tenir bon ? Gus craignait plutôt le contraire. Wheeler n'avait pas d'autres racines affectives en ce monde que son lien avec Stéphanie, c'est pourquoi penser à elle devenait une obsession.

Ritter s'adressa au médecin :

— Avant d'entamer la dernière phase de notre mission, voyons un peu les possibilités qui s'offrent à nous. L'une d'elles est évidemment de continuer... un interrogatoire... plus poussé.

Le médecin comprit sans peine ce que Ritter voulait dire.

— L'homme n'est pas un bon candidat à la torture, dit-il. Refermé sur lui-même comme il l'est, il pourrait craquer. Torture ou menaces pourraient lui faire perdre tout contact avec la réalité.

Ce n'était pas la réponse que Ritter espérait. Elle compromettait l'une des « possibilités » qui lui restaient chères.

Deux autres médecins présentèrent leur rapport. Puis vint un cardiologue, un homme frêle de plus de soixante-dix ans. Lui aussi avait compris où Ritter voulait en venir.

— La fiche médicale fournie par l'agent Émeraude signale une arythmie... terme difficile à expliquer à des non-initiés...

— Essayez toujours, dit Ritter.

Le ton était calme, mais les yeux intimidants. Un silence pesa sur l'assemblée.

— Le cœur bat en réponse aux impulsions électriques qu'il reçoit, dit le cardiologue d'une voix lente et apeurée. Le nœud sino-auriculaire est le point d'origine des contractions du cœur. Ces impulsions se propagent grâce au faisceau de His qui constitue la seule connexion musculaire entre l'oreillette et le ventricule, le seul passage pour les impulsions électriques...

Il y avait une telle froideur dans l'expression de Ritter que le vieil homme en était paralysé. Un serpent hypnotisant une mangouste.

— Continuez, dit Ritter.

— Quand il y a arythmie, la connexion électrique cesse par moments. Le malade peut s'évanouir. Le malade peut mourir. Impossible de prévoir.

— Et c'est ce dont souffre l'Overlord ?

— Le rapport que l'agent Émeraude a pu se procurer mentionne en effet cette arythmie. L'homme se serait évanoui lors d'un électrocardiogramme. Et il existe des antécédents familiaux. Le grand-père paternel, si je me souviens bien.

— Mais ce rapport, provient-il d'un hôpital américain ?

— Anglais.

— Et *vous*, docteur, quelles conclusions avez-vous tirées de l'examen du prisonnier ?

— On ne peut confirmer une arythmie par un simple examen, à moins qu'un trouble cardiaque n'apparaisse au moment même de l'examen. Le malaise survient... quand il survient.

La voix de Ritter se fit plus pressante, plus cassante :

— Et y a-t-il quelque chose en particulier qui puisse le faire « survenir » ? La peur ? La souffrance ?

— Certainement. Le *stress* augmente les risques d'accident. D'après sa fiche médicale, sans son inestimable compétence technique, ce garçon aurait été renvoyé chez lui. Les instructions sont formelles : on ne doit ni l'envoyer au front, ni le mettre en condition de traumatisme psychique.

— Le prisonnier pourrait en mourir, vraiment ?

— Sans aucun doute. Une mort subite et imprévisible.

Ritter frotta ses grosses paumes l'une contre l'autre. Il émanait de lui un fascinant pouvoir d'intimidation.

— Comme ça tomberait bien pour lui ! dit Ritter avec un sourire dénué d'humour.

Il se tourna si résolument vers Gus qu'on aurait cru un fauve bondissant sur sa proie.

— Que pensez-vous de l'authenticité de ce document ? demanda-t-il.

Gus regarda Ritter avec autant de résolution.

— Je n'ai pas d'opinion. Il peut s'agir d'un faux. Trois jours se sont passés entre la capture du prisonnier et ma découverte de la fiche médicale. Falsifier un tel document supposerait une habileté et un souci du détail que je n'ai guère observés chez ces messieurs. Mais ce n'est pas impossible.

La voix tonitruante de Jürgen Brausch s'éleva :

— Alors, qu'est-ce que vous en dites, Ernst ? On risque le coup ?

Le ricanement de Brausch mit Ritter au bord de l'exaspération.

— Me jugez-vous enclin à agir de manière précipitée ou irresponsable ? lança-t-il.

Oui, lisait-on dans les yeux de Brausch, si tu penses t'en tirer.

— J'observe simplement que tous vos efforts tendent à faire supplicier le prisonnier. Et comme vous savez aussi bien que nous que cela comporte des risques inacceptables, vous exercez une pression calculée sur cette assemblée pour obtenir son adhésion.

D'instinct, Ritter se tourna vers Walter Hoffmann, assis dans son coin, avec l'espoir qu'il prendrait sa défense.

Hoffmann fit claquer ses doigts et les contempla jusqu'à ce que l'attention de tous se porte sur lui.

— Je crois, dit-il, que nous devons faire face à un problème plus large. Mettons de côté le rapport médical, Ernst. Il s'agit de la torture en général. Je n'en ai jamais été partisan.

Il se tut et, en fixant Gus de ses yeux sombres, l'invita à donner son opinion. Ce qu'il fit :

— Je suis en gros d'accord avec vous. Un homme ne dit sous la torture que ce qui, pense-t-il, y mettra fin. Ce peut être ou non la vérité.

Hoffmann approuva d'un signe de tête, et ajouta :

— Il y a plus. La torture déshumanise tous ceux qui y participent. Victimes et bourreaux. La vérité ne peut s'obtenir en niant notre qualité d'êtres humains.

Il esquissa un sourire qui semblait n'être destiné qu'à Gus.

— L'aboutissement de cette affaire ne fera pas seulement la preuve de notre habileté. Elle aura valeur de verdict et définira pleinement ce que nous sommes.

XXVII

De nouveau, Gus se trouvait devant la porte, essayant de persuader son estomac qu'il n'y avait pas de quoi se crisper.

Les choses seraient plus faciles, se dit-il, si j'étais convaincu que Claire n'éprouve aucun sentiment pour moi. Il se reprit aussitôt. A cet instant, rien au monde ne dépassait en horreur l'idée de ne pas être aimé de Claire.

Il refusait d'admettre qu'il était simplement « nerveux ». Excité, oui, comme il ne l'avait jamais été en attendant qu'une femme lui ouvre sa porte. Mais, justement, cette excitation le rendait nerveux.

La porte s'ouvrit. Claire portait une robe du soir moulante, noire comme sa chevelure et, une fois encore, très décolletée. « Je suis toujours à moitié nue », avait-elle dit avec ce sourire timide et sensuel qui rayonnait de mille feux. Sa beauté dépassait l'imagination, dépassait la perfection.

C'était plus qu'une femme pour laquelle on pourrait mourir. C'était une femme pour laquelle on pourrait tuer.

A la vue de Gus, en smoking, une douzaine de roses rouges à la main, Claire émit un sifflement admiratif.

Lui-même n'était pas mécontent de sa personne (il avait passé beaucoup de temps à sa toilette). Ce sifflement l'enflamma. La Dame aux Yeux Gris venait de donner le ton à cette soirée.

Devant l'immeuble, une limousine les attendait, un caporal de l'Abwehr au volant.

Claire s'assit à l'arrière et demanda au chauffeur dans un allemand très pur :

— Quelles langues parlez-vous, caporal ?

— L'allemand, madame, et... très peu de français.

— Pouvons-nous être sûrs que vous ne parlez pas l'anglais ?

— Absolument, madame. Sauf *water-closet* et *whisky*. Et... (il sourit) un mot que je n'ose pas vous dire.

— J'essaierai de deviner.

Claire se blottit contre Gus et murmura en anglais :

— Où est Klaus ?

Il approcha les lèvres de son oreille douce et tiède.

— Klaus attend à soixante mètres. Dans une Citroën. Tous phares éteints, le moteur en marche.

— Et où m'emmenez-vous ? demanda Claire à haute voix.

— Vous préférez le veau ou le canard ?

— Le veau.

— Obergartner, à la Tour d'Argent ! Vous savez, quai de la Tournelle. Nous y sommes allés avec la comtesse, hier soir.

— Une comtesse ? dit Claire, amusée.

Gus prit un air modeste.

— Oui, une blonde capiteuse. Elle aussi aimait le veau.

Claire secoua la tête. Ses cheveux balayèrent ses épaules nues.

— Je n'apprécie pas outre mesure de n'être qu'une mangeuse de veau parmi d'autres aux yeux d'un play-boy international.

— Vous annulez notre rendez-vous ?

— Non. J'opte pour le canard.

— Très bien. Chauffeur, à la Tour d'Argent !

— Tiens, je croyais que pour le veau...

— Pour le canard aussi. Et de toute façon, c'est le seul restaurant que je connaisse. Alors, on y va ou on passe tout de suite aux choses sérieuses ?

Il n'aurait pas voulu être grossier, mais la présence de Claire lui faisait bouillir le sang.

— Pour l'instant, dit-elle, je préfère aller dîner.

Derrière eux, Klaus alluma ses phares et les suivit dans la nuit.

Le magnifique restaurant surplombant la Seine était peuplé de sa clientèle habituelle : Parisiens de la bonne société et dignitaires nazis. Même dans cette foule, Claire et Gus formaient un couple éblouissant. Bien des têtes se tournèrent tandis que le maître d'hôtel les conduisait vers une table retenue à l'avance, près de la baie vitrée.

Claire contempla Notre-Dame.

— Je ne suis jamais venue dans ce restaurant.

— Quoi ? Une femme mondaine comme vous ?

— Armand m'emmenait chez Lapérouse ou à la Marquise de Sévigné. Jamais ici.

— Du champagne, commanda Gus au sommelier. A votre choix... Puis vous nous ferez donner la carte.

Claire n'avait pas l'air d'approuver.

— Ainsi, dit Gus, vous acceptez mon invitation à la Tour d'Argent, et vous me foudroyez du regard parce que ça va coûter trop cher. Dès avant le dessert, je vous promets que vous aurez de quoi vous culpabiliser pour une année. Mon point fort, c'est le fromage. J'ai suivi des cours intensifs là-dessus, à l'Université.

Claire sourit enfin.

— Je sais que tout cela fait partie de ma mission, mais je m'en veux d'y prendre autant plaisir.

— Vous aimeriez mieux que je vous insulte de temps en temps ? Ou que je choisisse du bordeaux de la plus mauvaise année ?

— Je parle sérieusement. C'est merveilleux d'être ici. Et c'est terrible. Quand on pense que là, sur le quai, ou ailleurs dans les rues, des gosses crèvent de faim... Parce que toute la nourriture que les Allemands n'ont pas volée, on la retrouve dans des endroits comme celui-ci...

— C'est peut-être bien pourquoi j'ai fait entrer Paris dans mon emploi du temps très chargé ! Maintenant, si vous ne manifestez pas un peu plus de gaieté, les gens tout autour ne comprendront pas à quel point vous m'aimez.

Claire prit la main de Gus avec un sourire qui faillit le renverser en arrière.

— N'oubliez pas, dit-il, que je vais me faire rembourser l'addition par le SD, le MI-6 et l'OSS. Trois fois ma mise !

— Qu'allez-vous faire de tout cet argent ?

— Acheter des bons de la Défense nationale. Je suis peut-être corrompu, mais je n'en demeure pas moins patriote.

Claire sortit de son sac un paquet de cigarettes. Gus fouilla dans ses poches pour trouver son briquet et trembla comme un petit garçon en l'allumant. Elle sut interpréter cette gaucherie charmante. Gus avait l'habitude des ambiances luxueuses. Il tremblait parce qu'il était amoureux d'elle. D'ordinaire, avec d'autres hommes, les défenses de Claire se renforçaient. Avec Gus et ses yeux verts, sa grâce de jeune chien, son désir de l'amuser, elle retrouva un sentiment depuis longtemps enfoui. Un sentiment éprouvé alors qu'il n'y avait pas encore d'homme dans sa vie.

Le champagne fut servi. Elle leva son verre, les yeux brillants.

— Parlons de vous. Vous êtes issu d'un milieu pauvre...

Gus soupira. Le récit de son enfance n'était pas son sujet de conversation favori.

— Je suis né riche. D'une richesse, sinon insolente, du moins très confortable. Inutile de dire que je n'ai pas manifesté la moindre gratitude pour tous les avantages dont mes parents me comblaient... à leurs moments perdus.

— A leurs moments perdus ?

— Disons pour être clair que je suis un ingrat congénital.

A son sourire, Claire n'en croyait rien.

— Je n'ai jamais su apprécier ma chance. Pas de difficultés à l'école. Pas de difficultés de contact avec les gens. Tout était si outrageusement facile que ça m'a rendu la vie difficile. Plus les choses allaient bien, plus je me sentais mal à l'aise. On aurait cru que j'espérais un bon, un solide échec. Car si j'arrivais à le surmonter, alors seulement... tout irait bien.

— Je vous redis : bienvenue à Paris !

— Vous pensez que c'est la raison qui m'a poussé à venir ici ?

— C'est ce que *vous* pensiez.

Décidément, cette jeune dame lisait en lui aussi bien que Walter Hoffmann. Ce serait une bonne idée de les présenter l'un à l'autre. Une angoisse paranoïaque s'empara soudain de Gus, la plus sombre, la plus intempestive. Et si Claire connaissait déjà Walter Hoffmann ?

Claire demanda amicalement, sans rien dans la voix qui puisse rendre plausible l'affreuse supposition :

— Et qu'est-ce qui vous a conduit à ce genre de travail ?

— Un concours de circonstances. J'ai d'abord fait un premier pas dans cette direction. L'expérience s'est révélée intéressante. Un autre pas a suivi.

— Racontez-moi.

Non, Claire ne pouvait pas être son ennemie. Mais la raideur avec laquelle il rejetait cette hypothèse révélait la peur que le contraire fût possible. Or ses instructeurs lui avaient appris pendant son entraînement que la peur annihile le sens des réalités.

Les craintes de Gus ne le quittaient jamais entièrement. En cela, sans le savoir, il rejoignait Hoffmann et ses démons nocturnes, les rapaces qui accouraient à son réveil. Il décida néanmoins de se confier à Claire pour écarter la peur une fois pour toutes.

— Tout a commencé à Yale. Un de mes camarades d'Université, qui travaillait pour le FBI, essayait de s'infiltrer dans une organisation appelée « Les Amis de l'Allemagne Nouvelle ». De vrais cinglés capables de devenir dangereux. Il m'a demandé de l'aider. En un rien de temps, j'ai été admis. Et me voilà propulsé comme une comète à un poste de responsabilité. Là encore, sans aucune difficulté.

Puisque Claire lui souriait, Gus, comme Hoffmann, chassa ses propres oiseaux de malheur.

— Finalement, un membre proche de l'Abwehr me contacte. Il me dit que je pourrais être utile aux Allemands, dans le domaine du renseignement. Du tout cuit...

A sa grande surprise, Gus racontait son histoire sans effort.

— ... Je me souviens du soir où j'ai appris la nouvelle à Brewer, mon copain du FBI. Ce gars n'avait rien d'un agent secret, avec ses petites lunettes carrées qu'il remontait sans arrêt sur son nez. Il m'a dit que si je voulais abandonner la partie il fallait le faire tout de suite. Sinon, avec leur appui, je me retrouverais engagé jusqu'au cou.

— Très exaltant, dit Claire sèchement.

— Exactement ce que j'ai pensé. J'ai eu envie de lui rire au nez. Ensuite, je me suis dit que je serais alors écarté de toute action, et ça, je ne le voulais pas.

Le maître d'hôtel apporta les menus. Gus les examina en expert. Un des rares dons que lui avait légués son père. Il consulta Claire du regard.

— Passez vous-même la commande, dit-elle. Si... je vous en prie. Saisissez l'occasion. Je ne demande à un homme de décider à ma place qu'une fois tous les vingt ans.

— Pour limiter les déceptions ?

— Parce que je mets longtemps à m'en remettre.

Le maître d'hôtel s'éloigna avec la liste des plats choisis par Gus.

Gus aurait voulu en profiter pour orienter la conversation sur Claire et les hommes, ce qui renverrait à plus tard le sujet du MI-5 et d'Émeraude. Il hésita. Pourtant, il devait surmonter ses craintes, sous peine de ne jamais obtenir de Claire ce qu'il souhaitait.

Il reprit donc le récit de ses expériences. Son enrôlement dans l'armée après l'obtention de ses diplômes. La satisfaction des milieux de l'Abwehr quand il était devenu véritablement « leur homme » au sein de l'OSS. Et puis Londres. La fable mise au point avec le MI-5 pour convaincre les Allemands qu'il se traquait lui-même. Son rôle d'agent double.

Il raconta tout. Sans toutefois mentionner Jürgen Brausch. Mettre sa propre vie en danger était une chose. Inutile de risquer celle d'un autre.

— Quelles aventures ! dit Claire. Vous savez comment impressionner une provinciale.

— Attendez pour applaudir que je me sois tiré de la mission présente sans y laisser ma peau.

Les yeux gris de Claire devinrent sérieux, pleins de sollicitude.

— Et que faut-il pour arriver à ce résultat ?

— Que je sois plus malin qu'eux... ou que j'aie une veine formidable.

— Pensez-vous réussir ? demanda-t-elle simplement.

Gus se reposa intérieurement la question avant de répondre. Les difficultés lui paraissaient insurmontables.

— On peut toujours croire à la chance, dit-il enfin. Le problème, c'est que j'en ai déjà tellement eu dans ma vie... Je vais peut-être devoir payer tout d'un coup.

— Et pour ce qui est de se montrer plus malin qu'eux ?

Gus pensa à Walter Hoffmann, l'homme qu'il mettait déjà sur un piédestal.

— Il y en a au moins un qui est plus malin que moi. Je n'ai que l'avantage d'être assez malin pour m'en rendre compte.

— Et *nous* ? A nous deux, est-ce que nous ne pouvons pas être les plus malins ?

Gus fut touché au cœur. Il mesura combien, jusque-là, il avait été seul.

— Peut-être, dit-il en maîtrisant son émotion et en trouvant la force de sourire. Peut-être qu'à nous trois, vous, Amy et moi, on va leur en faire baver.

— Vous savez ce que je pense ? Je pense que votre nazi si malin est en mauvaise posture. Parce que vous n'avez rien d'un perdant. Il y a des gens comme ça. Vous avez essayé de perdre pendant toute votre vie, sans y parvenir. Je vous en crois donc incapable.

On leur servit du canard avec une sauce à la poire, accompagné de légumes verts. La Wehrmacht envoyait peut-être des saucisses vers le front, mais elle gardait le canard pour des palais plus raffinés.

Claire se mit spontanément à parler de son enfance. Elle gardait cependant les yeux fixés sur son assiette plus souvent qu'elle ne les levait, comme gênée d'évoquer des souvenirs personnels.

— Mes parents sont morts. Mon père était professeur de lettres à la faculté de Bordeaux. C'est pourquoi je me considère comme une provinciale...

Gus apprit encore que le père de Claire souhaitait faire d'elle une intellectuelle. Une linguiste, comme lui, ou une mathématicienne. Elle, en revanche, voulait travailler de ses mains. Aquarelle, calligraphie, sculpture. Il céda, et finit par l'envoyer, à seize ans, suivre les cours d'une académie de beaux-arts, à

Baltimore, dans le Maryland. En milieu américain, elle se familiariserait au moins avec une autre langue.

Claire s'exprimait simplement, honnêtement, tout en évitant les détails trop intimes.

— Est-ce que je raconte bien, jusqu'à présent ?

— Vous laissez de côté le meilleur !

— Vous voulez dire les choses qui ne vous regardent pas ?

— Exactement.

— Commençons par vous, alors, dit-elle avec espièglerie.

— Il n'y a pas de femme dans ma vie, depuis bien longtemps... Je crois même que je n'ai jamais été amoureux. Quelquefois, j'ai failli... avec quelques femmes... Mais j'étais incapable de leur donner en retour ce qu'elles semblaient éprouver à mon égard.

— A vous entendre, on croirait qu'elles se décourageaient. Or, j'ai plutôt l'impression que c'était vous qui abandonniez.

— Peut-être. Je finissais toujours par me sentir fautif. Je ne leur donnais pas ce qu'elles attendaient. Ou pas assez honnêtement.

Claire déclara avec un soupçon d'ironie :

— Un homme à principes !

— Autrement dit, ennuyeux.

— Romantique. Ce n'est pas tout à fait la même chose.

La bouteille de champagne était vide. Gus la retourna dans le seau d'argent.

— A vous, maintenant, j'écoute.

— J'ai connu beaucoup d'hommes. J'ai commencé très jeune. Sans avoir jamais profondément confiance en aucun. Suivant en cela les conseils de maman, dès qu'elle a trouvé que je devenais jolie. J'ai passé ma vie à essayer de lui désobéir. En vain.

Son regard se perdit dans le vague.

— Les choses étaient différentes, quand j'étais très jeune...

Elle se tut, ne sachant pas bien ce qu'elle entendait par là.

Gus vint à son secours :

— « Le passé est une terre étrangère. Les choses s'y font autrement. » Cette citation n'est pas de moi. Je ne me rappelle plus où j'ai lu ça.

— Un homme qui a des principes tout en ne négligeant pas la poésie ! Est-ce que ça vous gêne de reconnaître parfois vos mérites ?

— Est-ce que ça vous gêne de tomber amoureuse ?

— J'ai été amoureuse, dit Claire lentement. Mais, je le crains, nous ne donnons pas au mot le même sens... L'attirance et l'enthousiasme peuvent passer pour de l'amour, s'ils ne sont pas freinés par un sentiment de culpabilité.

— La passion, c'est facile. L'amour, nullement. Il ne faut pas mélanger les deux.

— Dans le monde réel, on y est parfois obligé.

— Le monde réel... encore une terre étrangère !

— C'est vrai, approuva-t-elle gentiment. Les choses s'y font autrement.

Gus pensa que c'était le moment d'enchaîner :

— J'aimerais que vous me parliez du père d'Amy.

Aucune réaction sur le visage de Claire.

— Je vais encore décevoir le romantique en vous. Je n'éprouvais pas d'amour pour le père d'Amy. Pas même de véritable affection. C'est simplement l'homme qui m'a fait un enfant.

Gus mentionna sa conversation avec Armand. La dévotion de Claire pour cet Anglais détenu dans un camp de concentration.

— Armand cherchait à me protéger.

En fait, elle savait qu'Armand cherchait surtout à protéger son rêve de relations plus intimes avec elle. Mais comme il s'était montré bon envers elle, elle n'entendait le diminuer aux yeux de personne.

— Le père d'Amy est bien anglais ?

— Oui, mais c'est devenu un collaborateur. Il ne moisit pas dans un camp de concentration. Je crois qu'il est confortablement installé à Berlin. Il n'avait rien d'extraordinaire. Un physique agréable, et une grande faiblesse.

Gus ne put s'empêcher d'insister :

— Alors, vous ne l'aimez pas ?

— Ne vous l'ai-je pas déjà dit ? Vous êtes vraiment un curieux personnage, très vieux jeu, pour un Américain... Est-ce si important de savoir si je l'aime ou non ? Auriez-vous peur d'un rival ? Je jurerais que vous n'avez peur de rien.

Gus dut se rendre à l'évidence. Toute la soirée, il n'avait eu en tête que de gagner l'amour de Claire. Habitante de cette terre étrangère qu'on appelle le monde réel, elle voyait juste. Oui, il était un « curieux personnage », très « vieux jeu ».

Pour rompre le silence et se faire pardonner ses taquineries, Claire posa tendrement les doigts sur la main de Gus.

— Rentrons, dit-elle.

Gus déploierait une autre fois sa science en matière de fromages. Il appela le maître d'hôtel et régla l'addition.

La limousine les déposa devant l'immeuble de Claire. Elle se pencha vers le chauffeur et lui glissa à l'oreille :

— Vous attendez deux minutes, et puis vous démarrez.

Elle emmena Gus dans son appartement.

— Klaus va supposer que vous passerez la nuit ici...

Gus eut peur de s'emballer trop vite, de se bercer d'illusions.

Claire lui mit les bras autour du cou.

— Klaus va le supposer, et moi j'insiste pour qu'il en soit ainsi.

Rien, pour Gus, n'était comparable à la façon dont ils firent l'amour. Il n'avait jamais connu un corps aussi accueillant, une peau si douce. Après leur étreinte, une grande paix l'envahit, comme s'il se trouvait chez lui après des années d'errance.

Il aurait voulu demander à Claire ce qu'*elle* ressentait, mais il préféra ne rien dire et rester dans ses bras.

XXVIII

On conduisit Gus dans un souterrain si profond qu'il pensa aux travailleurs de la mine.

Il portait des vêtements de prisonnier, d'un gris délavé. La cellule où il pénétra était sale et exhalait une odeur animale. Ni meubles, ni compagnons. Gus s'assit par terre. Une lumière verte insupportable servait sans doute à faciliter le contrôle des gardiens, par un judas.

On ne l'avait pas prévenu de cette surveillance visuelle, on lui avait seulement indiqué que ce qu'il dirait serait entendu.

Il regarda les murs, le sol. Il ne vit pas d'autre orifice qu'une minuscule bouche d'aération, au plafond. Gus se demanda qui, à cet instant, l'espionnait. Il se retourna pour cacher son visage.

Vingt minutes s'écoulèrent.

La porte de la cellule s'ouvrit. Un gardien fit entrer un petit homme à lunettes, les bras croisés sur la poitrine comme s'il cherchait à se réchauffer. Andy Wheeler venait certainement d'un lieu plus obscur, car la lumière lui faisait plisser les yeux.

Plus que la frayeur, Gus sentit chez Andy une extraordinaire solitude. Il lui adressa un sourire et un salut amical, mais ne dit rien jusqu'à ce que la porte soit fermée et verrouillée.

Les mains serrant ses genoux, les épaules basses, il tâcha de se faire le moins menaçant possible. Il se souvint de la façon dont il avait abordé Amy, au restaurant. Andy Wheeler, lui aussi, avait certainement besoin d'un « Pepperman ».

— Je m'appelle Gus Lang, dit-il doucement.

— Salut ! répondit Wheeler au bout d'un moment. Ça va ?

— Ça n'a jamais été mieux. Il y a plus de soleil sur la Côte d'Azur, mais les prix sont inabordables !

Andy sourit, puis demanda :

— Sérieusement, ça va ?

Dans sa voix, une chaude sympathie, de l'innocence. Non la faiblesse dont on l'accusait. En trente secondes, la glace était rompue.

— Ça peut aller, répondit Gus. Pas de torture pour l'instant. Et toi ?

— Psychologique, pas physique.

Gus, soulagé, plaisanta :

— Vous n'avez pas de nom, amiral ? Dois-je seulement vous appeler Nimitz ?

— Je m'appelle Andy Wheeler, je viens de Yelm, dans l'État de Washington. Je ne suis que major.

La réponse était venue sans hésitation, alors que Wheeler avait jusque-là refusé de donner son nom et son grade.

— Je viens du Connecticut, dit Gus. De New Canaan. Et je ne suis que capitaine.

Andy sourit de nouveau.

— L'OSS m'a détaché au MI-5, ajouta Gus. Moi et mes copains, on s'est fait piquer en Norvège, un patelin nommé Rjukan. On essayait de faire sauter un stock d'eau lourde — un truc que les Teutons utilisent pour leurs expériences de fission nucléaire.

Andy, le scientifique, savait tout de l'usine de Rjukan.

— Je croyais, dit-il, qu'on avait mis ce secteur hors service en février. Le ferry... l'*Hydro*... qui transportait presque toutes leurs réserves de deutérium... on l'a bien coulé ?

— C'est vrai.

— Il faut croire que nous avions sous-estimé leurs capacités de production. Ils pourraient disposer d'une autre cargaison dès cet hiver. S'ils sont toujours là...

Andy frémit à cette idée.

Ils bavardèrent ainsi plus d'une heure. Gus s'efforça de garder un ton léger. Andy apporta son propre sens de l'humour.

Ils se découvrirent un engouement commun : le base-ball. Comme Andy idolâtrait Ted Williams, Gus lui opposa DiMaggio. Avec sa maîtrise des statistiques, Andy déversa sur Gus une avalanche de pourcentages dans des catégories dont ce dernier avoua qu'il n'en avait jamais entendu parler.

Andy s'esclaffa. Il s'amusait comme un fou, au fond de sa prison, à Vincennes.

Gus attendait patiemment que son compagnon sorte peu à peu de son effarante solitude. Quand il jugea le moment venu, il revint à la question de la torture.

— Je souhaite qu'ils y arrivent, dit-il.

— Pourquoi ?

— Parce que ce n'est qu'après avoir passé quelques mauvais moments que je lâcherai la date du Jour J. Si je le fais trop facilement, ils se méfieront.

Andy ne comprit pas.

Gus se tourna légèrement pour ne présenter que sa nuque au trou d'aération (qui, de fait, servait de judas). Il fallait soumettre Andy à un premier test, dangereux, essentiel.

— Les Anglais ont un nom de code pour les gens qui connaissent le lieu et la date du débarquement — D-Day ! Ils les appellent des Overlords.

Gus cligna de l'œil. L'expression d'Andy se figea quelque peu. Le véritable nom de code était « Bigot ». Si Andy corrigeait « l'erreur », Gus devrait expliquer aux Allemands que ce terme était sans doute tout nouveau. Difficile de savoir comment Hoffmann réagirait. Il ne resterait plus qu'à compter sur l'assistance de Brausch.

— Tu as bien entendu parler des Overlords, n'est-ce pas ? demanda Gus avec un nouveau clin d'œil.

— Évidemment.

Andy méritait vingt sur vingt pour ce premier test. Une bénédiction. Gus se sentait aussi prêt au combat qu'un soldat qui ajuste sa baïonnette avant de monter à l'assaut. Andy ne comprenait peut-être pas les règles du jeu, mais il s'y soumettait.

— D'après l'Intelligence Service, dit Gus, il y a quatre chances sur cinq pour qu'un Overlord capturé vivant parle sous la torture. Or, il ne s'agit pas de lancer nos gars dans les bras de Hitler.

Andy hocha lentement la tête, avec concentration.

— Donc, poursuivit Gus, le lieu du débarquement a été changé.

Il s'assura que le regard d'Andy gardait la même intensité, la même confiance, et continua :

— Les instructions que j'ai reçues sont les suivantes : tenir aussi longtemps que je pourrai, et puis lâcher le morceau plutôt que de me cramponner à une poignée de mensonges, sous la torture. Inutile d'essayer d'inventer une autre histoire. Le nombre de scénarios crédibles est limité et, sans le vouloir, on pourrait révéler justement celui qui a été le plus récemment adopté... Je finirai donc par leur dire : « *Calais. Septembre.* »

Il répéta ces deux mots, soulignés d'un vigoureux clin d'œil. D'abord abasourdi, Andy entra dans le jeu. Il se pencha et souffla à voix basse :

— Tu vas vraiment leur livrer Calais ?

Son ton imitait l'étonnement à la perfection. Des larmes de gratitude montèrent aux yeux de Gus. Qu'Andy fût capable, après tant d'épreuves, d'un tel sang-froid, tenait du miracle.

— Pas tout de suite. Quand le moment viendra.

— « Calais » et « Septembre » ? Les deux ? Tu ne pourrais pas repousser à octobre pour donner à Ike un peu plus de temps ?

Le cœur de Gus se gonfla dans sa poitrine. Salauds de nazis, ne sous-estimez jamais un Américain, pensa-t-il fièrement.

Il offrit alors son profil à l'observateur anonyme de la fente d'aération.

— Non, Andy. Il faut s'en tenir à la vérité que nous connaissons : septembre. Deux autres gars ont été capturés en même temps que moi. Je ne sais pas où on les a emmenés, mais c'est ce qu'ils diront, eux aussi.

Andy frissonna. Moins à cause du froid qui régnait dans la cellule que de la tension d'esprit que cet entretien exigeait.

— Tu ne te sens pas mal ? demanda amicalement Gus.

— Non, ça va... Je regrette seulement qu'on ne m'ait pas mis au courant, comme toi... Sans doute personne ne pensait que je serais fait prisonnier. En principe, je ne devais pas quitter l'Angleterre. Je ne suis qu'un spécialiste radio... Il faudra que tu m'aides, Gus, pour que je me conduise bien.

Incapable d'exprimer ce qui le bouleversait, Gus regarda son nouvel ami, si proche, et encore si lointain. Il se promit seulement de ne jamais le laisser tomber. Andy venait de rejoindre Claire et Amy sur la liste de ceux qui devaient s'en sortir vivants.

— A présent, nous pouvons compter l'un sur l'autre, dit-il à très haute voix. C'est là leur erreur. A nous deux, on leur donnera du fil à retordre. Commence à t'en persuader, Andy, commence tout de suite.

XXIX

Une petite salle, enfouie dans les entrailles du château de Vincennes. Une seule lampe, une table de chêne, quatre verres et une bouteille de liqueur.

Ritter était visiblement radieux. Brausch, pensif, considérait Gus avec un respect accru. Walter Hoffmann arborait son sourire le plus charmeur, le plus anodin. Les quatre hommes semblaient isolés du reste du monde.

L'épuisement se lisait dans les yeux de Gus. Il était quatre heures et demie du matin. Après avoir passé onze heures de grande concentration avec Andy Wheeler, un nouveau cauchemar l'attendait : faire face à la formidable hostilité d'Ernst Ritter.

Une petite guerre à l'intérieur de la grande. Ritter serait son adversaire, et Hoffmann son juge. Si Ritter l'emportait, l'effort des dernières heures n'aurait servi à rien. Rien ne servirait plus à rien.

Ritter, un peu éméché, l'abreuvait de compliments pour ses exploits de la nuit. Gus n'en subissait pas moins l'insidieux pouvoir d'intimidation qui émanait de cet homme. Avait-il peur ? Craignait-il qu'avec son regard froid et cruel Ritter ne se précipite sur lui et ne lui brise le cou comme il aurait cassé une branche sèche ?

Il imaginait la scène avec une précision troublante. Ritter, ricanant de fureur, projetait vers lui ses grosses mains. Hoffmann et Brausch restaient paralysés d'horreur.

Tel un monteur de films, Gus repassa ces images tant de fois qu'elles finirent par perdre de leur réalité. Il n'avait cessé de sourire en recevant les félicitations de Ritter et, petit à petit, sa peur redevint simplement de la peur. Il était prêt.

Il se souvint des propos de Brausch au sujet de Ritter, l'incarnation même de la SS. Il fallait s'affirmer avant toute confrontation majeure. Le provoquer subtilement. Oser susciter sa colère pour être considéré comme un homme. Surtout, ne jamais escompter de sa part un quelconque respect pour votre intelligence. Il ne vous jugera que sur la force de votre volonté.

Ritter leva son verre en direction de Gus.

— Buvons à Calais ! s'exclama-t-il avec enthousiasme. Et au deux septembre !

— Le deux ? dit Gus froidement.

La froideur et la nuance de dédain n'échappèrent pas à Ritter, aussi sensible à l'insulte que le requin au sang.

— Eh bien, quoi ? Wheeler a dit « le deux septembre ».

— Non, dit Gus, un rien condescendant. Vous devez avoir un petit problème avec votre anglais, Herr Standartenführer. Wheeler a dit au sujet de l'information sur le lieu et le mois : « Les deux ? »

Les yeux de Ritter le prévinrent éloquemment qu'il marchait sur la corde raide.

— Et qu'est-ce qui vous rend si sûr de vous ?

Gus secoua la tête, amusé, exaspérant.

— Il suffit de réfléchir. Comment les Américains pourraient-ils fixer une date aussi précise ? Il leur faut une marge de quelques jours pour profiter des meilleures conditions météo.

Brausch abaissa les mains qu'il tenait devant sa bouche.

— C'est évident, déclara-t-il, avec une délectation hautaine, aristocratique.

Que Gus fût insolent, passe encore. Mais se voir tourner en ridicule par un membre de l'Abwehr...

— Je suis désolé, Ernst, je ne voulais pas vous offenser. Nous sommes tous fatigués. Il fait déjà presque jour. Nous devrions nous contenter de savourer notre triomphe.

Brausch avait manifestement voulu attirer sur lui les foudres du SS afin de protéger Gus en périlleuse position.

Ritter se détendit :

— Ce triomphe a d'autant plus d'importance que Berlin semble s'être orienté dans la mauvaise direction.

Il consulta Hoffmann du regard. Un hochement de tête lui donna la permission de poursuivre.

— Le 6 mai, annonça-t-il avec une ironie mal venue, le général Jodl a téléphoné au général Blumentritt. Aux dernières nouvelles, le haut commandement se préparerait à rassembler nos forces sur la côte normande. Il a rappelé de Hongrie la Panzerdivision Lehr, et déplacé la vingt et unième Panzerdivision basée en Bretagne.

La bonne humeur de Ritter était revenue. Il porta un nouveau toast :

— A Calais, donc ! Au mois de septembre ! Au bon travail d'Émeraude !

Les verres tintèrent. Gus dit lentement :

— Je crains que ce ne soit qu'un début. Il reste encore beaucoup à faire.

Ritter leva les sourcils, éberlué d'entendre Gus mettre en question son propre exploit.

— Douteriez-vous de l'authenticité de ce que vous venez de nous rapporter ?

Par courtoisie, Gus étouffa un bâillement.

— Il y a deux possibilités, dit-il. C'est vrai. Ou c'est faux.

— Wheeler pourrait vous avoir menti ?

— Non. Je crois qu'il me fait confiance. Mais, à travers moi, c'est peut-être à *vous* qu'il mentait.

A l'inverse de Ritter, qui ne comprit pas, Brausch demanda :

— Il aurait soupçonné notre système d'écoute.

— C'est certainement à considérer.

Un silence s'instaura.

— En effet, finit par dire Brausch. Je pense... Je pense que Gus devrait rencontrer Wheeler dans un autre lieu... un lieu où il n'aurait aucun soupçon.

— Et où est-ce que le colonel suggère qu'une telle rencontre ait lieu ? demanda sèchement Ritter.

Gus intervint, moqueur :

— Si je lui proposais un week-end au bord de la mer ? On embarquerait deux filles et une caisse de bière.

Ritter était si dénué d'humour qu'il lui fallut un certain temps pour comprendre que Gus plaisantait.

— Suggestion peu réaliste, dit Brausch en souriant. Je propose une courte promenade dans les jardins du château, ici. Wheeler pourrait parler en toute sécurité. Et, naturellement, les alentours seront bien gardés.

Ritter plaqua ses paumes sur la table, signe certain, chez lui, de désapprobation.

— Un entretien sans aucun contrôle ! s'écria-t-il. Des propos non consignés ! Ce serait enfreindre gravement nos règles de sécurité.

— Un contrôle n'est pas nécessaire, Herr Standartenführer, dit Gus en regardant Ritter droit dans les yeux. Je saurai vous rapporter ce que le prisonnier aura dit. J'ai une excellente mémoire.

— Ne croyez pas, cher jeune capitaine, à un manque de confiance de ma part. La sécurité repose sur le maintien permanent de certaines règles, et non sur les initiatives individuelles.

Walter Hoffmann prit la parole.

— A cette heure tardive, mon esprit devenant de plus en plus brumeux, j'aimerais consacrer au point essentiel du débat le peu de lucidité qui me reste.

Il se croisa les mains et s'adressa à Gus :

— Pourquoi une conversation privée avec Wheeler vous paraît-elle si importante ?

— Tout dépend du degré de certitude que vous désirez atteindre. Si des impressions vous suffisent, la mienne est que Wheeler m'a dit la vérité.

Les yeux sombres et pensifs de Hoffmann ne cessaient de fixer Gus, qui ajouta :

— Nous n'aurions qu'un seul entretien privé. Wheeler me dira tout de suite s'il soupçonne qu'on nous écoute, dans la cellule.

Hoffmann se tourna vers Brausch.

— Je sais, Jürgen, que nous nous trouvons là devant un cas que vous n'auriez pas souhaité voir se présenter.

Gus ne voyait pas plus clair dans l'esprit de Hoffmann que dans un puits noir et profond. L'avait-il convaincu ? Ou lui tendait-il une corde un peu plus longue pour se pendre ?

XXX

Gus occupait la place qu'il préférait entre toutes, du moins à ce moment de son existence : les bras de Claire.

Amy avait reçu sa part de dîner, de jeux et de baisers avant d'aller au lit. Gus venait de donner à Claire un message chiffré qu'Armand transmettrait à Londres.

Ils bavardaient paresseusement en prenant garde de n'utiliser que le présent, de ne penser qu'au présent.

Parfois, ils rompaient la règle. Ainsi, Claire déclara :

— Un jour, nous aurons un piano.

« Un jour »... ce ne pouvait être qu'au-delà de la première semaine de juin. Au-delà du jour où, si les choses tournaient bien, un million d'Allemands massés derrière les fortifications du Pas-de-Calais attendraient un débarquement qui se déroulerait bien plus à l'ouest, en Normandie.

Gus savait qu'il ne pouvait compter sur ce futur incertain, qu'il devait le rejeter, comme sa peur. Les bras de Claire lui offraient une réalité palpable. Tout le reste n'était qu'une poussière de petits mensonges qu'il accepta d'évoquer avec conviction, les yeux clos.

— Nous serons alors en Provence. (Gus n'avait jamais visité le Sud de la France.) Nous vivrons dans une ferme aux environs d'Aix. Il y aura des porcs et des fleurs.

— Et un piano, répéta Claire en posant la tête de Gus contre sa poitrine.

— Amy jouera du classique, dit-il. Et moi, je crois que je me lancerai dans le *rag-time*.

Claire gloussa. Gus poursuivit :

— Il faudra faire venir de Salzbourg un professeur pour Amy, et un de La Nouvelle-Orléans pour moi. Ils vivront chacun dans une pension de famille différente et se joindront à nous pour le petit déjeuner... et peut-être pour nous aider à nourrir les oies.

— Ne pourrait-on pas se contenter du piano ?

— Bon. On ne prend que le piano, et on s'installe à Cleveland.

Claire se dégagea lentement et quitta le lit.

— J'ai une surprise pour toi. J'ai échangé mes boucles d'oreilles en argent contre un tas de tickets d'alimentation... Je vais t'apporter des fraises et de la vraie crème fraîche.

Elle disparut, et Gus fut inexorablement repris par l'image de la petite salle souterraine de Vincennes.

Comme s'il récitait son chapelet, il passait en revue, un à un, les arguments qui devaient le mettre en garde contre Jürgen Brausch. Le vieil homme était de mèche avec Hoffmann. Ils avaient fait venir Gus à Paris pour la raison même que Gus avait confiée à Andy : la crainte que les Alliés ne changent le site du débarquement par précaution, en cas de capture d'un Overlord. Le triomphe de Hoffmann dépendait de deux conditions : briser Andy, et faire croire aux gens de Londres que leur secret n'avait pas été révélé. Dans ce jeu, Gus était donc un pion indispensable.

Brausch et Hoffmann n'oseraient jamais « doubler » Gus et transmettre en son nom des messages aux Anglais. Le voudraient-ils qu'il leur faudrait connaître le code de Gus et les diverses astuces mises au point pour authentifier ses messages. Ainsi, Gus déformait l'orthographe du troisième ou du sixième mot de certaines phrases convenues.

Non. Hoffmann avait intérêt à garder Gus en vie et à le laisser continuer à envoyer ses petits messages réconfortants.

Du moins, jusqu'au Jour J.

Claire revint avec un grand bol dans lequel des fraises nageaient dans de la crème saupoudrée de sucre brun.

— Commence par un coin, dit-elle en tendant à Gus une cuiller, et moi par l'autre. Nous verrons qui arrivera le premier au milieu.

— Nous ferions mieux de garder ça pour le Standartenführer Ritter, plaisanta Gus. J'aurai peut-être besoin, un jour, de le soudoyer.

— Je croyais que tu lui avais plu au premier abord ?

— Évidemment, quand je lui ai dit que mes ancêtres étaient de purs aryens depuis un millier d'années, je devenais tout de suite un type bien.

Claire sourit, car Gus représentait en effet pour un nazi le type du pur aryen. Puis elle resta pensive.

— Il y a un homme, dit-elle enfin, dont j'ai décidé de te parler.

— Ah oui ? Un homme de ton passé.

— En effet, du passé.
— Raconte. Je suis prêt à tout encaisser.
— Voilà. Cet homme n'était pas mon amant. Ni mon ami. Pas même une connaissance.
— Des relations très intimes, en somme.
— Si intimes que je pensais ne jamais t'en parler.
— Je donne ma langue au chat. Tu as des relations sexuelles posthumes avec Ulysses S. Grant, chaque semaine, le jeudi après-midi ?
— Le mardi. Tu brûles, parce qu'il s'agit bien d'un mort...
— Je t'écoute.
— Cet homme vécut et mourut dans un village de Pologne dont je ne connais même pas le nom.
— Fascinant. J'adore les récits fourmillants de détails.
— Je vais t'en donner. La femme de cet homme, ses enfants et petits-enfants, se comportaient comme des catholiques pratiquants. En fait, cet homme était juif.
Gus caressa la joue de Claire.
— C'était ton grand-père ?
— Mon arrière-grand-père.
— Et dire que, toi et moi, nous avons fait l'amour, dit Gus en imitant l'accent de Ritter.
— Tu dois te sentir souillé.
— Je dois seulement entreprendre la cérémonie rituelle de purification, nécessaire en la circonstance.
— Et en quoi consiste-t-elle ?
— A faire l'amour avec tout un bataillon des Jeunesses hitlériennes. Même si certains n'ont que douze ans, ils seront, eux, de race pure.
Claire rit, mais très vite une ombre passa sur son visage. Et déjà, ses yeux s'emplissaient de larmes. Gus aurait voulu dire quelque chose de réconfortant, mais toute parole aurait été, lui sembla-t-il, une intrusion dans un domaine très intime.
— Pardonne-moi, dit-elle, mais tu sais, parfois, une pensée vous fait...
— Je sais.
Elle secoua la tête. Des larmes coulaient le long de ses joues.
— Je ne lui ai même jamais demandé son nom.
Gus se taisait, attentif. Claire dégagea une main et s'essuya les yeux.
— Il y a deux ans, en juillet, les Allemands ont fait une grande

rafle. Ils ont bloqué plusieurs quartiers de Paris et arrêté tous les Juifs. Ils les ont emmenés au Vélodrome d'Hiver. C'était quelque chose de monstrueux. Des policiers français bousculant des femmes, et les enfants qui s'accrochaient à leurs jupes. La rafle du Vel' d'Hiv...

Elle reprit son souffle.

— Pourquoi, Claire, me raconter tout ça ?

— Parce qu'il le faut. Il faut lui donner un nom.

A qui ? se demanda Gus. Il la laissa continuer.

— Ils ont gardé ces milliers de pauvres gens sans leur donner de nourriture, sans leur assurer un minimum d'hygiène, puis ils les ont transférés à Drancy. Tu sais ce que c'est que Drancy ?

— Un camp, près du Bourget.

— Ils ont entouré le camp de barbelés. Tout autour, les habitants des immeubles pouvaient voir ce qui se passait. Au mois d'août s'y trouvaient internés quatre mille enfants séparés de leurs parents. Le plus âgé avait douze ans. Parmi eux, des bébés de moins d'un an...

— Tu en as été témoin toi-même ?

— Oui. Une de mes amies travaillait pour la Croix-Rouge. A cette époque, les Allemands toléraient les visites de cet organisme. La fille est tombée malade et m'a suppliée de la remplacer... Tu ne peux pas avoir une idée des conditions de vie de ces enfants, couchés dans la saleté, nourris de ce qu'on ne peut appeler de la soupe, couverts de poux et de plaies. Et ils les battaient, ces bébés, Gus, ils les battaient et les volaient.

Cette fois, Claire éclata en sanglots. Gus l'enlaça étroitement.

— Il y avait une petite fille, se força-t-elle à balbutier. Une petite fille, et elle pleurait, blottie contre moi, parce qu'on lui avait volé son médaillon. Tout ce qui lui restait de sa mère... Et je les ai vus voler une chaussure... qu'est-ce qu'on peut faire d'une seule chaussure d'enfant ?

Elle s'écarta de Gus, l'air égaré.

— C'était comme ça, dans le camp... Des petits êtres affolés, pleurant. Et puis, il y avait une voie ferrée. Un train de marchandises est arrivé. Les soldats allemands ont donné des coups de pied aux enfants, hurlant aux plus grands de faire monter les plus petits dans les wagons... Et moi, je tenais ce petit garçon de quatre ans serré sur ma poitrine. Un grand me l'a pris et l'a fait monter dans le train. Alors, le petit a tendu les mains vers moi, et il criait « je veux que la jolie dame me reprenne, je veux pleurer avec elle »... Je me suis approchée et j'ai repris l'enfant dans mes bras. Je lui ai dit qu'il était désormais mon petit garçon, que je l'aimais et que je l'aimerais toujours, que, quoi qu'il arrive, il n'aurait qu'à fermer les yeux et penser à moi. Parce qu'à ce moment-là, moi aussi je penserais à lui, et ce serait comme si nous étions ensemble.

Les larmes étouffaient Claire, elle toussait, mais voulut aller jusqu'au bout.

— On m'a arraché le petit, on l'a poussé avec les autres et la porte s'est refermée.

Gus la força à s'allonger, à reposer la tête sur l'oreiller.

— C'est pour ça, dit encore Claire, que je suis entrée dans le réseau Jade Amicol. J'ai appris à faire de faux papiers... et à me servir d'une arme. Ce n'est pas que j'aie une âme de combattante. C'est que ce petit garçon me manque.

— Il s'appelle Martin, dit Gus, avec toute l'assurance dont il était capable. Et Martin va bien. En ce moment même, il pense à toi. Il t'aime. Tu es son amie.

Le visage inondé de larmes, Claire murmura seulement :

— Merci.

XXXI

Gus se trouvait de nouveau dans la cellule. On y avait installé deux lits de camp. Des couvertures kaki. La lumière verdâtre était toujours aussi crue.

Étendu sur le dos, il avait croisé les mains derrière la nuque en guise d'oreiller. Il révisait mentalement le rôle qui lui restait à jouer.

Des gardiens amenèrent enfin Andy. Son cœur bondit à la vue de Gus. Il s'était demandé s'il le reverrait jamais.

— Nous devrions cesser de nous voir comme ça, dit Gus. Hitler commence à avoir des soupçons.

Andy lui répondit par un sourire si rafraîchissant qu'il aurait attendri Satan en personne. Gus pensa à l'enfant qu'il avait prénommé Martin. « Tu es désormais mon petit garçon. Personne ne te mettra dans un train de marchandises. » Ces mots que lui dictait son cœur, Gus les dédia à Andy.

Pendant une quinzaine d'heures, ils causèrent, ils dormirent.

Un gardien apparut et les conduisit à travers des couloirs sombres, les fit monter des escaliers de vieille pierre. Les relents de pourriture des bas-fonds furent remplacés par une odeur d'antiseptique.

Soudain, une porte s'ouvrit sur la lumière éclatante du dehors. Pour la première fois depuis près de deux semaines, Andy, qui avait perdu la notion de l'écoulement des heures, sentit que c'était le matin.

Ils avancèrent dans la cour, passèrent devant des centaines de soldats armés, franchirent la douve extérieure et s'arrêtèrent à la lisière d'un bois.

Le gardien les prévint qu'ils n'avaient droit qu'à une heure de promenade, et sur une certaine allée. Il leur rappela que toute tentative d'évasion serait vouée à l'échec et comporterait des suites particulièrement désagréables.

Les deux amis firent quelques pas. Andy, encore un peu flageolant, resta d'abord à la traîne. Ils longèrent des ormes et des rosiers.

Ils étaient seuls.

Côte à côte, à présent, ils marchèrent en silence. Avant d'user d'une liberté si soudaine, il leur fallait d'abord s'en pénétrer.

— Le moment est venu, dit enfin Gus, de tout chasser de ton esprit. Tout sauf ma voix.

Il regarda Andy. On lui avait donné des vêtements de prisonnier beaucoup trop grands pour lui, afin d'accroître son sentiment de petitesse, d'impuissance. Les manches et le bas du pantalon étaient retroussés en gros rouleaux. Gus trouva son compagnon si frêle qu'une vague de découragement le parcourut. Il lutta contre elle comme contre une nausée, un poison.

— Tu sais, Andy, qu'ils peuvent entendre ce que nous disons, dans la cellule, par l'orifice de ventilation. Je crois même qu'ils peuvent aussi nous voir.

Andy gardait les yeux baissés. Concentration absolue.

Gus aspira une bouffée d'air.

— Andy... Je ne suis pas un prisonnier.

Le clair regard qu'Andy leva sur Gus n'exprima ni jugement ni appréhension. Il écoutait.

— Les nazis croient que je travaille pour eux, que je te tends un piège.

Andy hocha la tête comme si cette déclaration n'avait rien de surprenant. Gus avait oublié combien le cerveau de son ami travaillait vite. Il y puisa de nouvelles forces et surmonta son découragement.

— En te confiant cela, Andy, je mets ma vie entre tes mains. Qu'ils arrivent à te faire parler, et je suis un homme mort.

— Si tu me le dis, c'est qu'il y a une raison, déduisit calmement Andy.

De mieux en mieux !

— Je le fais parce que nous avons en face de nous un Oberführer SS du nom de Hoffmann. C'est le salaud le plus malin que j'aie jamais rencontré. Un jour, il t'annoncera peut-être lui-même que je travaille pour lui, preuves à l'appui.

— Pourquoi ferait-il ça ?

—. Parce qu'il m'aura démasqué. Ou simplement parce qu'il ne me fera plus confiance...

Les yeux verts fixaient Andy.

— ... mais quoi qu'il puisse te raconter, pense qu'il y a d'innombrables gens de notre bord qui comptent sur toi. Qui comptent sur toi pour une seule chose : me faire confiance, à moi et à personne d'autre. Je *sais* que tu me fais confiance.

Ce ne fut sûrement pas le regard d'Andy qui opposa un démenti. Gus sourit.

— D'abord, tu me fais confiance sur ma bonne mine. Ensuite, parce que je t'ai raconté l'histoire de Calais, en septembre. Or, je sais que ça se passera en Normandie, le 4 juin. Évidemment, les Allemands ne se doutent pas que je le sais. Sinon, j'aurais déjà goûté à la torture. Quant à toi, si tu y as échappé, c'est que j'ai trafiqué un dossier médical pour qu'il soit dit que tu es cardiaque.

Une lueur éclaira le visage d'Andy. Il parla à Gus des examens que lui avaient fait subir des médecins allemands, des électrodes, des machines qu'il voyait pour la première fois, des questions qu'on lui posait sur l'état de son cœur et auxquelles il avait refusé de répondre.

Gus lui expliqua en détail ce qu'était une arythmie, et conclut :

— Tes interrogatoires ne constituent pour les Allemands qu'une mise en scène. C'est sur moi qu'ils comptent pour t'interroger.

Ils reprirent leur promenade, à pas très lents.

— Donc, Andy, ce que tu me diras dans la cellule, si tu t'y prends bien, ces salauds le croiront... Et tu ne vas pas nous faire perdre cette guerre, oh non ! Tu vas, plus que personne au monde, nous la faire gagner.

— Tu n'as qu'à me dire les choses une fois, pas trop vite, et je me souviendrai de chaque mot pour le reste de ma vie.

Andy se rendit compte que ses propos manquaient de modestie. Mais il disait la vérité, et Gus devait savoir.

— D'accord, Andy. On y va. Le plus beau, dans l'histoire de Calais, c'est qu'elle a été forgée par l'Ops B, le comité des services spéciaux du SHAEF. Depuis six mois, nous posons des jalons, nous brouillons les pistes grâce à des documents et des messages radio bidons. Quand Hoffmann vérifiera ta fable auprès de Berlin, il la trouvera confirmée par des rapports de ses propres services d'espionnage.

Andy marcha d'un pas plus rapide. Son esprit bouillonnait.

— Le but de notre petit jeu, précisa Gus, est de faire se rassembler à Calais la XVe Armée d'Hitler, la plus forte. De notre côté, l'unité censée attaquer Calais s'appelle FUSAG — First

United States Army Group. En fait, cette unité n'existe pas. Nous faisons croire à l'ennemi qu'elle se compose de trois divisions américaines d'infanterie, d'une division d'infanterie et d'une division blindée canadiennes. Le tout sous les ordres de Patton en personne. Huit autres divisions de la IIIe Armée devraient attaquer dans une seconde vague. Nous disposons d'encore cinquante divisions aux États-Unis. Elles seraient embarquées vers le Channel dès que le FUSAG aurait établi sa tête de pont.

Gus se tut un instant pour laisser à Andy le temps de digérer ces nouvelles.

— Tu peux continuer, Gus. Je te suis.

— Les dates, maintenant. Les Allemands croient qu'en juin et juillet nous procéderons à des assauts préliminaires en d'autres points — telle l'opération Fortitude en Norvège. Nous prétendons avoir des vues sur les mines de nickel de Petsamo, en Laponie. La IVe Armée s'en chargerait avant de se joindre au FUSAG. En outre, il y aurait l'opération Zeppelin, dans les Balkans, dans le but de gagner la mer Noire et les gisements dont Hitler tire le tiers de son pétrole, à Ploesti.

Andy hocha la tête. Il suivait toujours. Gus, encouragé, poursuivit :

— Tu devras récriminer contre les délais, les lenteurs. Critiquer le SHAEF pour avoir donné au renforcement des bombardiers à long rayon d'action la priorité sur la consolidation des forces déjà sur le terrain, pour les tests médiocres des chalands de débarquement qui pourraient n'être prêts qu'à la fin de l'été.

Au détour de l'allée, ils aperçurent les limites de la cage en plein air qui leur était assignée. Deux soldats se tenaient à environ cent cinquante mètres.

Gus les salua de la main et cria en anglais :

— Dites donc, les gars, si on filait tous chez moi s'offrir une bière ?

Andy gloussa de rire, libérant la tension accumulée en lui.

— L'ennuyeux avec cette Race de Seigneurs, dit Gus, c'est qu'ils sont snobs.

La brise s'était levée et les arbres frémissaient. Gus n'était resté enfermé qu'une quinzaine d'heures, mais les couleurs lui parurent éclatantes. Il se demanda soudain si Ritter prolongerait le supplice assez longtemps pour que la couleur des feuilles devienne une préoccupation futile.

— J'en arrive à un point très important de l'histoire que tu devras raconter, Andy. Il s'agit des Russes. L'accord s'est fait à Téhéran pour que le débarquement en France n'ait lieu qu'après l'offensive d'été de l'Armée Rouge. Raison évidente : nous voulons que la Wehrmacht garde sur le front Est soixante pour cent de ses forces. Les Russes pensaient attaquer en juillet, or ils ont des problèmes de ravitaillement en munitions. Avec un peu de chance, cela se passera en août. Donc, l'attaque de Calais serait pour septembre. Tu vois ?

Pendant les vingt minutes qui leur restaient, Gus répéta les grandes lignes de la fable qu'Andy devait mémoriser, affinant à chaque fois les détails qui la rendraient plus vraisemblable.

— Quand tu me raconteras tout ça dans la cellule, n'oublie pas, Andy, de faire sentir que tu me considères moi aussi comme un Overlord, un homme au courant. N'aie pas l'air de m'apprendre quelque chose.

— Et comment faire?

— Je te dirai qu'il est temps pour nous de leur parler du mois de juin. Tu auras l'air effrayé. Je te proposerai alors de faire une répétition de l'interrogatoire. Je jouerai le nazi, et tu verras que les réponses te viendront tout naturellement. Prends garde seulement à ne pas trop en dire d'un coup. Laisse-moi mener le jeu. Si je t'interromps, c'est qu'il y aura une raison.

Andy se contracta. S'il ne doutait pas de ses capacités de mémoire, il se méfiait de ses dons d'acteur. Gus le rassura :

— C'est moi qui ferai tout le travail. Je te laisse parler, je t'arrête quand il faut, ou j'oriente dans un autre sens la conversation. Ne crains rien. La dernière fois, sans être au courant de rien, tu t'es superbement conduit.

Gus semblait si sûr de lui, si plein de force, que les muscles d'Andy se décontractèrent.

— Tiens, faisons tout de suite un petit essai, dit Gus.

Il se mit dans la peau de Ritter, avec ce que son accent comportait de comique, et Andy lui donna la réplique.

— Fantastique ! s'exclama Gus. Un acteur né. Quand on aura fini, je te fais engager dans l'OSS.

Il avait un peu forcé le compliment, mais si Andy pouvait réussir ne serait-ce qu'à quatre-vingts pour cent son numéro, dans la cellule, c'était plus que satisfaisant.

— Est-ce que tu continueras à garder le sourire, quand nous serons enfermés ? demanda Andy. Je crois que ça m'aide.

— On rira à s'en décrocher la mâchoire, promit Gus.

Le visage d'Andy, si pâle, avait pris des couleurs. Gus lui posa une main ferme sur l'épaule.

— Écoute. Ces gars, j'ai suivi le même entraînement qu'eux. Ils essaient de vous persuader qu'ils sont capables de lire dans votre esprit. Et tu sais pourquoi ?

— Non.

— Parce qu'ils en sont incapables. Si on se laisse aller à penser le contraire, on est fichu. A Londres, nous procédons de la même façon avec les gars que nous capturons, nous leur débitons le même mensonge. Crois-moi, Andy, ils sont incapables de lire dans tes pensées. Ils attendent seulement que tu craques...

Gus s'assura d'un regard qu'Andy l'avait bien compris.

— J'ai été formé à connaître, à juger les gens. Tu ne craqueras pas. Tu en as peur, comme tout le monde. Mais tu es le dernier à qui ça arrivera.

Andy ne trouva pas les mots pour exprimer sa reconnaissance.

— Je vais maintenant te donner la règle numéro un de notre travail, dans les services secrets. Le vainqueur, ce n'est pas le gars qui tient le fusil, c'est celui qui possède le plus d'informations. C'est la seule chose qui compte. Or, nous savons des choses qu'ils ne savent pas. Si nous savons les garder pour nous, ils sont battus d'avance. C'est aussi simple que ça.

Les yeux verts brillaient d'un éclat résolu.

— Tu sais, dit Andy, quand tu m'as appris que tu n'étais pas un prisonnier, que c'était l'OSS qui t'avait envoyé ici... j'ai pensé : ça y est, il va me donner du cyanure, là, tout de suite. Et je vais mourir dans ce jardin. Sans dire adieu à ma mère, à mon père, à la jeune fille que j'aime.

Gus aurait voulu faire une plaisanterie. Les larmes qui lui montaient aux yeux lui permirent seulement de dire avec douceur et sérieux :

— J'ai d'autres projets pour toi. Une fois que nous aurons floué les gars, tu retourneras chez toi. Je me chargerai personnellement de te renvoyer dans les bras de ceux que tu aimes, surtout ceux de la jeune fille. Tu peux compter là-dessus.

Ému, Andy sentit un bras entourer ses épaules.

— Et ne viens pas me raconter que, pourtant, je t'ai déjà menti ! dit Gus en souriant.

XXXII

Faiblement éclairé par la lampe à pétrole de l'Untersturmführer SS qui marchait en tête, Gus descendait un interminable escalier en colimaçon. Son mal de tête lui fendait littéralement le crâne. Sa vieille ennemie, la migraine, choisissait un bien mauvais moment pour se manifester.

Au bas des marches, un couloir long et étroit sentant la moisissure, la puanteur d'un lieu privé d'air et de soleil.

Pourquoi lui imposait-on toujours un itinéraire différent ? Hoffmann avait-il donné des consignes pour que Gus ne sache pas retrouver son chemin dans le labyrinthe souterrain de Vincennes ? Simple précaution ? Méfiance ? Ou simplement le parcours habituel de l'homme à la lampe ?

Tout cela n'atténuait en rien la migraine.

Une porte. Un verrou débloqué. Une pièce éclairée.

La même petite pièce. La même bouteille, juste un peu moins pleine. Trois faces qui se tournent pour observer l'entrée de Gus.

Un seul sourire amical, celui de Walter Hoffmann.

— Belle journée pour une promenade dans les bois ?

Gus s'assit et fixa le verre de Hoffmann, rempli d'un liquide incolore.

— Boire ça avant midi, c'est du suicide.

Hoffmann prit la remarque avec le sourire, mais attendit un instant avant de la commenter, montrant ainsi que c'était lui qui menait la conversation.

— C'est du schnaps, dit-il enfin tranquillement.

— Une boisson allemande, ajouta Ritter comme si Gus savait peu de chose sur l'Allemagne.

— Oh ! ironisa Gus, je croyais que chez vous on ne buvait que de la bière. Ou quelquefois du sang d'Anglais.

Ritter, dont les doigts pianotaient la table, leva les yeux, perplexe.

— Je pensais à un conte pour enfants, « Jack et le haricot magique ». Un petit bonhomme s'introduit dans le château d'un géant et ressort en emportant ses plus précieuses possessions.

— Un géant bien insouciant, fit remarquer Hoffmann.

Gus eut la certitude que Hoffmann l'assimilait au voleur, qu'il l'imaginait escaladant la tige du haricot magique, c'est-à-dire l'escalier en spirale de la prison, et pénétrant dans le château. Hoffmann était un géant qui saurait protéger ses biens. Oui, Hoffmann le soupçonnait. Il l'avait soupçonné dès le début.

Pour la première fois, Gus se félicita de penser aussi vite que Hoffmann. D'avoir su, malgré la migraine, lire ce qui se passait dans sa tête. Il en tira une certaine assurance.

— Le géant avait peut-être bu trop de schnaps avant midi ? risqua-t-il.

— Un géant somnolent est un géant mort, approuva Hoffmann.

Gus avait donc vu juste. Hoffmann était le géant. Ni somnolent, ni insouciant. Bien éveillé, au contraire, et à ses trousses.

— N'auriez-vous pas un conte pour grandes personnes ? demanda Jürgen Brausch.

— Wheeler ne se doute absolument pas qu'on peut nous écouter dans la cellule, répondit Gus.

Ritter le regarda fixement.

— Et s'il n'avait pas voulu parler de ses craintes parce qu'il se méfie de vous ?

— Dans ce cas, c'est le plus grand acteur qui soit au monde. Non, Herr Standartenführer. Ce garçon se sent perdu, abandonné. Il est persuadé que vous allez le faire mourir. Il n'a plus que moi au monde. Quand il me voit, ses yeux s'allument, comme si j'étais sa bien-aimée.

Ritter ne trouva pas d'objections à faire. Il demanda :

— Avez-vous discuté de sujets particuliers ?

— De quelques-uns. C'est très compliqué de lui soutirer des informations dont il pense que je les connais déjà. Je commence tout de même à savoir m'y prendre...

— Si vous parliez plus concrètement ? coupa Ritter, chez qui l'impatience l'emporta.

— Je doute que Wheeler connaisse les détails de l'affaire. Il existe apparemment divers grades d'Overlords, et on ne donne pas les mêmes informations à tous...

— Pourquoi ne pas nous dire ce que vous avez appris, plutôt que ce que vous n'avez *pas* appris ?

Gus leva lentement son verre.

— A votre santé, Herr Standartenführer !

Il but une gorgée et fit la grimace.

— Pouah ! Quand nous aurons envahi l'Angleterre, je vous initierai au gin.

Hoffmann sourit :

— Brausch boit déjà du gin. *Booth's* gin. Je croyais que vous le saviez.

Une lueur insolente dansait dans les yeux de Hoffmann. Brausch avait-il trahi le secret de sa rencontre avec Gus ? Avait-il seulement, sans penser à mal, mentionné qu'ils avaient bu un verre ensemble ?

Pourquoi perdre son temps à ces questions ? Il fallait répondre, vite.

— Je préfère le *Bombay*, dit Gus. Il est plus limpide, plus corsé.

— Moins subtil, grommela Brausch.

— C'est là, peut-être, la différence entre nous.

Empêtré dans cet échange où Hoffmann l'avait entraîné, Gus fut soulagé d'entendre la voix de Ritter.

— Si ce n'est pas trop vous demander, j'aimerais...

— Ah oui ! ma causette avec ce gars... comment est-ce qu'il s'appelle...

Gus se donna une seconde pour calmer l'émotion suscitée en lui par Hoffmann et cette histoire idiote de gin. Brausch ne l'avait certainement pas trahi. Si les deux hommes travaillaient ensemble, Hoffmann n'aurait pas si inconsidérément vendu la mèche.

— Wheeler, dit Gus calmement, était chargé de coordonner les opérations radio pour le débarquement à Calais. Il a parlé d'unités canadiennes qui, selon lui, seraient engagées dans le combat.

Enfin, des propos qui pouvaient passer pour innocents. Hoffmann s'en satisfaisait-il ? Après tout, la cible qu'il visait était peut-être plus importante : Jürgen Brausch ? « Je croyais que vous le saviez », la phrase lancée à propos du gin n'avait-elle pas pour but de provoquer une dénégation trop hâtive, preuve certaine d'une complicité entre Gus et Brausch ?

— Avant Calais, d'autres tentatives seront faites, continua Gus. Quelque chose dans les Balkans, en tout cas. Wheeler a également parlé de l'Italie, sans que je réussisse à savoir dans quel contexte. Je ne voulais pas le brusquer.

— Il semble que votre petite conversation privée se soit révélée très profitable, dit Hoffmann en regardant Gus droit dans les yeux. On pourrait en prévoir d'autres...

A ces mots, Gus ne douta pas que Hoffmann lui offrait de nouveau une corde pour se pendre — et pendre Brausch par la même occasion.

— Il est vrai, dit-il, que le prisonnier est plus nerveux, plus réservé dans la cellule que dans le jardin. Mais étant donné l'aversion du Standartenführer Ritter pour les entretiens non consignés...

— La sécurité n'est pas seule en jeu, dit Ritter avec onctuosité. Nul ne peut prétendre à l'infaillibilité de sa mémoire ou de son interprétation. Même pas le capitaine Lang. C'est pourquoi j'insiste sur le respect des méthodes traditionnelles.

Brausch souleva ses lourdes paupières :

— A votre avis, Gus, est-ce Walter qui a raison ? demanda-t-il.

Les doutes paranoïaques qui s'étaient ajoutés à la migraine de Gus n'avaient certainement pas atteint Brausch. Négligence ? Indifférence au signal d'alarme ? Gus revoyait les minutes écoulées, l'éclair dans les yeux de Hoffmann, l'association d'idées évidente quand il parlait du géant bien insouciant...

— Je tire ce que je veux de Wheeler. Je ne vois aucune raison de contrarier le Standartenführer Ritter. L'accord de tous est préférable pour la suite de notre mission. Dorénavant, restons-en à la cellule.

Hoffmann espérait sans doute que Gus mordrait à l'hameçon. Ce fut son tour de réfléchir.

— Je ne voudrais pas jouer les trouble-fête, dit-il enfin, mais j'ai l'impression que nous laissons passer une occasion prometteuse... Ritter a raison de nous mettre en garde. Il accomplit admirablement ses fonctions. J'ai cru toutefois comprendre, Gus, que Jürgen et vous pensiez que les choses avanceraient... plus facilement... avec, de temps à autre, une promenade privée en plein air.

Pourquoi Gus s'obstinait-il dans ses doutes ? On lui offrait la chance d'avoir avec Andy des tête-à-tête qui lui remonteraient le moral et simplifieraient tout. Il résistait néanmoins. Plus Hoffmann le pressait, plus il se méfiait.

— Vous travaillez en artiste, Gus. C'est à vous que revient le dernier mot.

— J'apprécie le compliment, Herr Oberführer. Cependant, je crois pouvoir pratiquer mon « art » à l'intérieur d'une cellule.

— Je n'en doute pas, dit calmement Hoffmann.

Un nuage assombrit son visage, presque imperceptiblement. L'hameçon dansait toujours au bout du fil...

XXXIII

Gus dormait profondément, son corps mêlé à celui de Claire. Les deux respirations suivaient presque le même rythme.

Ce ne fut d'abord qu'un bruit si sourd que Gus crut l'entendre en rêve. Un claquement, un martèlement lointain. Puis, plus rien.

Il se mit sur le dos et entrouvrit les paupières. Le martèlement reprit, plus proche. Des bruits de pas.

Alors seulement, aussi éveillé qu'une antilope qui voit surgir un tigre, Gus comprit que les pas montaient l'escalier. Son escalier. Une douzaine de bottes.

Claire dormait toujours. Une seconde se passa dans le silence. Puis le tigre fit un grand bond et se jeta contre une porte. Des poings frappèrent, des voix lancèrent des jurons — en allemand.

Gus s'assit. Pourquoi parle-t-on toujours d'une peur glaçante ? Il se sentait en feu. Il retint son souffle, tâcha même de retenir les battements de sa poitrine.

Il garda assez de lucidité pour se rendre compte que ce n'était pas à la porte de Claire qu'on frappait. Dieu merci, on en voulait à quelqu'un d'autre, pensa-t-il, et puis la honte le rendit encore plus brûlant.

Claire se réveilla et s'accrocha à lui.

— Ne bouge pas, lui dit Gus.

Il sauta du lit et, dans l'obscurité, chercha à tâtons sa robe de chambre, traversa le séjour, tourna la poignée. L'éclairage violent du palier l'éblouit.

A quelques mètres de lui, des SS — il en vit quatre — venaient d'enfoncer une porte. Une femme poussait des cris atroces, inhumains. Aucun locataire ne se manifesta, à cet étage ou à un autre. Quelle prière, quelle exhortation contre les puissances de la nuit s'élevait dans le cœur de ceux qui restaient barricadés chez eux ?

Trois autres SS apparurent. L'un traînait un vieillard qui n'opposait pas de résistance. Il ne portait qu'une veste de pyjama. Rouge, tremblant, il bredouillait pour lui-même des choses incompréhensibles, comme s'il avait déjà perdu l'esprit. Gus ne connaissait pas ce voisin.

Il fallut deux hommes, en revanche, pour contenir les mouvements désordonnés de sa femme, vieille elle aussi, et qui poussait des cris pitoyables. Les SS n'essayaient pas de la faire taire. Leur visage n'exprimait ni amusement ni colère. Travail nocturne de routine.

La femme portait une mince chemise de nuit usée. Gus se rappela l'avoir rencontrée deux jours auparavant, devant les boîtes aux lettres. Il savait son nom : Mme Toussaint. Elle ne lui avait pas souri, désapprouvant sans doute qu'une jeune maman comme Claire vécût dans le péché.

— Attendez ! cria Gus en allemand, étonné d'avoir conservé la maîtrise de sa voix et évité de mouiller son pantalon de pyjama.

Mme Toussaint cessa de hurler en le voyant. Sept des policiers s'immobilisèrent, stupéfaits. Gus les examina. Le plus haut gradé était un Obersturmführer d'une vingtaine d'années. Gus le dépassait dans la hiérarchie militaire — à ceci près que les deux hommes n'appartenaient pas à la même armée.

— Qui commande cette expédition ? demanda-t-il.

Pour toute réponse, le jeune SS se pencha sur la rampe de l'escalier. D'en bas monta un toussotement rauque.

Trois paires de bottes grimpèrent les marches. L'homme qui se présenta en premier portait les insignes de Sturmbannführer.

Gus se mit au garde-à-vous et leva le bras droit.

— Heil, Hitler ! dit-il avec le respect dû à un supérieur.

L'officier marcha lentement vers lui. Un bel homme d'une cinquantaine d'années, les tempes grisonnantes, le teint hâlé, des yeux bleus incroyablement pâles.

— Qui êtes-vous ? demanda-t-il calmement.

— Hauptmann Augustus Lang. Détaché à Paris par l'Abwehr pour activités spéciales au service de l'Oberführer Walter Hoffmann.

Ce nom éveilla un écho. L'officier tendit la main à Gus, qui la serra.

— Je m'appelle Wilhelm Seitz, dit le SS.

Et ses yeux se détournèrent soudain. Claire venait d'apparaître et enserrait de ses bras la taille de Gus.

— Vous ferez mes salutations à l'Oberführer Hoffmann, dit Seitz. J'espère ne pas avoir complètement gâché votre... sommeil. Si j'avais su qu'un officier passait la nuit dans cet immeuble, nous aurions remis notre intervention à plus tard.

— Puis-je vous présenter Mlle Jouvet ? Nous habitons ici.

Seitz s'inclina devant Claire :

— Mes compliments, Hauptmann Lang !

— Ces personnes, dit Gus en désignant le vieux couple, sont nos voisins.

— Cette affaire concerne la police. Ne... vous en mêlez pas.

Le ton était sans réplique, malgré un sourire amusé, un sourire terrible. Gus demanda néanmoins, en baissant la voix :

— Ce sont des Juifs ?

— Si c'étaient des Juifs, ils seraient partis depuis longtemps.

— Alors ?

— Un jeune sauvage a tué un sous-officier SS, à Montparnasse, il y a quatre jours. Notre politique est de faire payer une vie par vingt autres. Nous commençons par la famille du meurtrier, des parents les plus proches aux plus éloignés. Ces gens sont le grand-oncle et la grand-tante.

— Je vois.

— En théorie, de telles mesures sont destinées à faire réfléchir les jeunes excités. En réalité, c'est peine perdue. Et nous sommes obligés de mobiliser une dizaine d'hommes qui seraient plus utiles ailleurs, au cas où même des vieillards seraient armés. Désolant !

Après un signe de tête prouvant sa sympathie devant la contrariété du Sturmbannführer, Gus voulut dire un mot. Seitz leva la main et le foudroya du regard.

— La moindre tentative de votre part en faveur de ces gens me mettrait dans l'obligation de faire un rapport officiel à la Gestapo... et la jeune dame ici présente n'en serait pas exclue.

A sa manière, ce robot en uniforme tendait une perche à Gus.

— Le rapport parviendra à Berlin en trois jours. Une enquête sera ouverte afin de savoir pourquoi vous avez tenté d'intervenir en faveur d'ennemis du Reich. La conséquence la moins lourde sera de vous faire quitter immédiatement le territoire occupé. Le nom de la jeune dame restera dans nos dossiers, et elle fera l'objet d'une surveillance particulière de la part du SD... Et n'allez pas vous imaginer que l'Oberführer Hoffmann soutiendra la façon chevaleresque dont vous serez intervenu pour aider vos voisins. Le SD et la Gestapo sont, certes, des organismes frères, mais chacun assume ses propres responsabilités.

Claire pressa le bras de Gus. Il fallait abandonner.

— La procédure sera des plus simples, conclut Seitz. Ces gens, je peux vous l'assurer, seront morts avant le lever du jour.

Mme Toussaint ne réagit pas à ces paroles. Gus comprit qu'elle ne parlait pas allemand, qu'elle n'avait pas entendu prononcer son arrêt de mort.

Seitz claqua des talons, s'inclina devant Claire.

— Bonne nuit, donc, dormez bien tous les deux. Et n'oubliez pas, cher ami, de présenter mes respects à l'Oberführer Hoffmann.

Une vague de nausée submergea Gus. Tous ses muscles se liquéfiaient. Son esprit tournait à vide. Il regarda Seitz, puis la vieille femme qui levait des yeux suppliants. Un mince filet de salive coulait de sa bouche sur sa chemise de nuit.

Gus et Claire rentrèrent dans leur appartement. A travers la porte, ils entendirent les cris de Mme Toussaint.

Ces cris continuèrent de résonner dans leurs oreilles jusqu'à ce que l'aube dissipe les ténèbres de cette interminable nuit.

XXXIV

Un coup frappé à la porte.

— J'y vais, Claire, dit Gus.

Il ajusta sa cravate et alla ouvrir. Le chauffeur de Hoffmann — un lieutenant, pas moins — salua :

— L'Oberführer vous présente ses salutations. Il espère arriver à un moment qui ne vous dérange pas, vous et mademoiselle.

En fait, Hoffmann arrivait exactement à l'heure convenue.

Gus imagina ce qui se passait dans la rue. La limousine noire avec des oriflammes sur les phares avant. Des curieux assez hardis pour s'approcher. Ritter dans son plus bel uniforme SS, se tapotant les genoux. Hoffmann, en smoking, priant Ritter de calmer sa nervosité en vue de l'agréable soirée qui s'annonçait.

Claire apparut dans une longue robe du soir blanche. Ses cheveux relevés sur la nuque accentuaient la nudité du cou et des épaules. Un fin cercle d'or ornait sa gorge et son poignet.

A la vue de Claire, le lieutenant, ébloui, mit quelques secondes avant de faire une courbette.

Dehors, l'effet ne fut pas moindre. Hoffmann et Ritter étaient sortis de la voiture. Ni l'un ni l'autre ne connaissait Claire. Le rapport de la Gestapo indiquait qu'il s'agissait d'une très belle femme. Mais belle à ce point...

— Herr Standartenführer, dit Gus, puis-je vous présenter Mlle Jouvet ?

Rougissant bêtement, Ritter claqua les talons. Comme dans un film, pensa d'abord Gus. Puis une seconde association d'idées, plus sombre, s'imposa à lui : comme le Sturmbannführer Seitz.

Ritter prit la main de Claire.

— C'est un grand honneur, mademoiselle.

Elle sourit gracieusement :

— Disons seulement une petite diversion.

Hoffmann, plus élégant que jamais, paraissait enchanté. Il baisa la main de Claire.

Au grand soulagement de Gus, elle ne lança pas la phrase qu'elle avait préparée : « Alors, le boucher est de sortie, ce soir ? »

— Beaucoup plus qu'un honneur, dit Hoffmann, c'est un plaisir... et pas seulement visuel... S'il existe au monde quelque chose de plus grisant que la beauté, c'est la beauté combinée à l'intelligence.

— Une combinaison grisante ? Comme le mélange d'alcool et de barbituriques ?

— Comme le mélange du pouvoir et de la sagesse. La beauté est un pouvoir, mais tristement gaspillé s'il ne s'ennoblit pas de qualités intellectuelles.

Claire fit joliment la moue.

— Vous êtes bien sérieux pour un homme si séduisant. J'ai toujours cru que, en s'appliquant un peu, une femme pouvait limiter son intelligence à un domaine purement décoratif.

— Nous vous sommes reconnaissants de ne vous y être jamais appliquée.

Hoffmann aida Claire à monter en voiture. Ils traversèrent le Pont-Neuf et se dirigèrent vers la rue Royale.

Lorsque Gus avait fait part à ses collègues de sa liaison amoureuse, Ritter, atterré, s'était dit qu'une telle aventure ne pouvait que nuire à la qualité de son travail, qu'il fallait y mettre fin. Hoffmann, au contraire, avait proclamé que Gus trouverait là une détente souhaitable, et insisté pour rencontrer au plus vite la jeune femme. Lors d'un dîner, par exemple.

Gus y vit une nouvelle illustration de la tactique de Hoffmann : lâcher la bride à celui qu'on voulait observer, le laisser révéler, en diverses situations, toutes les facettes de son caractère.

Ils arrivèrent chez Maxim's où ils furent traités avec une déférence presque gênante. Le maître d'hôtel, un nommé Dietrich, avait un faciès de batracien. Il s'agitait et donnait de la voix afin que les serveurs veillent tout particulièrement au confort de l'Oberführer.

— Maxim's, expliqua Hoffmann, a été pris en main par Horcher, le célèbre restaurateur berlinois. Dietrich me connaît depuis longtemps. Il croit me flatter avec ses salamalecs. Peut-être parce que je m'y prête sans vergogne...

La soirée se déroulait dans la bonne humeur. Claire attirait tous les regards. Gus lui avait recommandé : « Du charme, de l'esprit, le grand jeu ! » C'était gagné, avant même les entrées.

— Dites-moi, colonel, demanda Claire à Ritter, que faites-vous exactement ?

Il sourit.

— Ce que je fais ?

— Oui, parce que chaque fois que je demande à Gus ce qu'il fait, il me répond qu'il ne fait rien du tout. Qu'il se rend à son bureau et attend l'heure du déjeuner. Ensuite, il attend encore, un peu plus longtemps, l'heure du dîner.

— Je gagne ma vie, intervint Gus.

— Je n'appelle pas ça une carrière, mon chéri. Et je voudrais qu'Ernst nous dise ce que tu feras quand Walter te nommera colonel.

Émoustillé, et déjà un peu ivre, Ritter répondit :

— Un colonel fait un peu de ci et un peu de ça.

— Ah, bon ! Il ne se contente pas d'attendre l'heure des repas ? A supposer que Gus soit capable de faire un peu de *ci*, a-t-il des chances d'avancement s'il apprend à faire un peu de *ça* ?

— Vous n'avez qu'à me le demander, et j'enverrai un télégramme au général Eisenhower en personne pour obtenir l'avancement de votre ami.

Claire fit l'étonnée. Gus l'avait prévenue qu'aux yeux des autres elle était censée ignorer son appartenance à l'armée américaine — ce qui éviterait une discussion sur sa personnalité d'agent double.

— Mais alors, dit Claire en se tournant vers Gus, tu serais du côté de l'ennemi ? Ce n'est pas très élégant d'avoir gardé le secret. Les supérieurs que je m'efforce de charmer ne sont donc pas les bons ?

— De toute façon, dit Hoffmann, vous êtes charmante.

Claire continuait de fixer Gus.

— Je parle sérieusement. Que voulait dire Ernst ?

— Que je suis ici pour libérer la France à moi tout seul. La délivrer de la poigne de fer de l'oppresseur nazi, lui rendre sa liberté et sa dignité.

Claire éclata de rire et serra le bras de Gus.

— Quel gentil garçon tu fais !

Elle se tourna ensuite vers Hoffmann qui la buvait des yeux.

— Il est toujours prêt à aider les autres, vous savez. A la maison, c'est pareil.

Comme si la boutade de Ritter continuait à la préoccuper, Claire fronça les sourcils. Gus apprécia la mimique.

— A vrai dire, intervint Hoffmann, j'aimerais entendre Ernst répondre à la question de notre invitée, lui expliquer ce qu'il fait toute la journée.

Ritter couvait Claire d'un regard qui se voulait charmeur.

— Dites-moi, vous, mademoiselle, ce que vous en pensez.

— Oh ! je dirais que vous signez des tas de papiers. A y réfléchir, vous ne faites sans doute qu'apposer vos initiales... Et puis, vous châtiez les méchants... trafiquants du marché noir, saboteurs et autres. Le reste du temps, vous exhortez vos subordonnés à montrer plus d'efficacité, de loyalisme et de créativité.

— Remarquable analyse, admit Ritter, à une exception près. Je n'appose pas seulement mes initiales. Il m'arrive de signer de mon nom entier.

Hoffmann appela à la table une jeune fille munie d'un appareil à flash. Elle fit une photo du groupe.

— A la santé de Claire et de Gus ! dit Hoffmann en levant son verre. J'aurai maintenant un document prouvant que j'ai dîné avec le plus beau couple d'Europe.

Le sommelier apporta une troisième bouteille de champagne.

Hoffmann devint de plus en plus romantique, mais les galanteries qu'il adressait à Claire pouvaient n'être que de pure courtoisie.

Ritter se laissait aller à des manières de plus en plus grossières, surtout en se battant avec ce qui restait de gibier dans son assiette. Il marmonna d'une voix avinée :

— On a envoyé promener les vertus les plus simples ! Tenez, cette viande... fibreuse... immangeable. Est-ce qu'on nous aurait servi du Juif rôti comme plat de résistance ? Horcher a toujours fait preuve d'une avarice sordide... les mauvaises habitudes ne se perdent pas...

Il s'esclaffa, et comme personne ne partageait son hilarité, son rire s'acheva dans un hoquet d'ivrogne.

Claire lui accorda un sourire peu sincère et, malgré elle, un rien condescendant.

— Je pense qu'il est temps pour le colonel d'aller au lit. Si nous le raccompagnions chez lui et que nous le bordions gentiment ?

Ritter leva le doigt :

— Un moment, ma jeune dame. Mettez de côté vos fadaises et répondez-moi honnêtement. Est-ce que vous accepteriez d'avoir un Juif à votre table ?

La cruauté perçait sous la bienveillance paternaliste.

— Je vous rappelle, colonel, que vous avez envahi mon pays. Si je dîne avec vous, je peux dîner avec n'importe qui.

Ce fut le tour de Hoffmann d'éclater de rire. Après un moment d'hésitation Ritter l'imita.

On servit le dessert avec du sauternes. Gus eut peur que tant de boisson fasse oublier à Claire la demande d'autographe qu'ils avaient prévue.

Au même instant, elle toucha discrètement le bras du serveur et lui glissa quelques mots à l'oreille.

— Un complot ? demanda Gus.

— Une simple requête.

— Nous voilà bien avancés.

— Le mystère féminin !

Le serveur réapparut avec un bloc de papier et un stylo doré.

Sous les regards attentifs des trois hommes, Claire inscrivit un message sur la première feuille, la détacha et la tendit à Hoffmann, ainsi que le stylo. Ritter émit un grognement plein de sous-entendus grivois.

La note disait :

Merci pour la soirée que vous m'avez offerte, cher colonel. Sachez que je vous considère comme l'un des deux plus charmants messieurs présents à cette table. Je dirais même, dans tout Paris.

Claire

Hoffmann esquissa lentement un sourire. Gus l'observait tout en réclamant gaiement, comme Ritter, la lecture à haute voix de la note. Il dut convenir que le sourire de Hoffmann n'avait rien de lubrique, qu'il exprimait une sorte de gratitude juvénile.

Hoffmann répondit par le message suivant :

Ma très chère Claire,

Sans aller jusqu'à bénir la guerre pour avoir permis cette soirée avec vous, je pense que ma venue de Berlin s'en trouve pleinement justifiée. Je suis flatté de votre gentillesse et je vous en remercie. Sans mon amour pour ma femme et l'affection grandissante que j'éprouve pour votre jeune ami, ma réponse ne se limiterait pas à un simple remerciement.

Walter

Plus Hoffmann écrivait, plus Gus s'épanouissait.

XXXV

Une petite pièce entièrement peinte en blanc. Plafond, murs, plancher.

Sur le bureau, une lampe Tiffany et un cendrier de cristal. Ritter feuilletait des papiers d'un air absent. Une liste retint son attention.

A sa droite, fixés au mur, un grand portrait du Führer et un miroir de même taille. Un miroir sans tain. Pas d'autres meubles que la table et la chaise de Ritter.

Dans la pièce adjacente, plus grande et plus confortable, Gus, Brausch et Hoffmann se tenaient, silencieux, devant le rectangle de verre.

Au bout d'un certain temps, un gardien fit entrer brutalement Wheeler dans la petite pièce où se trouvait Ritter. Comme il n'y avait pas de siège pour lui, le prisonnier resta debout.

Ritter ne leva pas les yeux. Il continua à tourner les pages d'un dossier.

Andy, les mains attachées par devant, prenait appui sur un pied, puis sur l'autre.

Gus ne l'avait pas revu depuis leur dernière promenade à l'air libre. Il lui trouva l'air complètement épuisé et, à voix basse, en fit la remarque à Brausch.

— C'est que nous l'avons empêché de dormir ces dernières vingt-quatre heures.

Gus demeura impassible. Il se sentait observé par Hoffmann qui intervint, lui aussi à voix basse :

— Chacun son travail, Gus. Espérons seulement que nos fonctions se complètent... Je comprends votre sympathie pour le prisonnier. C'est bien naturel. Il est même nécessaire que vous vous identifiiez en quelque sorte à lui.

— En tout cas, je ne comprends pas la nécessité de ça, dit Gus en montrant la plaque de verre qui leur permettait de voir ce qui se passait de l'autre côté.

— Rien d'étonnant. Votre rôle est de soutirer des informations en douceur. Le nôtre est tout différent. Nous devons créer un environnement crédible aux yeux de Wheeler. Si nous lui proposions quinze jours de vacances à la campagne, il se méfierait. Et n'oubliez pas la cruauté légendaire des Huns !

La cruauté des Huns. Le Sturmbannführer Seitz. L'irrévocable verdict de son sourire glaçant. Ritter, infiniment plus dangereux avec ses rages imprévisibles dont il jouait avec délices. Heureusement pour Andy Wheeler, Ritter se savait observé.

Au bout de cinq minutes, il posa ses papiers et alluma derrière lui un projecteur braqué sur Andy. Celui-ci leva les mains pour se protéger les yeux.

— Baissez vos mains, s'il vous plaît, dit sèchement Ritter.

Andy obéit. Aveuglé, il ne voyait de Ritter qu'une silhouette.

— Je suis le Standartenführer SS Ernst Ritter.

Andy ne dit rien.

— La courtoisie la plus élémentaire entre officiers voudrait, mon garçon, que vous m'indiquiez également votre nom et votre grade.

Même silence.

— Manqueriez-vous de courtoisie, jeune homme ?

Le ton, léger, était plus redoutable qu'une menace. Ritter se réjouissait de rencontrer une résistance parce que cela lui donnait l'occasion de la mater.

Il reprit le dossier qu'il avait devant lui et en parcourut une page.

— Oui, oui... je vois que vous avez été on ne peut plus discourtois.

Andy avala sa salive, essayant d'humecter sa gorge desséchée par la peur.

Gus s'inquiéta de le voir saliver. Il savait que ce premier symptôme pouvait être suivi d'un soulagement involontaire de la vessie. Ritter n'avait encore rien dit, rien fait, et terrorisait déjà Andy par sa seule présence.

— Avez-vous conscience de désobéir à la Convention de Genève en refusant de décliner votre nom et votre grade ?

Toujours pas de réponse.

— Je vous ai posé une question !

La voix grondante semblait sortir des entrailles de l'enfer.

— Oui, j'en ai conscience, articula péniblement Andy.

Allait-il céder ? Gus savait qu'une part d'Andy tiendrait bon. Il voulait préserver cette certitude afin qu'Andy lui-même garde confiance. Tendre toute sa volonté pour ramener son ami à la vie.

— Eh bien, ignorons la Convention de Genève et ses règles naïves, démodées, inapplicables à des hommes réalistes comme nous, dit Ritter. Vous voyez comme je suis arrangeant...

Ses pupilles à présent contractées au maximum, Andy apercevait de Ritter un peu plus qu'une silhouette.

— Lors de votre interrogatoire par le capitaine Trager, vous n'avez guère fait preuve d'esprit de coopération.

Ritter retourna à son dossier, puis leva soudain les yeux.

— Savez-vous que votre attitude discourtoise a beaucoup... embarrassé le capitaine Trager devant ses supérieurs ?... Qu'il s'est vu accuser de ne pas montrer assez de fermeté ? Regrettez-vous seulement les ennuis que vous lui avez causés ?

Andy eut un léger haussement d'épaules, mais se ressaisit. Ses jambes devinrent aussi droites qu'il lui était possible. Gus fut certain que « l'autre » Andy reprenait le dessus.

— Enfin, dit Ritter, le capitaine Trager appartient à la Wehrmacht. Ce sont des gens qui conservent des illusions romanesques, qui respectent la Convention de Genève et le reste... Vous imaginerez donc mon plaisir d'avoir en face de moi un homme plus à mon goût... plus pragmatique.

— Je vous en remercie.

On sentait dans la voix de Wheeler une nuance d'ironie.

Devant cette témérité, Ritter eut un large sourire.

— Magnifique ! Mais... dites-moi, jeune homme, que savez-vous des SS ?

Andy réfléchit un instant. Gus l'approuva. Tout ce qui prouvait une certaine maîtrise de soi pouvait contenir l'appétit de sang toujours prêt à se manifester chez Ritter.

— Je n'ai pas d'expérience directe des SS, déclara enfin Andy. Autant dire que je ne sais rien.

— Votre expérience va commencer bientôt, je vous le garantis. Oh ! n'ayez crainte... vous ne sentirez rien.

Les petits yeux porcins de Ritter étincelaient.

— Vous croyez que vous avez fait le tour de votre peur, que vous en avez fait un élément de votre vie...

Il rassembla des papiers puis observa Andy afin de mesurer l'effet de ses paroles.

— En fait, vous n'avez encore rien vu...

La façon dont Ritter balançait la tête semblait rythmer des coups de fouet sur un dos nu.

— ... Pour accéder à l'heure de vérité, il faut soigneusement calculer son moment.

Il plaqua les mains sur son dossier. Andy eut un mouvement de recul. Déjà, Ritter ne prenait plus la peine de l'observer. Il se dirigea vers la porte. Avant de la franchir, il se retourna.

— Vous resterez ici, debout, jusqu'à ce que vous consentiez à donner votre nom et votre grade. Si vous essayez de vous asseoir, si vous essayez d'échapper à la lumière du projecteur, quelqu'un viendra vous rappeler à l'ordre.

Dans le dernier sourire que Ritter lança à Andy, une chose l'emportait sur la cruauté, la ruse ou le sadisme : la jouissance de sa force. Une force capable de vous broyer les os, disait ce sourire, capable de passer en une seconde d'une impulsion à une exécution sauvage.

— Pendant que vous attendrez ici, seul, dit Ritter avec une douceur énigmatique, votre première expérience des SS... aura lieu sans vous.

Le sourire disparut. Les yeux gardèrent leur lueur farouche.

Ritter sortit.

XXXVI

Une heure s'écoula.

Andy Wheeler, toujours debout, serrait les paupières pour lutter contre l'aveuglante lumière. Ceux qui l'observaient derrière la glace pouvaient sentir combien il souffrait. De temps en temps, un spasme faisait tressaillir ses jambes, mais il ne s'effondra pas.

Ce que personne ne pouvait voir, c'étaient les pointes de lucidité qui perçaient le brouillard de sa douleur et de son épuisement.

Ainsi, une image de son enfance revint à l'esprit d'Andy. Couché dans sa chambre, il lisait un livre, *Billy Budd.* Il entendait, venant de la cuisine, des bruits rassurants. Sa mère entamait les préparatifs du repas familial qui célébrerait la fête de Thanksgiving. Dehors, un vent violent lui faisait apprécier la tiédeur, la quiétude de son lit. Et il anticipait le plaisir des heures à venir. Elles se déroulaient devant lui comme une merveilleuse tapisserie.

En ce matin de novembre, Andy avait conclu une sorte de marché avec le Bon Dieu : renoncer à tout ce que lui réservait le futur — joies, peines, ennui — pour perpétuer cet instant. Ce modeste instant.

Le marché avait dû être rejeté car, la fête terminée, Andy retrouva l'école, et la vie qui lui restait à vivre.

A présent, il aurait tout donné pour revenir dans le passé, pour s'y glisser comme dans un bon vieux manteau qui le protégerait de l'actuelle réalité.

Puis, d'autres images surgirent, comme des pics d'icebergs.

Andy et Stéphanie descendaient une colline. L'herbe profonde. Les ormes aux feuilles larges et belles. Le soleil qui dansait sur les bras de Stéphanie, sur son dos nu. L'odeur de sa chevelure, plus prenante que les parfums de la nature. Ils étaient dans l'île de San Juan, au creux d'un fjord, Puget Sound. La pente qu'ils dévalaient menait à un camp abandonné, jadis occupé par des soldats britanniques. Une question d'honneur dans une guerre stupide à propos d'un cochon volé. De vrais gentlemen.

De l'autre côté de la glace, les hommes ne savaient pas que l'idée d'une guerre déclenchée pour un cochon faisait naître un sourire sur les lèvres d'Andy. Gus comprit seulement qu'Andy était ailleurs...

Andy et Stéphanie venaient de s'asseoir au bord de l'eau. Elle se blottit contre lui. Le calme de cette heure matinale déjà ensoleillée. La gorge de la jeune fille sur laquelle il posait un baiser. Andy n'avait toutefois pas souhaité que cet instant se fige pour l'éternité. Grâce à Stéphanie, il savait que la vie lui offrirait une variété exquise d'autres instants.

Et tout à coup Andy se rappela les yeux de Ritter, son sourire. Et aussi la façon dont Gus lui avait entouré les épaules, dans le jardin de Vincennes.

La porte s'ouvrit.

Jürgen Brausch entra dans la pièce. Il transportait une chaise pliante et fit signe à Andy de s'asseoir.

Andy s'écroula si lourdement que la chaise faillit basculer. Il s'y cramponna comme à un radeau de sauvetage.

Brausch éteignit le projecteur. Il s'assit au bureau et attendit que les pupilles d'Andy se dilatent.

— Mon nom est Brausch, dit-il. Vous êtes un soldat, moi aussi. Je me considère comme un honnête homme. Je suis votre ennemi.

Andy tenta d'étudier la silhouette massive de l'homme qui s'avouait son ennemi. Il finit par déceler de la bonté dans les traits du visage. Ce n'était pas Ritter. Ce n'était pas un SS. Pour le reste, Andy ne ressentait que le bien-être de ses muscles enfin relâchés.

— Bientôt, dit Brausch, vous pourrez dormir. Cela dépend de vous.

Andy ne savait plus ce qu'était le sommeil. Il ne souhaitait qu'un répit physique et moral.

— Désirez-vous une cigarette ? demanda Brausch.

Andy refusa d'un mouvement de tête. La voix était bienveillante. L'homme ne pouvait qu'être charitable. Enfin, un être humain !

— Désirez-vous me dire quelque chose ?

Andy le désirait. Il se tut.

— Je suis autorisé à venir ici vous parler, bien que les SS soient maintenant responsables de l'interrogatoire. Vous avez fait connaissance avec le Standartenführer Ritter, il me semble.

Andy redouta un piège. Quelque chose chez cet homme, cependant, lui inspirait confiance. Les yeux las exprimaient une humanité qu'un monstre n'aurait pu singer.

— Réfléchissez bien avant de rejeter l'occasion de parler avec moi. Si vous me laissez partir sans me donner votre nom, vous ne me reverrez jamais. Et vous le regretterez plus que vous ne pouvez l'imaginer.

Andy sentit son cœur battre, mais cette fois parce qu'il croyait ce que disait cet homme. Le nom qu'on lui demandait, il l'avait prononcé dans la cellule. Ce n'était donc pas un secret. Plus tard, il lui faudrait bien répéter son nom, son grade, et la fausse information sur Calais et le mois de septembre. Mais ce serait où et quand Gus le voudrait. S'il commençait à prendre seul des décisions, il était perdu. Tout serait perdu.

— Vous avez refusé de coopérer avec le Standartenführer Ritter, dit Brausch au bout d'un moment. En conséquence, on a dû procéder à une punition...

Andy s'affola. Quelle punition ?

— ... une punition causée par votre comportement. C'est un capitaine de l'armée américaine qui l'a subie. Un nommé Lang...

Ce fut comme si Andy venait de recevoir un coup de poing à l'estomac.

— ... je n'étais pas présent, mais je sais qu'il a très mal pris la chose, qu'il s'est effondré au beau milieu de l'interrogatoire. Et ce, parce qu'on lui a dit que s'il ne se montrait pas plus compréhensif c'est vous qui seriez puni de la même façon. Il a cédé, c'est pourquoi *vous* ne serez pas puni. Comprenez-vous bien ?

Les yeux d'Andy s'emplirent de larmes. Trop épuisé pour s'en apercevoir, il les laissa couler le long de ses joues.

— Vous pouvez donc aller vous coucher dans un bon lit douillet. Et pendant que vous dormirez, le capitaine Lang sera de nouveau soumis à la question.

Par son ton et son regard, Brausch cherchait à faire comprendre à Andy qu'il était vain de se buter, que les conséquences étaient inéluctables.

— L'autre possibilité, dit Brausch calmement, c'est que vous me donniez votre nom.

— Andrew Wheeler.

Andy reconnut à peine sa propre voix. La fatigue l'empêchait de distinguer le réel de l'imaginaire. Gus n'était pas un prisonnier. Donc, cet homme mentait. Alors, pourquoi pleurer ?

L'île de San Juan, sous le soleil. La main de Stéphanie, petite et blanche, prenant appui sur son bras tandis qu'ils dévalaient la pente de la colline. Andy s'était promis que rien de mal n'arriverait jamais à Stéphanie, qu'il y veillerait.

Que cet homme mente ou ne mente pas, là n'était pas la question. Andy ne supportait pas qu'on torture Gus. Il donnerait son nom, son grade, son unité. Il pourrait dormir. Il prierait Dieu qu'on lui laisse voir Gus. Gus lui dirait ce qu'il convenait de faire.

XXXVII

Il faisait chaud, car le système d'aération ne marchait pas. Des odeurs suintaient des murs.

Gus se tourmentait en pensant à Andy.

Il lui avait révélé son rôle d'agent double, mais il n'avait pas fait part à Brausch de cette confidence : craignant à tort que sa propre couverture n'eût été également compromise, Brausch aurait peut-être voulu voir Andy mort, et le plus vite possible.

Mais Gus redoutait maintenant les effets possibles de sa dissimulation. Andy avait dû se sentir perdu, terrorisé. Brausch avait magnifiquement joué sa partie. Ou tu parles, ou c'est ton copain qui trinque. Si Hoffmann avait du génie, Brausch tenait de l'enchanteur Merlin.

Dans un autre monde, Gus aurait aimé avoir Hoffmann pour frère, Brausch pour père et éternel mentor. Andy serait son fils.

Dans le monde présent, désirait-il vraiment la mort de Hoffmann ? Une sorte d'alchimie avait peut-être transmuté le mélange de peur et d'admiration en un attachement plus irrésistible même que son amour pour Claire. Il *était* Hoffmann. Pas seulement son frère ou même son jumeau.

La vérité de cette découverte le glaça. Le jour où Hoffmann découvrirait cette vérité, il serait capable de lire dans l'âme de Gus comme dans la sienne propre.

La porte s'ouvrit brutalement. Andy Wheeler fut jeté par terre, à quatre pattes.

Il ne fit pas l'effort de se relever. Il replia les jambes sous lui et resta accroupi, attendant le claquement qui refermerait la porte. Puis il vit Gus, et sourit.

Gus trouva Andy vieilli. Pourquoi avoir refusé l'offre d'autres promenades ? Non. Maintenant il voyait clair, il avait eu raison de prendre Hoffmann à sa propre ruse. Chaque coup gagné pouvait être décisif.

Le sourire que Gus adressa à Andy était en fait destiné à lui-même. Si Hoffmann et lui partageaient la même âme, pourquoi Dieu avait-Il fait don à son ennemi de cette supériorité intellectuelle ? Si au moins Il avait interverti leurs lieux de naissance, les bons gagneraient peut-être cette saleté de guerre.

Dieu, il est vrai, n'était pas censé jouer franc-jeu. Les hommes, oui, mais Lui...

— Qu'y a-t-il de si drôle ? demanda Andy.

— Je me raconte des histoires à propos de Dieu.

Andy médita un instant cette réponse, puis dit ingénument :

— Tu crois que Dieu exerce un pouvoir sur les choses ?

— Un pouvoir quasi divin.

Qui ne s'est pas manifesté tout à l'heure, pensa Andy.

— On dirait qu'ils se sont amusés avec toi aussi, remarqua Gus.

Dieu était oublié, on reprenait la partie là où on l'avait laissée. Tant mieux. Il poursuivit :

— On m'a dit que si je ne me montrais pas plus coopératif, on te ferait du mal. J'ai donc parlé. J'espère que tu as eu assez de bon sens pour faire la même chose sans attendre qu'ils se mettent à te travailler sérieusement.

Avant tout, rassurer Gus. Andy répondit un peu trop vite :

— Oui, bien sûr.

— L'histoire d'on-va-torturer-ton-copain est une ficelle un peu grosse, mais qui marche. Je les ai moi-même mis sur la piste pour montrer que je me faisais du souci pour ta santé.

Andy n'eut pas l'air surpris. Il écoutait, enregistrait. En certaines circonstances, se dit Gus, Andy devait pouvoir l'emporter intellectuellement sur n'importe qui, même sur Hoffmann. Lui emprunter quarante points de son Q.I. aurait bien aidé Gus à mener sa lutte.

— Maintenant, c'est simple, dit-il. Nous pouvons leur dévoiler petit à petit ce que nous savons du Jour J, sans en passer par la torture pour rendre notre histoire crédible. Ils penseront simplement que nous nous protégeons l'un l'autre, par amitié.

Ce fut au tour d'Andy de trouver que Gus avait du génie. Il en fit plus que jamais son héros.

— Tu as eu affaire à qui ? demanda Gus d'un ton léger. Au grand blond, Ritter ?

— Oui. Au début.

— Un vrai porc, des pieds à la tête...

Andy comprit que Gus guidait leur conversation, comme il avait été convenu.

— ... un SS. Probablement pédé. On dit qu'ils le sont tous.

Gus se lança dans une imitation du personnage, accent compris :

— Je suis le Standartenführer Ernst Ritter... Et *vous*, jeune homme, vous êtes dans de sales draps. Vous savez pourquoi ?

Andy secoua la tête et sourit comme un enfant.

— Parce que, dit Gus avec des intonations féminines, vous n'êtes pas assez joli garçon pour mériter... une considération particulière.

Andy éclata de rire. Gus prit alors un air furieux et se livra à une étrange mimique. Il fit le dos rond, ramena en avant ses épaules et laissa pendre ses bras, plissant le front et avançant les lèvres comme un singe en colère.

Transformé en gorille nazi, il se livra à des bonds désordonnés dans la cellule, se heurta aux murs et aux lits, puis leva le bras en un salut hitlérien simiesque.

Andy s'étouffait littéralement de rire. Il ne cessait pourtant d'imaginer Ritter, éblouissant de noir et d'argent, obligé de rester muet derrière le judas et d'assister à un numéro aussi insolent. L'idée eut un effet tonique. Andy se rappela les propos de Gus dans le jardin. Le pouvoir appartient à celui qui sait. Les nazis seraient impuissants parce que seuls Gus et Andy connaissaient les deux faces du jeu.

— La peur a un goût exquis, susurra Gus/Ritter. Un goût raffiné...

Puis il reprit sa voix normale.

— Enfin, ce gars peut-il sérieusement se prendre pour le marquis de Sade ? Avec son niveau d'instruction, qu'est-ce qu'il connaît ? Deux, peut-être trois sortes de peurs.

Il leva la tête vers l'orifice d'aération pour y puiser de l'inspiration.

— Peur numéro un : manquer de saucisses. Deux : la même chose pour les pommes de terre sautées. Trois : n'importe quel coup de fil de Berlin.

Ils s'entraînèrent l'un l'autre à rire. Quand l'un pouffait, l'autre ne pouvait se retenir. La plaisanterie n'était peut-être pas d'un niveau qui aurait impressionné Noel Coward, mais, à l'intérieur d'une cellule de condamnés à mort, c'était déjà une performance.

Finalement, Gus déclara :

— Au travail, maintenant, Andrew...

Andy réprima un dernier gloussement.

— ... Parle-moi de D-Day. Tout ce qu'on t'a appris à Plymouth, point par point. Calais, l'Italie, la Norvège et le reste. Quand on aura tout passé en revue, on décidera de qui dira quoi.

Andy respira profondément et, sans se hâter, avec naturel, il débita l'histoire que Gus lui avait fait répéter pendant leur promenade. Calais, le FUSAG, Patton... Il la débita d'autant mieux que, nuit après nuit, il en avait reconstruit les détails fictifs.

Le petit Écossais prétentieux à qui son unité devait un premier briefing. La liasse de cartes et de graphiques marqués à l'encre rouge du tampon OVERLORD. Les gars se demandant qui d'Ike ou de Monty avait choisi Calais. La réflexion de l'astucieux Écossais : « C'est un coup de génie, les Boches ne pourront jamais croire que nous allons prendre, comme le veut la logique, la route la plus courte — et établir une tête de pont dans la zone la mieux gardée ! Rendre l'évidence trompeuse ! »

Gus écoutait, les yeux brillants. S'il avait dû sélectionner un homme dans les rangs de l'OSS ou du FBI, il aurait tout de suite misé sur celui qui était là, en face de lui. Contre toute évidence.

XXXVIII

Jasmine entra dans la baignoire. Elle resta un moment sans se savonner : son esprit était ailleurs.

Le petit Simon jouait dans la pièce voisine. Elle lui demanda si tout allait bien. Il répondit de l'air distrait de quelqu'un qu'une tâche importante occupe.

Les gouttes d'eau coulaient sur la jambe de Jasmine. Elle les observa comme Simon aurait observé de petits insectes. Elle s'efforçait de chasser certains mots de sa pensée : Blaireau. Furet. Étang aux nénuphars.

Elle sortit du bain, attrapa une serviette et essuya son corps de vingt ans, ferme et brun. Pour les gens de son pays, elle ne serait plus une jeune femme. Née à El Harrach, au sud-ouest d'Alger, elle n'avait pas connu la pauvreté. Elle était même instruite. Son père la trouvait plus brillante que ses sœurs. Un joyau.

Elle s'habilla. Blaireau. Furet. Étang aux nénuphars.

A seize ans, Jasmine avait rencontré un nommé Duchez. Elle crut l'aimer. Ce ne devait pas être de l'amour, car elle se rappelait bien peu de chose de lui. Tout en boutonnant son corsage de coton, elle essaya en vain de revoir son visage. Il lui arrivait toutefois de se souvenir de ses caresses.

Duchez ne faisait plus partie de son existence. A sa place, il y avait Simon, trois ans, des cheveux noirs épais et des yeux d'obsidienne, comme sa mère. Jasmine trouvait qu'il n'avait rien de son père, et s'en réjouissait. Simon lui appartenait, à elle seule.

Elle alla le rejoindre pour jouer avec lui à faire se tamponner deux camions miniature. Au vert, il manquait deux roues. Le rouge semblait rescapé d'un terrible accident.

Le jeu se déroulait selon un rituel immuable, avec des ordres lancés, des rires, et des effets sonores soulignant l'annihilation finale du camion rouge.

Et les mêmes mots dansaient dans la tête de Jasmine. Le blaireau et le furet. L'étang aux nénuphars. La prairie, le vallon, le taillis. L'écureuil. Le faucon et le mulot.

Elle ne savait pas la signification de ces mots et c'était mieux ainsi, pour elle et pour Simon.

A deux heures, l'estomac déjà contracté, elle habilla l'enfant pour la promenade. Elle prit la poussette, car le trajet serait assez long. Après avoir suivi la rue de Vaugirard, ils arrivèrent au Luxembourg.

La tête de Jasmine bourdonnait et son estomac semblait à présent empli d'acide. Mais chaque mot qu'elle allait entendre se fixerait dans sa mémoire. Les capacités qui faisaient d'elle le joyau de son père — et que Duchez n'avait jamais pris la peine de discerner — ne l'abandonneraient pas.

Le jardin était presque désert. Le ciel assombri annonçait la pluie, mais pas avant une heure. Le mauvais temps n'interromprait pas « l'histoire ».

Sur un banc, près du bassin, se tenait une jeune femme. Un visage délicat, de souples cheveux noirs.

Jasmine vint s'asseoir à côté de Claire. Elles s'embrassèrent comme deux sœurs.

Simon courut rejoindre Amy au bord du bassin. Il portait un petit bateau en bois d'où pendait une longue ficelle. De cinq mois l'aîné, Simon joua les grands frères. Il enroula la ficelle autour du poignet d'Amy afin que le bateau ne prenne pas le large.

Les mères s'attendrirent sur l'expression grave des enfants. Rien ne comptait pour eux que l'instant présent. Sortir le bateau de l'eau, l'y replonger, tirer sur la ficelle. Simon lançait des instructions, Amy s'affairait. Comment ne pas envier leur innocence ? Comment ne pas souhaiter qu'ils gardent ce regard clair, à l'abri de toutes les horreurs du monde, de la corruption, des compromis ?

— Amy, c'est l'heure de ton histoire ! cria Claire.

L'histoire pour Jasmine.

Sans protester, Amy ramena le bateau à quai, le rendit cérémonieusement à Simon, et tous deux coururent vers le banc.

Assis, l'un à droite, l'autre à gauche de Claire, les enfants fixaient la page comme s'ils savaient déjà lire.

Jasmine s'efforçait de sourire négligemment, malgré ses crampes d'estomac. Prête à écouter, à ne rien oublier.

Claire commença le récit :

— Le blaireau et le furet se rencontrèrent de nouveau au bord de l'étang aux nénuphars.

Amy se trémoussa pour s'installer confortablement.

— Le furet répéta au blaireau l'histoire qu'il lui avait déjà racontée la veille dans le taillis.

— Pourquoi ? interrompit Amy.

Claire regarda sa fille et ramena derrière la petite oreille une mèche blonde. Elle attendit qu'Amy précise sa question.

— Pourquoi est-ce qu'il raconte la *même* histoire ?

— Souvent, moi aussi, je te lis deux fois la même histoire pour que tu sois capable ensuite de la raconter toi-même.

Jasmine serait capable, elle, de répéter l'histoire mot pour mot quand elle en recevrait l'ordre, sans jamais se douter que le taillis était le jardin de Vincennes, l'étang aux nénuphars, la cellule de la prison, et le furet, l'Overlord.

Claire avait inventé cette histoire la nuit précédente, dans les bras du blaireau endormi.

XXXIX

La file de gens qui piétinaient sur le trottoir commençait à une courte mais respectueuse distance du perron de pierre. Elle s'étirait rue des Saussaies puis, scindée par une petite place, reprenait rue Cambacérès.

Au fur et à mesure que certains accédaient aux marches du perron, les autres avançaient de quelques pas, en rangs disciplinés.

On assistait au même spectacle tous les matins, devant le 11, rue des Saussaies. A l'expression des gens, on savait qu'ils ne faisaient pas la queue pour du pain.

Tous étaient porteurs d'une convocation. Même enfouie au fond d'une poche, elle semblait leur brûler la chair. Il y allait de leur vie. Car l'immeuble de la rue des Saussaies, ancien QG de la Sûreté française, abritait désormais des services allemands : Gestapo, SD, leur personnel et leurs archives.

C'est dans cet antre que la foule attendait d'être admise.

A l'intérieur, l'aspect général pouvait démentir, au premier abord, l'idée que chacun se faisait de la Geheime Staatspolizei, la sinistre Gestapo. Les laquais de l'hitlérisme n'avaient rien de voyous débraillés. Employés efficaces, ils circulaient à travers les bureaux, le long des classeurs. Rien ne révélait la noirceur de leur âme. Rien ne laissait prévoir leur brutalité latente, leur délectation à la souffrance d'autrui. Une ruche d'abeilles diligentes.

Dans certaines salles, au plafond voûté, régnait le calme d'une cathédrale. L'une d'elles ressemblait, avec ses fauteuils de cuir, à la salle de lecture d'une immense bibliothèque.

C'était là qu'Ernst Ritter compulsait lentement un dossier élaboré par d'autres, mais dont il voulait être le seul à tirer des conclusions.

A côté de Ritter, un jeune homme aux yeux perçants, au teint cireux, respectait son silence avec l'attention d'un serviteur conscient de ce que son proche avenir dépendrait des mots qu'allait prononcer son maître.

Johann ne faisait pas directement partie du personnel de Ritter, mais son esprit brillant, sa discrétion et surtout son loyalisme à toute épreuve l'avaient fait remarquer par le Standartenführer. Il ne savait pas à quelle fin, et ne voulait pas le savoir.

Le regard de Ritter s'était fixé sur une page du dossier. Il la relut soigneusement une deuxième puis une troisième fois, impassible.

Johann sentit que quelque chose venait d'atteindre Ritter au plus profond de lui-même. En effet, ses poumons se dilatèrent comme s'il avait besoin d'alimenter en oxygène la sensation de puissance qui l'envahissait.

Johann éprouva une sorte d'extase à voir son supérieur taper du doigt la page. Son intuition, sa persévérance à l'ouvrage allaient être récompensées.

— Cet homme, dit Ritter, cet homme dont vous parlez ici, il est en ce moment à...

— A Hambourg, compléta vivement Johann. Il décrypte des messages en langue anglaise pour le compte de la branche Pers Z.

Ritter hocha la tête, pleinement satisfait.

— Que pourrait-on dire de son comportement ? murmura-t-il.

Il semblait se parler à lui-même, mais Johann répondit :

— Qu'il est assez... embarrassant.

Il risqua un sourire presque complice.

— Il s'est montré un peu... libertin ? suggéra Ritter.

Johann approuva énergiquement de la tête, et s'en repentit aussitôt. Éviter la flatterie. Ne rien faire qui puisse diminuer aux yeux du Standartenführer le mérite de l'enquête accomplie.

— Vous avez bien résumé l'homme en un mot, dit-il sobrement.

— Est-ce qu'il fait du bon travail, là-bas ? demanda Ritter, songeur.

— Il est très brillant, répondit Johann en essayant de baisser d'un degré sa voix trop féminine et haut perchée. Son travail donne toute satisfaction.

— Vous avez magnifiquement rempli votre tâche, Johann. Je vous en suis reconnaissant.

Les yeux de Johann exprimèrent amplement la réaction que Ritter espérait.

— Vous veillerez, je vous prie, à ce que cet homme soit amené ici dans les plus brefs délais. Et inutile d'en parler à ceux que cela ne regarde pas.

— Je m'en occupe sur-le-champ, dit Johann.

— Serait-il possible de l'avoir ici dès demain ?

Ritter souriait, certain que Johann remuerait ciel et terre, le système solaire tout entier, pour lui donner satisfaction.

— Je l'attends donc demain, à quatre heures, déclara Ritter. Vous prévoirez une pièce discrète pour l'entretien. Cette affaire me concerne seul, vous l'avez compris.

XL

Gus, qui lisait, assis en tailleur dans la chambre à coucher, sentit soudain une présence. Il leva les yeux et vit Amy, en petite culotte de coton.

— Si on jouait ? dit-elle avec un sourire espiègle.

Gus ouvrit grand les bras. Amy s'y précipita avec tant d'ardeur qu'elle le renversa en arrière. Il la chatouilla. Elle poussa des cris et agita les jambes dans tous les sens. Gus se leva alors et la fit tournoyer comme une toupie. Quand il la reposa par terre, Amy semblait exténuée par ses fous rires plus que par toute cette gymnastique.

Dans les bras l'un de l'autre, ils attendirent d'avoir repris leur souffle avant d'entamer une conversation. Gus déclara enfin :

— Si on jouait ?

— O.K. ! répondit Amy, comme s'il venait d'avoir une bonne idée.

Elle repartit dans sa chambre en se dandinant.

Amy est ma petite fille, se dit Gus. Claire ne sera peut-être jamais à moi. Je perdrai sûrement Andy. Mais cette petite Amy de vingt-sept mois sera mienne pour toujours. Devrais-je vivre jusqu'à quatre-vingt-dix-huit ans et mourir sur une plage des îles Galapagos, le visage de cette enfant se penchera encore sur moi, avec les mêmes yeux. « Si on jouait ? » demandera-t-elle tandis que je vivrai mes derniers instants. Et je me rappellerai combien ses petits bras serraient tendrement mon cou.

Amy revint avec une pile de livres. De quoi lire pendant deux mois. Elle les posa à côté de Gus aussi délicatement qu'elle l'aurait fait de verres en cristal. Puis, sans dire un mot, elle disparut à nouveau.

Il vaut mieux ne jamais être à court de ressources, se dit Gus.

Cette fois, Amy apporta sa poupée préférée et un petit camion à benne, les installa et repartit encore.

Quand elle revint, elle tenait tout contre sa joue un morceau de couverture beige délavé.

Amy était prête.

Le tête-à-tête fut bientôt interrompu par l'intrusion de Claire. D'un ton sans réplique, elle pria Amy de dire bonsoir à Gus et l'entraîna jusqu'à son lit.

Claire avait deux feuillets à soumettre à Gus : la note écrite pour elle par Hoffmann, chez Maxim's, et une autre. Un faux.

L'écriture était si semblable que Gus fut très impressionné.

— J'en suis à peu près à la moitié de ce que je veux obtenir, dit modestement Claire. Je dois encore m'exercer pendant une cinquantaine d'heures.

Gus l'attira contre lui et l'embrassa.

— C'est remarquable, vraiment, affirma-t-il.

— Ça se présente assez bien, dit Claire sans dissimuler sa fierté. Je souhaite seulement que tu n'aies jamais à t'en servir. Ce genre de faux ne résiste pas à une analyse poussée.

— Dis-moi, est-ce que tu as découvert quelque chose sur le gars, rien qu'à son écriture ?

— Certainement. Tu vois cette petite boucle. L'homme a des troubles hépatiques.

Gus n'avait pas demandé à ce qu'on tourne sa question en ridicule. Il punit Claire d'une chiquenaude.

— Et à l'âge de sept ans, poursuivit-elle, il possédait un chien nommé Wilhelm. Si tu veux en savoir plus sur Hoffmann, il me faudra probablement coucher avec lui.

— J'aurais dû y penser le premier !

Claire continua de le taquiner :

— Ce serait pour la bonne cause. Tu n'aurais pas de raison d'être jaloux.

— Hé non !

— Est-ce que tu me tuerais ?

Gus réfléchit.

— Je suis plutôt du genre à *me* tuer... et à te laisser aux prises avec tes remords.

Claire posa la tête sur les genoux de Gus. Ses mains s'agitaient. On sentait qu'elle cherchait à exprimer quelque chose.

Gus attendit.

— Avant de te connaître, dit-elle, je n'ai jamais été jalouse...

Les yeux verts de Gus disaient clairement sa satisfaction.

— Je crois que si tu faisais l'amour à une autre femme, je lui mettrais sur le dos la responsabilité d'avoir séduit un pauvre gamin innocent.

— C'est une manière de voir les choses.

— Et c'est elle que je couperais en petits morceaux... avec un couteau mal aiguisé.

Gus caressa la joue de Claire et écarta une mèche noire de son front.

— Pas de mollesse, je vois. Est-ce que tu es toujours comme ça ?

— Non. A vrai dire, je suis plus souvent morte de peur.

— De temps en temps, tu as le droit de l'admettre. Ce n'est pas contraire au règlement.

— Tu ne me croiras pas, mais je n'ai jamais eu personne à qui le dire.

Gus hocha lentement la tête. Si, il la croyait.

— Quand Amy est née, je la prenais parfois dans mes bras pour lui parler pendant des heures. Je lui confiais mes secrets. J'avais enfin trouvé une oreille complaisante. Et comme elle est devenue belle, ma petite fille...

Les yeux gris de Claire se perdirent au loin.

— ... Je sais qu'il existe au monde des millions et des millions d'êtres humains, chacun avec sa propre vie, ses propres enfants. Mais le plus important pour moi, c'est Amy. Et je sens au fond de mon cœur que je me suis engagée dans quelque chose de terrible.

Elle éclata en sanglots. Gus l'enlaça plus étroitement.

— As-tu déjà pensé à ce qui arriverait à mon bébé si j'étais prise ?

Martin. Gus pensa à Martin.

— J'y pense tout le temps, dit-il. Je pense à ce qui peut arriver de terrible à nous tous.

Claire renifla, tenta d'arrêter ses larmes et jeta à Gus un regard suppliant.

— Si Dieu existe, je sais ce qu'Il attend de moi. Que je prenne soin de ma petite fille. Et ne me demande pas, Gus, ne t'attends pas à ce que je fasse rien d'autre.

C'était une prière. C'était un avertissement.

Gus n'avait jamais ressenti pour Claire autant d'amour.

— Tiens-toi à ce que tu viens de dire. Quoi qu'il advienne. Parce que tu as raison.

XLI

Thomas Waite Croffts, assis très inconfortablement sur une mauvaise chaise de bois, croisa ses longues jambes avec une aisance aristocratique.

L'histoire de ce Croffts était, sinon unique, du moins assez inhabituelle. Aussi loin que remontaient ses souvenirs, sa vie n'avait été qu'une quête des lieux et des moyens les plus agréables pour passer le temps. Une quête où il excellait.

Le déroulement des plaisirs et des jeux si recherchés par Croffts fut interrompu, en 1940, par une guerre plutôt malencontreuse. A l'époque, il menait à Paris une existence de débauché.

Des amis qui avaient les pieds sur terre lui firent remarquer que s'il retournait en Angleterre, pays de son enfance, il serait immédiatement enrôlé dans l'armée.

Maman n'avait pas élevé son cher petit pour en faire un soldat.

En vérité, elle ne l'avait pour ainsi dire pas élevé du tout. Bien sûr, ils s'étaient rencontrés assez fréquemment. Mais pas depuis longtemps. La beauté et l'argent suffisaient à Croffts.

Au printemps de 1940, quand les nazis entrèrent dans Paris, nombre de Parisiens tremblèrent ou s'enfuirent. Croffts, lui, mit provisoirement un terme à ses distractions et chercha sincèrement — et en secret — comment il pourrait au mieux servir les nouveaux maîtres. C'est ainsi qu'il se retrouva dans les services allemands des Affaires étrangères, où il manifesta des qualités et aptitudes fort utiles.

Il poursuivit ses activités pro allemandes clandestines pendant deux ans. Il se faisait passer pour un journaliste travaillant à la pige et s'interdisait de côtoyer en public des collaborateurs ou des nazis notoires.

Vers la fin de 1942, ses talents particuliers en matière de cryptographie lui valurent une promotion. On l'envoya à Berlin, ville qu'il eut la surprise de trouver à son goût. Avant son départ, il apprit enfin à ses amis et connaissances qu'il travaillait pour le Reich. Certains s'en amusèrent, d'autres furent horrifiés, car Croffts fréquentait des gens de toutes sortes.

Le personnel chargé du décryptage appartenait au Pers Z, section spécialisée dans les télégrammes diplomatiques codés. Ses bureaux occupaient une école de jeunes filles dans le quartier de Dahlem, au sud-ouest de Berlin.

Des rivalités existaient au sein des services secrets allemands chargés des communications. Le Pers Z accomplissait souvent un travail obscur qui mettait en valeur des organes mieux financés, telle la *Forschungsstelle*, ou poste de recherches, qui intercepta un fameux message non codé entre Roosevelt et Churchill. Le *Forschungsamt*, quant à lui, interceptait toutes les communications sur lesquelles il pouvait mettre la main. La Wehrmacht disposait elle aussi d'un département de décryptage. En somme, le chiffre était une industrie florissante.

Croffts y fit des étincelles. En quatre mois, il avait intercepté et mis au clair sept messages codés jugés dignes du tampon vert « F » — ceux destinés à être lus par le Führer.

Il fut bientôt récompensé par une nomination à un poste clé du Pers Z, à Hambourg. La ville l'enchanta encore plus que Berlin. La fête continuait.

Jusqu'à un certain jeudi.

Croffts entendit de rudes coups frappés à la porte de son appartement. Deux barbares vêtus de noir et d'argent lui apportaient une convocation du SD. Les âmes les plus braves en auraient été ébranlées. Chez Croffts, la réaction fut encore plus intense.

Les deux SS l'emmenèrent à la gare sans ménagements, sans même lui faire connaître son crime ou son lieu de destination. Ils le prévinrent simplement que mieux vaudrait pour lui faire preuve de collaboration. Là, Croffts se sentit à son aise. Son vœu le plus cher était qu'on lui enseigne le meilleur moyen de collaborer.

A présent, assis sur le bord de sa chaise de bois, le cœur battant, il se sentait prêt à rendre tripes et boyaux.

Il essayait misérablement de plaquer sur son visage le sourire léger qui l'avait toujours sorti d'affaire. Il savait cependant qu'il ne trompait personne. Personne, c'est-à-dire pas l'homme qui, en face de lui, prétendait lire tranquillement son dossier.

Ernst Ritter se présenta. Le timbre de sa voix eut sur Croffts un effet physique. D'autant plus qu'au même moment les mains de Ritter s'ouvraient et se crispaient comme si elles se préparaient à malmener une proie.

Ritter débita quelques-uns des éléments les plus scabreux du dossier, puis les commenta. Il trouvait personnellement révoltantes la légèreté de mœurs et la lâcheté de Croffts. L'utilisation d'un personnage aussi méprisable confirmait, hélas ! la décadence des Affaires étrangères. Les SS ou même la Wehrmacht auraient écrasé du pied cette vermine.

La tirade dura dix bonnes minutes. Croffts se demanda quelle en serait l'apothéose. Il ne comprenait toujours pas pourquoi des nuages noirs s'étaient accumulés au-dessus de sa tête.

— Vous avez, n'est-ce pas, un enfant illégitime, une fillette nommée Amy Jouvet ?

Croffts confessa de bon cœur ce péché. Il n'avait jamais renié l'enfant qu'il trouvait mignonne et que sourdement il aurait souhaité revoir.

— C'est un grave délit, dit Ritter.

— D'avoir une bâtarde ? demanda Croffts, suffoqué.

— Un délit passible de rien de moins que la peine de mort.

Ritter mentait.

Croffts ne fut pas dupe, mais que pesait la vérité au QG de la Gestapo ? Ritter pouvait tirer son pistolet Walther, faire éclater la cervelle de sa victime sur les murs du bureau, et une femme de ménage — probablement une bonne petite vieille Française — viendrait avec un seau et une serpillière réparer les dégâts avant l'interrogatoire suivant.

— Parlez-moi un peu de la mère et de l'enfant, dit posément Ritter. Il y a quelque chose que j'aimerais bien savoir.

C'était donc ça. Le cerveau de Croffts devint une soupe de légumes. Il avait toujours soupçonné Claire d'avoir des liens avec la Résistance. Il trouvait la chose amusante, voire séduisante. Cette femme ne manquait pas de cran. Il se souvint du soir où elle lui avait annoncé qu'elle était enceinte et qu'elle entendait garder l'enfant.

Du cran, de l'intelligence. Et belle, pensa-t-il avec tristesse parce qu'il essayait fébrilement de trouver comment sauver sa peau, même s'il fallait donner en échange celle de Claire, si douce et blanche.

Un problème se posait. S'il avouait ses soupçons sur l'appartenance de Claire à la Résistance, il se rendait coupable de complicité pour ne pas l'avoir dénoncée aussitôt.

Il réfléchit trop longtemps. Son silence constituait un aveu.

— Nous avons des raisons de croire que cette dame aide la Résistance, dit Ritter.

Crofts souhaita qu'une crise cardiaque vienne mettre fin à ses misères.

— J'admire votre galanterie, affirma Ritter. Sincèrement. Mais je reste persuadé que l'intérêt du Reich l'emporte chez vous sur...

Sans qu'il s'en rendît compte, Croffts tordait ses lèvres.

— Craindriez-vous, suggéra Ritter, d'être puni pour ne pas avoir avisé immédiatement les autorités du Reich ? Je peux vous rassurer, il n'en sera rien. Vous avez accompli un travail précieux, et nous espérons que cela continuera.

Croffts ne se laissa pas prendre à cette déclaration. Il la considéra même comme le plus gros mensonge qu'il eût jamais entendu.

Ritter se leva et alla se planter devant Croffts. Défiguré par un rictus, il lui lança sur la joue un coup si violent que Croffts fut projeté hors de sa chaise.

Il ressentit une douleur inimaginable. Le goût du sang qu'il avalait le terrifia. Sans nul doute, sa mâchoire était fracturée.

— Levez-vous, ordonna Ritter calmement.

Croffts se remit péniblement sur ses pieds.

— L'amnistie que je vous ai offerte, dit Ritter avec le même calme effrayant, n'est valable que si vous répondez dans les dix secondes.

Croffts parvint à remuer la mâchoire.

— Elle avait un ami dont je me méfiais un peu, murmura-t-il. Armand Leclerc. Je n'ai jamais rien compris à leurs relations.

— Nous sommes renseignés sur Leclerc, affirma mensongèrement Ritter. Si d'autres noms vous revenaient en mémoire, cela vaudrait mieux pour vous.

Croffts se creusa la tête. Rien. Claire était une femme qu'il avait à peine connue.

— Alors, pas d'autres informations, Herr Croffts ? Vous ne pouvez pas me dire, par exemple, si cette femme avait des amis juifs ?

Enfin, une chance miraculeuse s'offrait à Croffts.

— Elle est juive. Tout au moins, elle a du sang juif. Un grand-père ou un grand-oncle qui vivait, je crois, en Pologne. Ou en Autriche. Dans un village.

— Vous en êtes certain ?

La douleur que ressentait Croffts devint moins insupportable. Ritter mordait à l'appât.

— Elle m'a raconté ça un jour où elle avait beaucoup bu. Tout en pleurnichant, elle donnait des détails, des noms, des lieux. Je suis sûr qu'elle disait la vérité.

Ritter déploya un sourire de contentement. Malgré lui, Croffts retrouva l'espoir et mit de côté ses souffrances.

— Très intéressant. Vous ne voyez rien d'autre à m'apprendre ?

Il n'y avait rien d'autre.

— Merci, Herr Croffts, de m'avoir accordé un peu de votre temps.

Ritter passa dans la pièce voisine, où Johann avait écouté et noté en sténo l'entretien.

— Questionnez-le à propos de tout ça, Johann. Le nommé Leclerc, les origines juives...

— Le questionner ?

Visiblement, Johann attendait des instructions plus précises.

— Questionnez-le, répéta patiemment Ritter, par les moyens que vous jugerez nécessaires. Jusqu'à ce que vous ayez tiré de lui tout ce qu'il sait.

Johann passait déjà mentalement en revue les divers moyens possibles.

— Et quand vous serez certain qu'il a tout dit, conclut Ritter, quand vous serez certain d'avoir mérité... la façon dont j'apprécie vos services... supprimez-le.

XLII

Le rendez-vous fixé par Hoffmann dans sa suite du Ritz ne présentait rien d'anormal.

Brausch sirotait de l'armagnac et la conversation roulait sur des sujets anodins, remarquables seulement par leur banalité.

En somme, il y avait anguille sous roche.

Hoffmann ne paraissait ni trop las, ni trop alerte. Brausch sentait néanmoins un changement chez son interlocuteur. Il usait d'un ton plus intime que durant les dernières semaines. Ce pouvait être une manière de cacher qu'il prenait, au contraire, ses distances.

Quelque chose était arrivé. Quelque chose de précis.

Les deux hommes parlèrent métier, et Brausch n'en tira d'abord aucune lumière. Hoffmann mettait la dernière main à son rapport « Émeraude », car Berlin insistait pour avoir confirmation de la véracité des éléments déjà fournis — et sur lesquels, sans attendre, on tablait déjà.

Comme à son habitude, Brausch ne s'avança pas. Un interrogatoire, dit-il, n'aboutissait jamais à une certitude absolue. L'attitude de l'Overlord et la cohérence nulle part démentie de son histoire permettaient néanmoins une confiance à peine teintée de la réserve professionnelle d'usage.

— Nous croyons tous à son histoire, conclut Brausch, mais nous continuerons à nous poser des questions tant que quelqu'un ne prendra pas la décision de clore le dossier.

Hoffmann lui offrit son sourire le plus amical et dit d'un ton rêveur :

— Pourquoi est-il toujours si difficile de clore un dossier ?

— Réflexe bien humain de prudence. Dans une affaire cruciale, on redoute avant tout de se tromper.

— Et pourtant, il arrive un moment où trop d'hésitation tend à prouver...

— Un manque de fermeté chez un dirigeant ?

— Oui, l'indécision n'a pas bonne réputation. On connaît peu de chefs indécis.

— J'en ai rencontré quelques-uns, dit Brausch en souriant.

Hoffmann montra du doigt la veste de son uniforme, accrochée à un portemanteau.

— Pas dans la branche à laquelle j'appartiens.

Ils échangèrent un regard entendu.

Brausch anticipait sur ce qui suivrait ce bref silence. On prévoit la *cadence* par les mesures brillantes qui la préparent.

— Avant de clore ce dossier, j'aimerais savoir si vous ne ressentez pas des intuitions, des doutes de dernière minute, dit Hoffmann d'une voix indifférente.

— Les doutes existent toujours, répondit doucement Brausch. L'art, c'est de savoir à quel moment on doit finir par les ignorer.

Hoffmann reposa son verre de brandy sur la table. On aurait pu croire que ce geste mettait fin à l'entretien.

Brausch se prépara toutefois au coup final.

— Il faut que je vous raconte les dernières lubies de notre hystérique de Ritter, dit Hoffmann avec le même détachement. Ernst a ordonné à la Gestapo d'effectuer des recherches sur Claire Jouvet. Il déclare que, d'emblée, il s'est méfié de cette femme.

— Lui qu'on dirait si confiant !

— Il y a plusieurs personnages en lui... tous d'ailleurs également atteints de paranoïa.

— Je dors plus tranquille, déclara solennellement Brausch, à l'idée qu'Ernst accomplit noblement son travail de fouine.

L'ombre de sourire qui persistait sur les lèvres de Hoffmann disparut.

— Il est passablement affolé. Il a découvert que Claire avait quelques gouttes de sang juif. Un lointain ancêtre.

Brausch souleva ses sourcils broussailleux.

— Le fichier Tullard ? demanda-t-il.

— Non. Apparemment, Claire ne s'est jamais présentée au commissariat de police, comme il était de règle pour les Juifs dès le début de l'Occupation. Un délit grave.

— Gus est-il au courant ?

— Peut-être... j'en doute.

Hoffmann sembla accablé par toutes ces complications. Il soupira.

— Ernst va exiger de Gus qu'il rompe avec Claire, sous prétexte que, par définition, elle est suspecte.

— Et vous, qu'en pensez-vous ? demanda Brausch avec calme.

— Je pense que c'est navrant. La jeune femme est charmante et procure à Gus une diversion bénéfique.

— Croyez-vous pouvoir convaincre Ernst de partager cet avis ?

— Je n'en sais rien... Les choses se passaient bien, et il a fallu qu'Ernst cherche des histoires. C'est un homme qui n'accepte pas les succès qui viennent trop facilement.

Jürgen sourit, tout en se disant que la description d'un tel comportement convenait à Hoffmann encore mieux qu'à Ritter.

— A part ça, demanda-t-il, la Gestapo n'a rien découvert qui puisse rendre Claire suspecte ?

— Non, rien d'autre.

— Dans ce cas, il me paraît évident qu'Ernst en fait un peu trop.

— C'est vrai. Notre seul souci doit être de maintenir Gus en bonne forme. La Gestapo elle-même protège des Juifs que le Reich trouve utiles. Des milliers d'entre eux. Je crois que je viendrai à bout du pragmatisme borné de Ritter.

Brausch n'en était pas convaincu.

— De toute façon, dit Hoffmann, je suis son supérieur.

Ritter le savait d'autant mieux que c'était à Hoffmann, et à Hoffmann seul, qu'il s'était adressé pour rendre compte de l'interrogatoire de Croffts.

Hoffmann avait autorisé l'enquête sur les origines juives de Claire, sachant que Ritter y déploierait tout son zèle, mais il s'était réservé le cas Leclerc. Au bout de deux jours, il informa Ritter qu'on pouvait abandonner cette piste, qu'Armand Leclerc était un collaborateur irréprochable.

Hoffmann n'avait pas dit toute la vérité.

XLIII

Jürgen Brausch appuya sur l'interrupteur. La pièce fut éclairée d'une lumière jaunâtre et tremblotante qui se refléta sur les classeurs métalliques.

Il était épuisé et se cacha d'abord les yeux. A cette heure tardive, son esprit ne fonctionnait plus qu'instinctivement, presque magiquement — faible rayonnement émis par une étoile lointaine.

Il s'assit lourdement à son bureau et en fixa le tiroir comme s'il s'attendait à le voir s'ouvrir de lui-même. Il fit enfin le geste. Rien n'avait été touché. Le fouillis de papiers et d'objets était resté exactement tel qu'il l'avait savamment agencé.

Sa main alla droit au document. Une simple feuille, qu'il plaça devant lui. Il alluma la petite lampe de bureau et demeura immobile, les yeux fermés.

La fatigue accumulée au long de tant d'années de lutte solitaire pesait sur lui de tout son poids. Il se sentait vieux. Des hommes à qui l'on fait confiance ou de ceux, plus nombreux, dont on se méfie, lesquels étaient les plus dangereux ? Il ne savait plus.

Tel un mourant, il vit défiler les images de sa vie. Une vie riche dans l'accomplissement du devoir. Plus riche encore grâce à l'amour de sa famille. Qu'attendre de plus ?

Brausch sourit avec lassitude. Quel homme était vraiment prêt à accepter la mort ? C'est là une conception de poète. Même un agonisant, le corps hérissé de tuyaux, souffle pour ranimer le feu de la vie. Et si une seule étincelle en jaillit, il se berce de l'illusion que la flamme brûlera toujours.

Helga. Il ne la reverrait jamais. Il ne serait pas à son chevet pour poser la main sur ses doigts refroidis, pour lui dire un dernier adieu et la remercier d'avoir été le double de son âme pendant tout le voyage. Ce miraculeux échange, entre eux, rendait humain ce qu'il avait pu faire. Le justifiait.

Certains vieillards pleurent facilement. Brausch n'en était pas. Aussi se félicita-t-il de voir qu'il savait encore verser des larmes.

Quand ses yeux redevinrent clairs, il reprit le papier.

Message chiffré selon le code. Même transposition fondée sur un vers de Heine. Le message avait été envoyé dans les délais normaux, au destinataire habituel : le groupe i, branche I de la section de Hambourg. Il manquait autant d'originalité que les premières minutes de conversation avec Hoffmann, au Ritz.

Cette association d'idées fit courir un frisson le long du dos de Brausch. Une armée d'insectes grimpa jusqu'à son cou.

C'était de Treasure, l'agent secret le plus actif, le plus glorieux de l'Abwehr que Brausch tenait ce message, émis de Londres, comme des centaines d'autres. Oui. Mais celui-ci était différent.

Les précautions de sécurité y figuraient bien. La lettre « G » en onzième et dix-neuvième position. La faute d'orthographe au trente-quatrième mot. Si Treasure avait envoyé ce message sous la contrainte, il aurait volontairement omis ces détails.

Fallait-il en conclure qu'il l'avait librement composé ?

Brausch scrutait le papier comme pour lui arracher une réponse.

Et la réponse vint.

De même qu'avec Hoffmann et la suavité de ses propos il y avait quelque chose d'un peu appuyé, de trop parfait dans les précautions de sécurité, dans les détails dont Treasure savait qu'ils plaisaient à Brausch.

Pourquoi cet excès de zèle ? Pourquoi cette fêlure à peine décelable dans le comportement de l'agent ? Aurait-il changé de camp ?

L'homme était vénal, certes, et assez lâche. Les Anglais seraient capables de le faire ramper.

Encore faudrait-il savoir l'attraper. Jusque-là, Treasure avait prouvé qu'il était plus habile que le MI-5. Les gens habiles ne cessent pas de l'être.

Autre point. Si le MI-5 avait récupéré Treasure, Sir Geoffrey Macklin le saurait. Pourquoi l'aurait-il caché à Brausch ? Ils étaient alliés. Ils se redoutaient comme la peste, mais avaient besoin l'un de l'autre.

Jürgen réfléchissait sans douter un instant de la justesse de son intuition, cherchant seulement à savoir où elle le conduisait.

Pendant une heure, il avait entendu une petite musique dans la voix de Hoffmann. Et, à juste titre, il ne s'y était pas laissé prendre. Cette musique sonnait un peu faux. Le message de Treasure, lui aussi, sonnait un peu faux. Comment accorder ces deux musiques ?

Il relut le message et, enfin, il sourit.

Il s'agissait bien d'un duo.

XLIV

24 mai. Ils étaient allongés sur leur lit de camp. Gus avait été prévenu que ce serait sa dernière visite à Andy Wheeler, qu'il ne le reverrait jamais plus.

Hoffmann avait rassemblé les derniers éléments du rapport qu'il comptait délivrer à la fin du mois.

Le dossier était en train de se clore.

Andy ne se doutait pas qu'il voyait Gus pour la dernière fois. Il se réjouissait simplement de la longueur de sa visite.

Ils causaient depuis une dizaine d'heures. Malgré l'épuisement, rien n'aurait convaincu Andy de s'interrompre pour dormir. Gus apportait avec lui la promesse d'un matin de Noël où seront exaucés les vœux de l'enfant qui a été sage.

Gus et Andy s'étaient habitués à la surveillance d'invisibles témoins. Ils avaient créé leur propre intimité, leur propre code, leur propre « club ».

A la vie, à la mort.

Andy se mit à parler de sa première voiture, une vieille Nash. Tout en lui montrant comment la remettre en état, son père avait semblé, en cette seule occasion, se délecter de son rôle d'éducateur. Radieux, armé d'outils, les doigts noirs de cambouis, il caressait la machine comme, sans doute, il ne lui était jamais arrivé de caresser une femme.

— Papa avait soixante-huit ans, quand je suis parti.

Peu importaient les trois années de plus. Son père, sa maison, Andy ne les verrait pas changer. Parce que, tout simplement, il ne les reverrait pas. Il ne comptait déjà plus au nombre des vivants.

Gus dit cependant :

— Je crois que ton vieux sera encore capable de bricoler avec toi...

Ses paroles s'envolèrent au-delà des murs de la prison, dans le vide spatial.

— ... après tout, il aura quoi ? Soixante et onze ans quand tu retourneras là-bas. Quelle est la date de son anniversaire ?

Andy resta silencieux. Le présent hostile et le futur menaçant ne le concernaient pas. Il s'était réfugié dans ce qui lui restait : l'image à jamais figée du passé.

L'île de San Juan. L'unique voyage avec Stéphanie. Clandestin, lumineux, inoubliable.

Ils logeaient à Roche Harbor, sur la côte nord de l'île, dans un bel hôtel où, disait-on, les présidents Teddy Roosevelt et Taft avaient séjourné. La façade s'ornait de balcons blancs ajourés. Le drapeau américain flottait en haut d'un mât vert.

Des personnages à la Fitzgerald se déplaçaient avec langueur. Des Gatsby et des Daisy, dans un monde d'argent et de plaisirs. Andy les adorait. Il aimait leurs chemises amidonnées et leurs robes blanches. Ces gens lui apprenaient, de par leur existence même, ce que la vie pouvait avoir de délicieux. Ils lui montraient du doigt ce que serait la sienne, avec Stéphanie.

Le jardin de l'hôtel. Les buissons de fleurs pourpres — des roses, peut-être. Les petits bateaux du port. Leurs couleurs réfléchies, plus belles encore, dans le miroitement de l'eau. Plus réelles. Rien ne peut se prétendre plus réel que la beauté.

La beauté de Stéphanie.

Ses yeux, en face de lui, à table, au-dessus des verres de vin. Sa tête sur l'oreiller.

Le premier et le dernier amour. Le seul. Le plus impossible aussi. Le plus vrai. L'amour devenu sa propre image reflétée dans l'eau. Beauté et réalité. L'amour qui le faisait être lui-même.

— Stéphanie avait dix-neuf ans, murmura Andy.

Et il retomba dans le silence.

— Ça lui en fait vingt-deux maintenant, dit Gus.

Pas de réponse.

— Quand viendra le jour où j'assisterai à votre mariage, elle aura vieilli. Toi qui les aimes jeunes, tu devrais peut-être en chercher une autre.

Andy n'était toujours pas dans le présent.

— Elle avait un chat, un gros chat persan. Elle me disait que je lui ressemblais.

Un voile léger séparait les deux hommes.

— Tout le monde me prenait pour un solitaire. Or, j'avais

seulement peur. Il a fallu que quelqu'un m'aime en premier, vraiment fort, pour que j'aime à mon tour. Comme ce chat, le chat qu'elle avait...

Andy leva les yeux au plafond et serra les bras contre sa poitrine. Un geste de défense qu'il avait eu la première fois qu'il était entré dans la cellule.

Hé là ! pensa Gus, tu ne vas pas commencer à te protéger contre moi !

— Hé là ! cria-t-il si fort qu'Andy tourna brusquement la tête. Ne t'amuse pas à t'en prendre à moi. Ne joue pas à ce foutu jeu. Parce que je t'aime, moi. Je t'aime trop.

Les yeux d'Andy s'emplirent de larmes. Il était de nouveau sur terre.

— Il y a une femme dont je ne t'ai jamais parlé, dit Gus. Elle s'appelle Claire. Elle n'habite pas dans notre pays. Et... nous nous aimons, pour de bon. Je crois que c'est ce que j'ai toujours désiré, ce que j'ai attendu pendant toutes ces années...

Andy pleurait toujours, mais il fit signe qu'il comprenait.

— Alors, j'ai une idée. Le premier dimanche, de retour au pays, nous nous réunirons tous les quatre, toi, moi, Stéphanie et Claire. Nous partirons pour une balade en voiture, et nous ferons un pique-nique. Nous parlerons de tout et de rien. Et nous ne nous arrêterons que lorsque nous aurons éclaté de rire deux cents fois. Il faudra compter.

Gus avait promis ce retour, dans le jardin de Vincennes. La promesse tenait toujours. Malgré Claire regardant se fermer la porte du train qui allait emporter Martin. Malgré le sourire du Sturmbannführer Seitz et les cris de Mme Toussaint qui résonneraient à jamais dans les oreilles de Gus.

Il s'approcha d'Andy et le secoua doucement.

— Et n'oublie pas de noter ce rendez-vous sur ton petit agenda.

L'expression perdue d'Andy devint un sourire.

— Le premier dimanche, dit-il. Le dimanche qui suivra notre retour chez nous.

XLV

Une terrasse de café sur les Champs-Elysées, en plein après-midi. Sur la table, un Pernod et un gin avec des glaçons.

Walter Hoffmann avait le chic pour choisir l'heure et l'endroit. L'air était d'une qualité délicieusement palpable. Le garçon fut prié d'apporter une nouvelle tournée.

— Je suis revenu sur mon idée de mettre un point final à notre rapport, dit lentement Hoffmann.

Gus ne manifesta qu'un intérêt poli.

— Que diriez-vous si je vous demandais de retourner dans la cellule du major Wheeler ? Huit ou dix visites, échelonnées sur quatre semaines.

— Si c'est nécessaire, répondit Gus en haussant vaguement les épaules.

— Je comprends que ces séances de quinze, seize heures, ne vous sont pas spécialement agréables. Mais j'ai une sorte d'intuition... c'est maintenant qu'elles vont commencer à porter leurs fruits.

Le garçon l'interrompit en posant les verres devant eux. Hoffmann en profita pour souffler, comme après un premier round.

— Où en étions-nous ? Je crois que nous parlions de la guerre...

Gus sourit.

— Il semble, poursuivit Hoffmann, que l'isolement de Wheeler finit par provoquer dans son esprit des périodes plus ou moins longues de coupure avec la réalité.

— Sans aucun doute, approuva Gus.

— A mon avis, le phénomène ne fera que s'accentuer. Quand il sera dans ce genre de transe, vous pourriez lui faire raconter de nouveau les points les plus importants de son histoire de débarquement.

— Je veux bien.

— Profitons de ce que nous l'avons encore sous la main pour opérer une dernière vérification. Le rapport une fois complété, Dieu sait ce que la Gestapo réserve à Wheeler.

Gus ne s'attendait pas à entendre prononcer ces mots avec une telle désinvolture. Il en ressentit un choc viscéral. Il s'imagina un lac grouillant de piranhas prêts à dévorer la victime qui leur serait jetée de la rive.

L'évocation n'était pas loin de la vérité. En possession de tous les éléments du dossier, la Gestapo mettrait Andy en morceaux. Le risque d'arrêt cardiaque cesserait d'être pris en considération.

A tout le moins, la proposition de visites supplémentaires faisait gagner du temps.

— Reste un problème, dit Hoffmann.

Il contempla son verre de Pernod, puis leva les yeux vers Gus.

— Saviez-vous que Claire avait des ancêtres juifs ?

Saisi d'une terreur animale, Gus repensa à Seitz et à son sourire de vampire. Il l'entendait ricaner : « Si elle était juive, elle serait déjà partie depuis longtemps. »

Claire sur le palier, à la place de Mme Toussaint. Un filet de salive pendait jusque sur sa chemise de nuit.

Amy, comme Martin, dans le train de marchandises, tendant vers Gus ses petits bras, le suppliant de la reprendre, trouvant à travers ses sanglots assez de souffle pour crier sa peur et son désarroi. Le bruit de la locomotive. La porte du wagon inexorablement fermée.

Hoffmann semblait gêné d'avoir posé sa question. Son regard n'en demeurait pas moins direct et pénétrant.

Gus hocha enfin la tête :

— De quoi s'agit-il ?

Hoffmann tenta un sourire rassurant :

— Ritter a découvert qu'un arrière-grand-père de Claire était un Juif polonais. C'est tout et, malheureusement, c'est beaucoup.

— J'ai peur pour elle, Walter. Je l'aime.

— Et moi, j'ai peur pour vous. En ce domaine, Ritter se conduit comme un animal. Je ne peux garantir la sécurité de Claire que si vous acceptez de vous séparer d'elle.

Gus regarda ses mains, serrées autour du verre de gin. Elles lui parurent appartenir à quelqu'un d'autre.

— Je pourrais vous mentir, Walter. Mais la vérité, c'est que je ne crois pas que j'en aurais la force.

Hoffmann attendit patiemment que Gus lève les yeux sur lui.

— Si Ritter met Berlin au courant, vous serez considéré comme un danger pour la sécurité de notre mission... au nom de la pureté raciale.

Gus pensa aux plantations du Sud. Des propriétaires d'esclaves emmenant de force des femmes noires dans la Grande Maison.

— Réfléchissez, Gus. Les infractions aux lois raciales sont passibles de la peine de mort. Je pourrai vous éviter ça, mais vous serez en disgrâce. Et je ne peux pas me permettre de vous perdre.

Gus tenta de maîtriser le chaos de son esprit. Hoffmann lui tendait un piège. S'il lui laissait voir ce piège, c'était parce qu'il avait l'intention de lui proposer un moyen d'y échapper.

— Vous êtes le supérieur de Ritter, plaida Gus.

Hoffmann écarta les mains :

— Mais elle est *juive* ! Mon meilleur agent, dans une mission capitale pour le Reich, couche avec une Juive ! Est-ce que vous pensez à la réaction de Himmler ? Il sera fou furieux.

— Je ne sais pas comment j'y arriverai... mais je n'ai pas le choix. Jurez-moi qu'on la laissera en paix.

Hoffmann lui jeta son regard le plus compréhensif, le plus humain. Le plus opaque, aussi. Il restait le meneur de jeu.

— J'avais besoin de vous entendre parler ainsi. Après tout, la décision que je vous demande ne sera peut-être pas nécessaire. Je dirai à Ritter que vous devez garder intact votre pouvoir de concentration pendant cette dernière phase d'entretiens avec l'Overlord.

Il ajouta avec un sourire amer :

— Je lui donnerai une raison de battre en retraite pour le plus grand intérêt du Reich, un mobile déterminant : la rédaction d'un rapport qui lui vaudra de l'avancement. Ernst irait jusqu'à épouser une Juive si elle pouvait le faire nommer Oberführer. C'est par cette ambition que je le tiens.

Le visage de Gus rayonna d'amitié, de gratitude.

— Merci, dit-il simplement.

— Je ne vous promets pas de réussir. Mais je sais ce que cet amour représente pour vous. Je ferai de mon mieux.

XLVI

Depuis que le couvent de la rue de la Santé servait de lieu de rendez-vous au réseau Jade Amicol, les religieuses lazaristes de la Sainte-Agonie étaient en train d'écrire une nouvelle page dans l'histoire de leur ordre qui, fondé au milieu du XIIe siècle à Jérusalem, avait depuis étendu son action charitable à travers le monde.

Vers six heures du soir, un homme descendait le boulevard Arago. Les mains dans les poches et les épaules voûtées, il luttait contre la soudaine fraîcheur de l'air.

Armand Leclerc arriva au 127, rue de la Santé et sonna à la porte du couvent. Au bout d'un moment qui lui parut très long, la mère supérieure — la légendaire Henriette Frede — lui ouvrit et lui adressa silencieusement un signe de bienvenue.

Leclerc suivit mère Henriette dans la nef, jusqu'à la sacristie. De là, un escalier en spirale menait vers le chœur où Jade Amicol cachait son émetteur-récepteur. Leclerc irait bientôt s'y asseoir, à la lumière d'une lampe à pétrole, et enverrait un message à Londres.

En attendant, mère Henriette le laissa à ses pensées après avoir réchauffé de son sourire la pièce aux murs de pierre, meublée sobrement de quelques chaises et d'une table sur laquelle brûlaient deux bougies.

Sept heures moins vingt.

Une jeune femme traversa le boulevard de Port-Royal. Elle marchait à petits pas et le vent froid soulevait ses cheveux noirs.

Jasmine ne cessait de répéter mentalement l'histoire qu'elle était chargée de transmettre.

Le faucon a rencontré le blaireau. Il a dit au blaireau que ses visites au furet ne prendraient pas fin. Le blaireau retrouvera encore huit ou neuf fois le furet, au bord de l'étang aux nénuphars, et ils confirmeront ce qu'ils se sont déjà dit, encore et encore.

En tournant dans la rue de la Santé, Jasmine dut fermer les yeux tant l'air devenait vif et piquant.

Le blaireau était très content, car le faucon lui avait promis que le furet et lui resteraient un mois de plus dans la forêt.

Il va de soi que Jasmine ne connaissait pas Gus Lang, qu'elle ignorait même son existence. Gus l'avait néanmoins sélectionnée parmi toutes les candidates proposées par Claire.

Gus était persuadé que, fort des dernières révélations de Ritter, Hoffmann ne se contentait pas de le faire suivre, qu'il avait mis des hommes sur les traces de Claire. Il fallait donc absolument éviter qu'elle revoie Leclerc ou qu'elle vienne au couvent. Jasmine lui servirait de courrier.

La jeune femme attendit elle aussi, à la porte du couvent, que mère Henriette la fasse entrer.

A quelques mètres de là, dans la rue, un homme plongea la main dans la poche intérieure de son pardessus. Il sortit un étui à cigarettes en argent. Il en prit une et l'alluma en protégeant la flamme du vent.

Insoucieux du froid, Walter Hoffmann garda longtemps les yeux fixés sur la porte qui venait de se refermer. Puis il fit demi-tour et se dirigea lentement vers la Seine.

XLVII

La verdure d'un paysage où la Tamise abandonne Londres pour parer ses rives de saules pleureurs.

Sous leur ombre, une vieille péniche transformée en restaurant. Des tables recouvertes de nappes blanches attendaient l'heure du thé. Il était encore un peu tôt pour les habitués.

Confortablement installé dans un coin, un petit homme grassouillet, vêtu de tweed, feuilletait des journaux. La rondeur de son visage, sa calvitie naissante et surtout ses manières empreintes d'aisance et d'un rien de préciosité, faisaient penser à un professeur d'Oxford. Ce qu'il était.

Mais il n'était pas que cela.

Sous le nom de code de Treasure, l'agent britannique le plus précieux de l'Abwehr depuis sept ans avait fourni un trésor d'informations qui justifiait amplement son surnom. Par ailleurs, le mot convenait à la petite fortune que, par reconnaissance, l'Abwehr lui avait versée en liquide. Brausch ne permettait qu'à Treasure de recruter ses sous-agents — lesquels prenaient à sa place les risques du métier.

Cette position sans danger venait d'être ébranlée au reçu d'un message radio provenant d'une source inattendue.

L'argent continuait d'affluer, mais la décision à prendre, épineuse, comportait des risques mortels. Il ne s'agissait pas d'un banal changement d'employeur.

Treasure considérait donc les prochains jours avec une certaine appréhension. Pourquoi diable ce qui avait été bon pour Brausch pendant tant d'années ne suffisait-il pas à ces salauds ? Pour qui se prenaient-ils ?

Rien qu'à voir Treasure il était évident qu'on n'avait pas affaire à un truand. Ses mains délicates, qui savaient caresser amoureusement des éditions originales, ne connaissaient pas le contact d'un revolver ou d'un fusil. Ce mercenaire était un gentleman.

Est-ce qu'un homme de son intelligence trahirait sa patrie pour de l'argent ? La réponse était malheureusement qu'il aurait fait n'importe quoi pour de l'argent. Mais ce dont il était question cette fois, il l'aurait fait sans toucher un sou.

Au fond de son cœur, il ne voulait pas de mal à l'Angleterre. A ses yeux, elle existait à peine. Depuis qu'il avait découvert l'amour des livres, la vie de l'esprit comptait seule pour lui. Il était plus qu'un « citoyen du monde » : il appartenait à l'histoire intemporelle de l'humanité tout entière. Les ruelles pavées de Cordoue au Moyen Age, les canaux de Venise au Quattrocento constituaient son domaine, tout autant que le quartier londonien de Mayfair où son appartement dominait une avenue joliment bordée d'arbres.

Treasure plaçait plus haut que tout les glorieuses cités de la Grèce antique. Car il était platonicien. A l'âge où la plupart des jeunes gens s'intéressent au fonctionnement du moteur à explosion, Treasure vouait une adoration au roi des philosophes. A ses yeux, l'espèce humaine ne pouvait être sauvée que si elle confiait son âme collective à un homme sage et fort, à un homme-dieu.

Son cheminement de Platon à Nietzsche n'avait pas été exempt de retours en arrière, de détours. Pour finir, si Adolf Hitler était né en Chine ou dans le Colorado, Treasure — cet homme qui se voulait un modèle de cynisme, un champion du pragmatisme — aurait suivi l'incarnation de son idéal, le Führer, jusqu'aux confins de la terre.

Il allait donc se lancer, entreprendre ce voyage, mettre à l'épreuve son corps fragile, risquer la mort, tout en se disant à lui-même qu'il agissait pour de l'argent.

Gerhard Tessin, l'agent recruteur de Brausch, apparut à la porte du restaurant.

Du fond de la salle, Treasure lui adressa un chaleureux sourire. Le ballet habituel allait se dérouler, tout normalement. Quand il partirait, Treasure laisserait pour Tessin le paquet qu'il avait déposé sur le siège voisin du sien. Tessin finirait tranquillement sa tasse de thé.

Auparavant, ils parlèrent affaires et politique. Épouse fictive et maîtresse imaginaire.

Rien ne pouvait indiquer à Tessin que Treasure ne travaillait plus pour lui. Que l'agent le plus apprécié de l'Abwehr s'était vu offrir de plus verts pâturages. On lui avait seulement dit que Treasure allait prendre quelques jours de vacances en Écosse.

Rendez-vous fut pris pour le mercredi suivant. Même heure, même table, mêmes biscuits un peu rances.

XLVIII

Treasure se doutait que son voyage serait infernal. La réalité dépassa son pessimisme.

Parti d'Écosse, il avait traversé la mer du Nord dans un hydravion bimoteur déglingué qui dut se poser à plusieurs miles de la côte norvégienne. Un chalutier l'avait ensuite conduit à Stavanger.

En Norvège, il eut à subir d'interminables et cahotantes randonnées et l'escorte de voyous qui ne valaient pas mieux les uns que les autres. Des animaux affublés d'uniformes.

Il se sentait de vingt ans plus vieux lorsque, seul enfin et muni de faux papiers, il prit le dernier train pour aboutir à la dernière gare. A lui de jouer.

Le plus grotesque de l'aventure, c'était qu'il ne devait passer qu'une nuit à Paris et refaire ensuite à rebours l'insupportable voyage.

Il parvint à trouver le minable garni où il était censé loger, dans la banlieue ouvrière.

Y passer cinq minutes, c'était déjà beaucoup. Treasure attendit trois bonnes heures à frissonner dans l'humidité. Prompt à prendre la mouche, il usa le peu d'énergie qui lui restait en se mettant dans une rage folle.

Stupides précautions de sécurité ! Personne dans tout Paris ne le connaissait. On se moquait bien de sa présence !

Il avait acheté dans un bar voisin une bouteille de sherry. Sa qualité s'accordait à celle de l'environnement. Treasure contemplait ce breuvage tiédasse et se lamentait sur lui-même. Trop vieux pour tout ça. Trop vieux pour bien d'autres choses.

Tant d'années à travailler pour Brausch, et on voulait maintenant qu'il se plie aux manies d'un nouveau maître ! Brausch, lui, ne l'aurait jamais fait attendre.

Une clé tourna dans la serrure. Walter Hoffmann entra.

Hoffmann n'avait guère eu de raisons de sourire ces derniers temps, mais il ne put s'empêcher d'être amusé par la vision de ce bonhomme rondouillard faisant la grimace devant un verre de sherry.

Il savait cependant que l'apitoiement sur soi n'était pas la caractéristique essentielle de Treasure. Il voyait en lui ce qu'il respectait le plus au monde : un vrai professionnel.

Hoffmann inclina le buste.

— Je suis très honoré, dit-il en anglais.

— Et moi, je transpire comme un goret.

— Je suppose en effet que vous auriez trouvé plus de confort au Ritz.

— J'aurais trouvé plus de confort dans n'importe quel lieu, du bordel à la cage à lapins.

Comme pour confirmer ces paroles, un cafard surgit et chercha refuge dans un trou.

Treasure exprima sa répulsion par un sourd grognement.

— Je crois, dit-il, que la rencontre de notre vie devrait se limiter à cinq minutes. Tout ce que j'ai à vous dire est dans ce paquet, là, sur le buffet.

Hoffmann leva les sourcils et prit place sur une étroite chaise. Étant donné le prix payé, il espérait que l'homme aurait la courtoisie de lui faire un rapport verbal.

— Et comment s'est passé votre voyage ? demanda-t-il aimablement.

— Je ne souhaiterais pas à votre mère d'en faire un pareil.

— Écoutez, pourriez-vous me dire pourquoi vous avez fait venir ici un homme occupé comme je le suis ? demanda Hoffmann avec son irrésistible sourire.

Même Treasure était sur le point de succomber au charme de Hoffmann.

— Mes compatriotes, soupira-t-il, vont parfois au-delà de ce que je peux imaginer.

— Ne sous-estimons jamais les Anglais !

— Non seulement ils ont négligé de modifier la fiche médicale de Wheeler, à l'hôpital, mais ils y ont joint une note d'un imbécile nommé Peters...

Treasure ricana devant tant de bêtise.

— ... La note demandait à qui de droit de retaper la fiche médicale en y ajoutant les troubles cardiaques, et de veiller à les mentionner sur tous les rapports expédiés à l'unité américaine de Wheeler.

Cette fois, Hoffmann poussa un soupir et s'exclama :

— Incroyable !

— Ce cher M. Peters, conclut Treasure, a donné ses instructions sans douter un seul instant qu'elles seraient suivies. Nous, les Anglais, sommes une espèce plutôt arrogante.

— Disons, confiante.

— J'ajoute que rien n'implique directement le capitaine Lang dans cette supercherie.

Treasure observa Hoffmann. Il trouva dans les yeux sombres ce qu'il s'attendait le moins à trouver : de la tristesse.

Hoffmann lui-même n'arrivait pas à démêler ses sentiments. Il aurait dû se réjouir d'être au bout de son enquête. A part le cas de Jürgen Brausch qui restait à éclaircir, il pouvait enfin clore son dossier. Le texte se formait déjà dans sa tête. Il lui suffirait de prendre le contre-pied des mensonges prononcés par l'Overlord et son complice.

Il serait nommé Brigadeführer, deviendrait sans doute — et même probablement — le bras droit de Himmler. Ce qui signifiait avant tout son retour auprès d'Anna et des enfants.

Alors, pourquoi s'attrister de la trahison de Gus ? Ne l'avait-il pas pressentie dès le début ? Peut-être regrettait-il seulement que le sort ait voulu que ce soit lui qui démasque Gus, qui l'écrase. Peut-être était-il seulement triste de vivre en ce monde.

Dans son trouble, il se raccrochait à la seule chose importante : rentrer chez lui, retrouver l'amour d'Anna. Dormir dans son lit. Rudi lui préparerait son café du matin. Oskar se demanderait si l'on était lundi ou jeudi, ou bien le jour où papa resterait à la maison.

— Et vous, demanda Treasure, vous êtes certain que le capitaine Lang était dans le coup ?

Hoffmann écarta les bras en un geste de résignation qui englobait le monde et sa noirceur.

— Que puis-je vous répondre ? L'homme est victime d'un concours de circonstances. Sa maîtresse rencontre deux fois par semaine une jeune fille qui se précipite ensuite dans le repaire d'un réseau de Résistance. Ses supérieurs immédiats falsifient à Londres une fiche médicale qu'il est obligé de nous faire connaître. Personne ne dit rien à ce pauvre Gus. Loyal serviteur du Reich, il est entouré de démons qui jouent de son innocence.

Tout sourire avait disparu des lèvres de Hoffmann. Le regard qu'il dirigea vers Treasure n'exprimait ni plaisir, ni triomphe, ni même soulagement.

— C'est assez, dit-il, pour que quelqu'un conseille à ce jeune homme de changer de métier.

XLIX

Andy Wheeler n'avait évidemment aucun moyen de savoir l'heure, mais c'est en pleine nuit qu'il fut conduit à la petite salle d'interrogatoire.

Il ne resta pas longtemps à trembler dans le froid et l'obscurité.

Le projecteur s'alluma avec un brusque déclic. Ébloui, Andy put cependant distinguer que l'homme vêtu de noir et d'argent lui était inconnu.

Walter Hoffmann s'assit derrière le bureau et attendit pensivement que les yeux d'Andy s'accommodent à la lumière. Personne ne suivait la scène, de l'autre côté du miroir sans tain. Impromptu, cet entretien devait rester privé.

— Je m'appelle Hoffmann.

Une seconde, l'expression d'Andy prouva que ce nom lui disait quelque chose. La trahison de Gus s'en trouva confirmée, car il n'avait jamais prononcé le nom de Hoffmann dans la cellule. Wheeler ne pouvait l'avoir entendu que dans le jardin, en se promenant seul à seul avec Gus.

Hoffmann se leva et sortit de sa poche une photographie qu'il tendit à Wheeler. Celle qu'il avait fait prendre, chez Maxim's, en prévision du jour où il aurait besoin de discréditer Gus aux yeux du prisonnier.

— Mais... c'est Gus, murmura Andy, feignant d'être stupéfait. Je... je ne comprends pas.

C'était pathétique de voir combien il mentait mal. Andy savait sans aucun doute que Gus n'était pas un détenu comme lui, qu'il se faisait passer pour un agent allemand.

Hoffmann revint à son bureau, et serra les doigts contre ses lèvres sans quitter Andy du regard.

Andy baissa la tête. La terreur grandissait en lui de ne pas pouvoir empêcher ces yeux sombres de violer son esprit. Quand il essaya de soutenir le regard de Hoffmann, il n'y vit aucune hostilité, seulement de l'obstination. Celle d'un chercheur prêt à disséquer un corps, à en prélever une parcelle qu'il étudierait au microscope afin de découvrir la vérité sur une maladie infectieuse.

— Vous mentez, déclara enfin Hoffmann. Ces dernières semaines, Gus Lang a fait semblant d'être un agent du Reich... Et il vous l'a dit. Ainsi que beaucoup d'autres choses, toutes vraies.

Il laissa à Andy le temps de méditer ces paroles, puis ajouta :

— A sa façon, Gus Lang était un homme honnête.

Le mot « était », prononcé tout normalement, frappa Andy comme un coup de couteau.

— Le capitaine Lang est mort. Vous vous retrouvez seul.

Andy ressentit la blessure dans chaque fibre de son être.

— Je le regrette, dit Hoffmann d'un ton sincère. J'aurais préféré vous avoir tous les deux pour bavarder. Malheureusement, certains de mes collègues ne sont pas aussi patients, aussi raisonnables... Vous avez déjà rencontré le Standartenführer Ritter, je crois.

L'expression de Hoffmann s'adoucit. Un moment, Andy retrouva cette lueur de bonté, d'humanité qu'il avait perçue lors de son entretien avec Brausch.

— Vous ne fumez pas ? Je parie que vous avez essayé une fois, à douze ans, et décidé que ce n'était pas pour vous.

Hoffmann ouvrit son étui à cigarettes.

— Sage décision, qui prolongera certainement votre vie.

Il sembla à Andy que la fumée de tabac qui sortit ensuite de la bouche de Hoffmann chassait la moitié de l'oxygène du maigre espace où ils sc tenaient.

— Le capitaine Lang était pour vous un bon ami. Je sais, Andy, que vous ne le trahirez pas.

A s'entendre appeler par son prénom, Andy sentit des larmes prêtes à couler, sentit qu'il était au bord de la folie, que tout pouvait arriver.

Pourquoi cet homme lui disait-il que Gus était un ami honnête ? Pourquoi ne débitait-il pas les mensonges auxquels Andy s'attendait ? Que Gus l'avait vendu, par exemple.

— En ce moment, dit Hoffmann, vous projetez de vous en tenir à l'histoire de Calais et de septembre. Jusqu'à la mort. Vous êtes un brave garçon, Andy.

Un long silence.

Hoffmann écrasa soigneusement sa cigarette dans un cendrier.

— Votre affaire d'arythmie cardiaque, c'est ce qui l'a perdu. C'est comme ça que nous l'avons eu. On peut dire qu'il est mort en vous protégeant. Raison de plus, Andy, pour être loyal envers lui... Septembre à Calais... L'automne doit être beau, là-bas... Personnellement, je n'ai jamais été favorable à la torture. Question de philosophie. Je dirais même : de style.

Un sourire releva le coin des lèvres de Hoffmann.

— Évidemment, vous savez que ce ne sera pas Calais. Que ce ne sera pas en septembre, mais avant. En juillet ? En juin, peut-être.

Andy serra les paupières aussi fort qu'il put. Gus avait tort. Rien qu'à regarder vos yeux, cet homme était capable de lire dans vos pensées.

Il les rouvrit cependant et affronta le regard patient, pénétrant, de Hoffmann.

— Nous disposons d'informations détaillées quant aux préparatifs des Alliés au sud de l'Angleterre. L'attaque n'aura donc pas lieu en Italie ou dans les Balkans... Reste le golfe de Gascogne ? Ou bien la Bretagne ?...

Andy s'efforça de ne pas entendre cette voix. De penser à autre chose, au base-ball, à la ferme de son enfance.

— ... Je vous accorde, Andy, que ce n'est pas l'idéal. Êtes-vous déjà allé en Normandie ?

Le cœur d'Andy battait si fort contre ses côtes, l'afflux de sang à ses oreilles était tel qu'il lui parut audible, même pour Hoffmann.

Il essaya de fixer sur son ennemi un regard sans passion, un regard de défi. Il ne réussit ni l'un ni l'autre. Hoffmann déchiffrait les muscles de son visage aussi aisément que des mots sur une page.

— La Normandie est une région exquise en été, dit-il. Davantage encore à la fin du printemps.

Andy sentit palpiter les veines de son cou. Il était couvert de sueur.

— Est-ce que vous commencez à comprendre que vous êtes dans une situation impossible ? demanda calmement Hoffmann.

Andy avait fait plus que commencer.

La voix de Hoffmann changea encore de registre. Elle retrouva la bienveillance de celle de Brausch. Et plus encore. Le son amical de la voix de Gus.

— J'aurais pu vous mentir, Andy. J'aurais pu vous dire que

nous avions obtenu des informations de Gus, qu'il était donc inutile pour vous de souffrir pour protéger des secrets déjà en notre possession.

C'était en effet ce qu'Andy escomptait.

— Je ne vous ai pas menti, Andy, parce qu'il est important que vous soyez persuadé que tout ce que je vous ai dit, tout ce que je vais vous dire, est vrai.

Malgré lui, Andy était sur le point de se laisser convaincre.

— Je finirai par savoir ce que vous avez dans la tête. La seule question est de savoir à quel moment ? Je suis fatigué. Fatigué de beaucoup de choses. Je veux que vous parliez, Andy, *avant* que ces bouchers ne vous mettent en pièces...

Il y avait dans la voix de Hoffmann la tristesse, le dégoût, d'avoir à prononcer de tels mots.

— ... ce serait un gâchis lamentable. Tant que vous êtes mon prisonnier, je veux vous protéger. J'ai même le pouvoir de vous rendre à votre famille, à votre Stéphanie. Je peux tout si vous m'en donnez le moyen.

Une phrase continuait à résonner dans le cerveau d'Andy : « Avant que ces bouchers ne vous mettent en pièces. » L'éloquence de Hoffmann reposait sur des faits indiscutables.

— On sait maintenant, Andy, que vous n'êtes pas sujet à des crises cardiaques. Si vous ne me parlez pas, à moi, rien au monde n'empêchera que vous soyez livré à Ritter.

Que répondre ? C'est ce qui arriverait. Des griffes d'acier lui labourèrent le corps.

Andy s'était promis de ne pas avoir peur quand l'heure viendrait. Il ne se doutait pas qu'il éprouverait une réaction aussi physique, aussi incontrôlable.

— Savez-vous, Andy, ce que les gens de la Gestapo feront de vous ?

Il l'ignorait, mais le halètement de sa poitrine en disait long.

— Ils vous couperont les orteils. Un à la fin de chaque séance. A moins d'avoir appris ce qu'ils veulent savoir. Puis, les doigts. Un par séance.

Hoffmann parlait d'un ton si protecteur, si soucieux, qu'il ne pouvait s'agir que d'une forme d'amour. Andy pensa à Gus. A son père.

— Ensuite, ils s'attaqueront aux oreilles. Après, aux testicules. Ils ne cesseront de vous découper que lorsque vous serez mort. Et ils savent très bien comment s'y prendre pour garder quelqu'un en vie le plus longtemps possible.

Hoffmann reprit une cigarette et fixa la flamme qui l'allumait, laissant à la panique le temps de faire son œuvre.

— Vous ne me croyez sans doute pas, ajouta-t-il. Vous repoussez l'idée qu'il puisse exister des êtres humains aussi monstrueux. C'est pourtant ce qui vous attend dans trois jours, exactement. Tout dépend de vous. Une fois qu'ils s'y mettront, vous y croirez.

Une dernière bouffée de cigarette. Un sourire de compassion et de pardon. Un sourire qui était un point final.

— Vous avez perdu, Andy. Je passerai dix heures par jour avec vous, vingt s'il le faut, mais je découvrirai la vérité qui se cache dans votre cerveau. Au fond de vous-même, vous savez déjà qu'il en sera ainsi.

Il écrasa le mégot de sa cigarette, se leva, prit sa casquette d'officier et la tourna entre ses doigts. L'entretien n'était terminé qu'en apparence. Hoffmann se préparait à l'assaut final.

— L'ironie de la chose, Andy, c'est que vous gardez un secret qui n'a plus de raison d'être. Vos amis ont appris que Gus est mort et qu'il ne vous a pas supprimé. Qu'il ne vous a pas délivré non plus. Ils vont donc agir en supposant que vous avez été forcé de tout révéler.

Cette logique traversa comme un éclair l'esprit d'Andy.

— La stratégie que Gus et vous avez mise au point est devenue réalité. Le seul endroit où les Alliés ne débarqueront pas, c'est celui que je dois vous faire avouer. Mes supérieurs sont d'accord avec moi. Néanmoins, ma tâche envers vous reste la même.

Hoffmann cala sa casquette sous son bras et fit un pas vers la porte. Andy le suivit des yeux.

La main sur la poignée, Hoffmann dit encore :

— Pensez bien à une chose. Qu'est-ce que Gus Lang vous dirait s'il était ici ? Il dirait : « Andy, ça suffit ! Nous les avons fait marcher pendant plus d'un mois. Nous avons fait de notre mieux. Tu es en vie. Reste en vie au nom de ceux qui t'aiment. Reste en vie pour moi. »

Hoffmann ouvrit la porte et se retourna une dernière fois :

— Souffrir horriblement et mourir pour rien, ce n'est pas de l'héroïsme, Andy. C'est un crime envers ceux qui attendent de vous revoir. Laissez Gus parler à votre cœur. Laissez-le vous montrer le chemin.

L

Deux hommes qui avaient trop bu, sous la lumière d'une seule lampe. Le reste de la pièce plongé dans l'obscurité. Le jour allait bientôt poindre.

La boisson, cette nuit-là : du scotch. Sans doute parce que Hoffmann avait reçu une caisse de *Pinch* — butin d'on ne sait quel pillage.

Depuis quelques heures, la camaraderie un peu forcée des derniers rendez-vous entre Brausch et Hoffmann s'était transformée en une réelle intimité.

A minuit — heure du Grand Reich — ils avaient porté un toast pour fêter une disparition.

— Nous sommes le 1er juin, l'Abwehr a cessé d'exister ! dit Hoffmann après avoir tiré la montre de gousset qui lui venait de son père.

A cette minute, en effet, le service secret qui pouvait se vanter de tant d'années d'intelligents et valeureux exploits devenait l'Amt Mil, ou branche militaire du SD. La réorganisation était achevée.

La main, avec le verre de scotch, tendue en un salut hitlérien, Hoffmann avait lancé :

— A l'Abwehr !

Brausch, pas encore tout à fait ivre, l'œil sec, leva son verre.

Les toasts s'étaient succédé pendant plus de trois heures. Pour celui qui semblait être le centième, Hoffmann dit d'une voix pâteuse :

— A ceux qui sont capables d'un idéal !

Brausch secoua la tête.

— A quoi bon boire au passé ?

— Toujours aussi réaliste ! hoqueta Hoffmann. Votre seul vice.

Brausch trouva la remarque très drôle.

— Mon seul luxe, rectifia-t-il. Le réalisme est le seul luxe dont je ne puisse me passer.

Hoffmann approuva d'un air sérieux. Chaque fois, le verre qu'il soulevait lui paraissait plus lourd.

— A l'humanité, alors !

— Un choix osé, marmonna Brausch.

— A votre avis, l'humanité, est-ce que ça a jamais existé ?

— Ça va et ça vient — comme la longueur des jupes chez les femmes. Si vous vivez assez longtemps, vous reverrez peut-être l'humanité, dit Brausch tristement.

Hoffmann se perdit quelques instants dans ses souvenirs.

— Eh bien, conclut-il, faute de boire en l'honneur du passé, trinquons au futur... à l'honneur national !

Il se mit péniblement sur ses jambes.

— Voici la Sainte Bible, dit-il en brandissant son verre.

Il s'éclaircit la gorge et saisit la bouteille de scotch :

— Et voici le drapeau du Reich.

Brausch comprit à quelle cérémonie Hoffmann faisait allusion. Déjà, Hoffmann commençait à réciter le *Fahneneid* — version corrompue de l'ancien serment par le sang des chevaliers teutoniques.

— Je jure devant Dieu obéissance absolue à Adolf Hitler, Führer de la nation et du peuple allemands, commandant suprême des armées, et je suis prêt, en brave soldat, à risquer ma vie à tout moment pour respecter ce serment.

Les deux hommes gardèrent le silence, chacun se rappelant les sentiments qu'il éprouvait lorsqu'il avait été contraint de répéter ces mots.

Au bout d'un certain temps, Hoffmann se rassit, les yeux toujours fixés sur Brausch.

— Le Führer, dit-il, n'est pas un homme, n'est pas une force, n'est ni Dieu ni démon. Il représente seulement un contexte. Celui dans lequel nous vivons et dans lequel, jusqu'à présent, nous avons accompli notre tâche, comme on supporte la peste. Nous pouvons battre notre coulpe et pleurer. La réalité est là. Aujourd'hui, du moins.

Brausch eut un terrible sourire. Il leva son verre.

— A vous donc, Walter. A tous ceux qui sont comme vous. Car vous êtes le contexte qui a donné le jour au monde dans lequel nous vivons.

Hoffmann réfléchit, perplexe. Cette déclaration était-elle une réponse ? Indiscutablement. C'était le Jugement de Dieu sur Hoffmann.

C'était beaucoup plus encore. La confirmation du jugement de Hoffmann sur Jürgen Brausch.

— A moi ! dit-il en faisant tinter les deux verres. Et maintenant... je crois qu'il est l'heure d'aller dormir. J'ai promis à Gus de l'emmener, avec Claire et la petite, passer une journée à la campagne.

LI

Brausch quitta le Ritz dans la pénombre du petit jour. Le chauffeur dormait dans la voiture. Ce garçon de vingt-trois ans avait été choisi par Trager. Tous deux, hommes de confiance.

Brausch fut touché par l'air d'innocence du lieutenant endormi. Pour lui aussi, les choses avaient changé à minuit. Il ne servait plus l'Abwehr, il n'en perpétuerait pas les traditions, il n'y atteindrait pas le sommet de sa carrière. Quel que soit l'avenir de l'Amt Mil, ce résidu abâtardi de l'Abwehr maintenant sous la coupe des SS, Brausch faisait des vœux pour que cet avenir soit aussi bref que possible.

Il secoua doucement le jeune homme, lui donna un nom de rue et un numéro. Par précaution, cette adresse se trouvait à plus d'un kilomètre de son véritable lieu de destination...

Dès l'église Saint-Séverin, il décida même de renvoyer le chauffeur.

Brausch n'était pas seulement fatigué, il se sentait plus vieux que jamais. Le terme du voyage semblait proche.

L'idée qu'un policier en patrouille, un peu soûl lui aussi, pourrait ne pas distinguer son uniforme et tirer sur lui pour violation du couvre-feu (en vigueur jusqu'à cinq heures) le fit sourire. Voilà qui simplifierait les choses.

Il se dirigea lentement, dans le froid, vers la rue Saint-André-des-Arts. Bientôt, les premiers rayons du soleil apparaîtraient à l'est, derrière l'église Saint-Séverin.

Quand Brausch arriva devant l'immeuble, il monta lourdement les marches de l'escalier que Wilhelm Seitz avait gravi pour capturer sa proie. Il s'arrêta sur le même palier.

Il sonna plusieurs fois. Claire ouvrit enfin, vêtue d'une légère robe de chambre, ses cheveux noirs flottant sur les épaules.

Brausch ne l'avait encore jamais vue. Comme elle est

charmante, se dit-il aussitôt. Est-ce que la petite Katrina deviendrait comme elle ? Puis il pensa qu'il fallait être bien âgé pour ne songer qu'à sa petite-fille devant une femme aussi belle.

Il se présenta :

— Jürgen Brausch.

Les yeux gris s'éclairèrent. Une main légère saisit le bras de Brausch et le fit entrer.

Claire disparut. Gus vint peu après.

— Habillez-vous, je vous en prie, dit Brausch. J'aimerais que nous fassions une petite promenade.

Le long de la Seine, sur le quai du Pont-Neuf, ils marchèrent d'abord en silence.

Gus prit ce réveil trop matinal et cette promenade silencieuse comme la chose la plus naturelle du monde. Brausch choisirait son moment pour dire ce qu'il avait sur le cœur, et Gus trouvait dans ce délai le temps de se préparer à toute éventualité.

Il ne s'agissait pas tant pour lui de museler ses craintes ou de préparer sa défense, que de trouver la capacité de faire confiance — contrairement à tout ce que lui avaient appris ses maîtres les plus chers. D'instinct, il sentait que l'heure était à la confiance.

La ville commençait à prendre forme dans la clarté naissante Brausch emmena Gus aux Halles, « le ventre de Paris ».

Ils furent saisis par les odeurs, l'animation. Gus se laissait conduire dans les allées, les passages couverts, parmi les montagnes de victuailles. Crabes vivants, roues de fromage, fruits et légumes de toutes sortes. Dans les bistrots avoisinants, des habitués dégustaient de la soupe à l'oignon ou des escargots.

Noyés au milieu de cette activité intense, dans ce lieu le plus public qui soit, les deux hommes trouvaient un cadre privilégié pour échapper au monde et parler en privé.

Au détour d'une allée débouchant rue Baltard, Brausch déclara soudain :

— Apparemment, Walter sait tout.

Pourquoi Gus éprouva-t-il un tel choc ? Cette révélation, il la redoutait depuis le premier jour, il la savait inévitable depuis quelques semaines. En se couchant le soir, en s'éveillant le matin, il vivait avec cette peur mortelle. Il n'en resta pas moins paralysé, comme si Brausch venait de lui faire remarquer négligemment le passage de l'ange de la mort.

— J'avais un pressentiment, ces derniers jours, dit Brausch.

Il parlait à voix basse et, malgré le tumulte ambiant, chaque syllabe s'incrustait dans le cerveau de Gus.

— Quelque chose dans la voix de Walter, dans la rédaction de certains messages... Aussi ai-je pris une mesure extrêmement dangereuse, que je ne pouvais confier qu'à Trager. J'ai fait suivre Walter.

Brausch se tut, semblant mettre en ordre pour lui-même les éléments de son récit.

— Avant-hier soir, poursuivit-il, Trager l'a suivi dans un quartier populaire, près de Gentilly. Il faisait très froid. Trager a attendu que Walter sorte d'un garni.

Gus trouva touchante la sollicitude de Brausch envers Trager. Ce comportement de grand-père prouvait des sentiments vivaces, humains, que Gus admirait.

— Quand Walter est ressorti, Trager l'a laissé partir. Il est resté à attendre.

— Dans le froid, ne put s'empêcher d'ajouter Gus.

— Oui. Quoi qu'il en soit, vingt minutes plus tard, un autre homme est sorti de l'immeuble. Ses vêtements indiquaient qu'il n'était pas un locataire habituel de taudis. Trager l'a filé, puis il a perdu sa trace... Il m'en a donné une description très précise. J'ai la conviction qu'il s'agit d'un Anglais du nom de Colin Desmond... et ce Desmond travaille pour moi depuis sept ans, sous le nom de code de Treasure.

Gus fut comme assommé.

— Mais Treasure est une femme, dit-il. Elle s'appelle Worthy. Une jeune blonde, très jolie. Vous n'êtes pas sans savoir que je l'ai prise en filature pendant deux ans, pour le compte du MI-5.

Brausch, qui s'était arrêté devant un étalage de fruits, saisit une orange et la fit tourner entre ses doigts.

— Ça, c'est ce que Gerhard Tessin vous a dit. Et c'est ce que vous avez rapporté à votre colonel Nicholas, lequel, à son tour, l'a transmis à ce cher Sir Geoffrey.

Gus n'en revenait pas.

— Il y a deux Treasure, Gus. Le faux, la fausse plutôt, que vous avez traquée. Et M. Desmond qui est... quelle expression employait donc Nicholas ?... Ah ! mon atout caché.

Gus ne dit rien. Il se posait en lui-même une question. Brausch y répondit.

— N'oubliez pas qu'après tout je suis allemand.

— Et c'est seulement maintenant que vous m'annoncez cette nouvelle !

— Pour la même raison, dit Brausch en soupirant, car la réponse allait de soi.

Gus hocha la tête. Pour Brausch le temps était compté. Hoffmann l'avait décidé. Si le débarquement contre Hitler se présentait avec quelque chance de succès, Brausch n'avait plus qu'à se confier à Gus.

— Laissez-moi vous offrir une douzaine d'escargots, Jürgen.

Ils trouvèrent un petit restaurant déjà bondé et s'attablèrent. Un père et un fils partageant leur repas.

— Et maintenant, Treasure travaillerait avec Walter ? demanda Gus.

— On peut raisonnablement tirer cette conclusion, dit Brausch, tout occupé à extirper un escargot de sa coquille.

— Mais vous ne savez pas exactement ce que Walter a appris, à supposer qu'il ait appris quelque chose.

— Il serait maladroit de lui poser la question.

— On peut en tout cas penser que M. Desmond n'a pas entrepris ce long voyage simplement pour annoncer qu'il n'était plus à vendre.

— S'il a fait tout ce chemin, quoi qu'il ait pu raconter, c'est mauvais pour vous. Et étant donné que Walter ne m'en a pas dit un mot, c'est également mauvais pour moi.

— A qui Walter a-t-il pu parler ? se demanda Gus à haute voix.

— A personne. J'en jurerais sur ma propre tête. Et sur la vôtre.

— A personne ? Vous en êtes certain ?

Gus se reprocha aussitôt cette question banale et inutile.

— Walter est un homme seul, dit simplement Brausch. Croyez-vous qu'il se confierait à Ritter ou à quelqu'un de cette espèce avant d'avoir débrouillé l'affaire et de maîtriser complètement la situation ? Dans leur précipitation pour s'en attribuer le mérite, ces crétins ficheraient tout en l'air... Walter s'est exclu de l'espèce humaine quand il a rejoint les SS. Il est aussi seul que s'il vivait dans la lune. C'est à la fois sa force et sa faiblesse.

Voilà l'élément qui me manquait, pensa Gus. Hoffmann et moi avons des âmes sœurs, mais un abîme nous sépare. Hoffmann est prisonnier de sa solitude. Il ne peut faire confiance à personne. C'est sa faiblesse, car personne ne peut lui venir en aide. C'est sa force, car personne ne peut le décevoir.

Gus n'était pas seul. Il avait fait confiance à Andy. A Claire. Et maintenant, il croyait ce que lui disait Brausch. Cette confiance serait-elle, comme la solitude pour Hoffmann, une force *et* une faiblesse ?

Gus dévoilerait néanmoins à Brausch son projet, conscient que celui qui détient les informations détient aussi le pouvoir. Conscient de se démunir totalement.

— J'ai prévu des mesures qui doivent se dérouler en deux temps, dit-il avec une sorte de timidité souriante. Je ne voulais pas vous ennuyer avec cette histoire avant que la première étape ne soit franchie.

Brausch eut l'air étonné de cette réserve.

— Et pourquoi cela, je vous prie ?

— Parce qu'après tout vous êtes allemand, dit Gus avec malice.

Et il expliqua son plan. Brausch, les paupières tombantes, semblait ne maintenir qu'un semblant d'attention polie. A la fin du récit, il n'eut aucune réaction immédiate.

— Vous êtes un jeune homme intelligent, plein de ressources, dit-il enfin. Vu les circonstances, la première partie du projet vaut d'être tentée. Pourquoi diable voulez-vous tout risquer sur la seconde phase ?

Gus eut un franc et large sourire.

— Parce que nous sommes une famille. Et l'esprit de famille, ça compte ! Chacun de nous doit s'en tirer.

LII

Gus ouvrit la porte et trouva un Hoffmann souriant qui portait deux bouteilles de pomerol. Ils s'assirent, bavardèrent. Hoffmann annonça qu'il faisait un temps superbe.

Claire apparut avec un grand panier de pique-nique et salua cordialement Hoffmann.

— Je suis désolée, Walter. Je sais que vous vouliez emmener la petite avec nous, mais elle s'est montrée si insupportable depuis ce matin qu'elle ne nous laisserait pas en paix. Je vais la conduire chez Mme Hébert, c'est à l'étage au-dessus.

Hoffmann hocha la tête. Claire partit chercher Amy.

— Je suppose qu'on pourra y ranger le vin, dit Hoffmann en ouvrant le panier.

Il admira le contenu. Du saucisson. Du pain. Divers fromages. Des fruits. Une boîte de pâté.

— Du pâté de canard ! s'exclama-t-il.

Hoffmann avait remarqué autre chose : le panier ne contenait pas d'arme.

— C'est dans la tradition américaine de vouloir impressionner le patron ! dit Gus. J'ai d'abord pensé dénicher des tickets d'alimentation supplémentaires. Et puis je me suis dit : Bah ! Le MI-6 m'a généreusement pourvu de monnaie française. Et je me suis rendu à mon marché favori. Le marché noir.

— Votre manque de scrupules, en ce domaine, vous honore. Mais je n'y découvre pas le flair d'un véritable épicurien. Ritter, lui, aurait fait venir un chef du Grand Véfour !

— Ah ! je savais bien qu'il y avait une bonne raison de l'inviter.

Hoffmann sourit. Aucun d'eux n'avait de raison de souhaiter la présence de Ritter un jour pareil.

Claire revint avec Amy dans les bras. Hoffmann fit connaissance avec l'enfant.

— Dis bonjour et au revoir à Walter, chuchota Claire, le nez enfoui dans les boucles blondes.

Amy essaya de mettre toute sa main dans la bouche. Finalement, elle se contenta d'y fourrer deux doigts.

— Bonjour et au revoir à Walter, répéta-t-elle, intimidée, en imitant les inflexions de sa mère.

Les hommes rirent.

Hoffmann tendit spontanément les bras. Amy s'avança d'elle-même vers l'étranger aux yeux sombres.

Claire s'en étonna, et le dit. Elle mit la petite fille dans les bras de Walter.

Il la serra si tendrement qu'un frisson parcourut Gus. Vivrait-il assez pour raconter un jour ce moment-là à Amy ? Lui ou Claire ? Sinon, elle ne saurait jamais qui était ce beau ténébreux, et ce qu'il leur avait fait.

— Tu aimes mieux parler français ou anglais ? demanda Hoffmann.

— Anglais, dit Amy.

— Tu sais ce qui est barbant ?

— Oui.

Amy n'avait naturellement aucune idée de ce qu'il voulait dire. Elle aimait la façon dont il la portait. Comme un papa. Comme Gus.

— Ce qui est barbant, c'est d'entendre quelqu'un dire : « Oh ! tu me fais beaucoup penser à mon petit garçon. »

Amy fit la coquette.

— Comment il s'appelle ?

Elle essaya de fourrer un doigt dans une de ses narines.

— Oskar.

— Os-cœur, répéta-t-elle solennellement.

— Oskar adore que je le fasse sauter en l'air.

C'était une invitation. Amy réfléchit. Elle aimait quand Gus la faisait sauter. Mais elle jugea bon de ne pas pousser plus loin la familiarité.

— Non, dit-elle intensément, sans même sourire.

Hoffmann la regarda intensément, honnêtement. Ce genre de regard qui fascine les enfants.

— Une autre fois, dit-il, en rendant Amy à sa mère.

Gus reçut un gros baiser d'adieu, et Claire partit confier Amy à Mme Hébert.

— On se retrouve en bas ! cria Gus.

Pendant qu'il avait le dos tourné, Hoffmann examina rapidement ses vêtements. Pull-over fin, pantalons moulants. Impossible d'y cacher une arme.

— Vous prendrez une veste ? demanda-t-il en soulevant le panier.

Gus montra du doigt un blouson de cuir posé sur le bras du canapé.

Hoffmann tendit le panier à Gus.

— C'est un peu lourd, avec les bouteilles. Vous êtes jeune et fort. Je me charge du blouson. Rien d'autre à emporter ?

— Non.

Hoffmann désigna la porte.

— Après vous !

Et il profita de ce que Gus le devançait pour palper le blouson. Rien de suspect.

Dans la rue, Hoffmann pria Gus de prendre le volant. Il reconnut avoir bu du scotch avec Jürgen jusqu'à près de quatre heures du matin et craignait de mettre leurs vies en danger.

Claire s'assit à l'avant, à côté de Gus. Hoffmann s'installa sur la banquette arrière, avec le panier.

Ils sortirent de Paris par le sud-ouest, dépassèrent Sèvres et Villacoublay. Hoffmann leur indiquait la route à suivre et leur passait de temps en temps des morceaux de fromage de Hollande. Comme à son habitude, Claire anima la conversation.

Ils roulèrent plus de deux heures et se retrouvèrent en pleine campagne. Des prairies vertes. Un ruisseau. Des collines. Ils descendirent de voiture et marchèrent jusqu'à un endroit magnifique qui semblait complètement isolé du reste du monde.

Le déjeuner, somptueux, se prolongea. La première bouteille de pomerol était vide et la deuxième entamée dès avant le dessert. Claire se blottit entre les bras de Gus.

— Pardonnez-moi, dit Hoffmann, je voudrais parler un moment seul à seul avec Gus. Le métier, toujours le métier.

Claire prit la chose avec bonne humeur :

— J'ai emporté un livre pour le cas où surviendrait un tel manquement au protocole.

— Restez tranquillement assise. Gus et moi, nous allons faire un petit tour. Je ne le garderai pas plus d'une heure.

Du bout des doigts, Claire envoya un baiser à Gus qui s'enfonça avec Hoffmann dans un sous-bois.

Ils marchèrent une vingtaine de minutes, comme au hasard

— mais Hoffmann en tête. Le soleil brillait à travers le feuillage.

Le silence de Hoffmann semblait respecter le calme de la nature. Il devint malgré tout pesant.

Une clairière apparut au pied d'une colline.

Le moment était venu.

Hoffmann s'allongea, le dos contre un arbre. Gus s'assit en tailleur dans l'herbe, à quelques mètres, et lutta contre la brise pour allumer une pipe.

— Une fois de plus, j'ai changé d'avis, dit Hoffmann. Je me demande si c'est chez moi un signe de vieillissement.

— En cas de sénilité, je recommanderais une retraite immédiate.

— Charmante perspective. Enfin voilà, j'ai décidé de clore le dossier. Nous connaissons la vérité. Pourquoi s'acharner davantage ?

Hoffmann consulta Gus d'un regard amical mais sérieux.

— Moi, je suis un gars prudent, Walter. J'aime que les choses soient confirmées plutôt deux fois qu'une.

Pas toujours, pensa Hoffmann.

— Berlin s'impatiente, dit-il.

— Des gens très impétueux. N'allez pas me dire qu'ils attendent une réponse avant la fin de la guerre !

Hoffmann sourit avec effort. Ce n'est jamais facile de sourire à un traître.

— J'ai promis à la Gestapo de leur livrer Wheeler à la fin de la semaine. Vous n'y voyez pas d'inconvénient ?

— Pas le moindre.

Hoffmann reprit son souffle.

— Je consultais mes papiers, hier soir, pour finir de rédiger mon rapport. Cette histoire d'arythmie, avez-vous eu personnellement entre les mains l'original de la fiche médicale ?

C'était donc ça. Treasure.

Avant tout, nier.

— Non. En fait, je n'ai jamais vu qu'une copie... J'assistais à une réunion, avec Nicholas et un civil nommé Peters. C'est là qu'ils me l'ont remise.

— Ah...

— Je ne me rappelle plus qui a soulevé ce problème d'arythmie... Peters, je crois.

Hoffmann inclina la tête.

— Votre rapport, cependant, semblait établir de façon formelle les troubles cardiaques. Je pensais que vous en aviez vérifié l'authenticité avec la fiche originale. Vous venez de dire vous-même que vous êtes un gars prudent.

Salaud de Peters. Arrogant petit crétin, toujours si content de lui. C'était à cause de lui que Treasure avait découvert la supercherie.

— De toute façon, dit Gus avec un haussement d'épaules, je ne vois pas l'intérêt d'avoir accès à l'original. Si les copies étaient fausses, l'original devait lui aussi être truqué.

— Ah ! l'esprit de déduction.

La réponse de Gus ne satisfaisait visiblement pas Hoffmann.

— Je vous ai dit, dès le premier jour, que je ne croyais pas à ce problème cardiaque, Walter. Et puis, quand Wheeler y a fait allusion, dans la cellule, ça m'a convaincu.

— C'est un jeune homme très persuasif, concéda Hoffmann.

— Je ne vois toujours pas l'intérêt de soulever à nouveau la question.

— C'est que... je suis un gars curieux, dit Hoffmann en imitant la voix de Gus.

Il l'était, indubitablement.

— Quand vous l'aurez livré à la Gestapo, vous saurez vite ce qu'il en est.

Hoffmann posa sur Gus un regard pensif. Il porta la main à l'intérieur de sa veste, le geste qui lui était habituel pour en retirer son étui à cigarettes.

La main ressortit avec un revolver. Hoffmann regarda l'arme comme s'il était surpris de l'avoir trouvée là et la posa calmement sur ses genoux.

— Il y a certaines choses, hélas ! que je sais déjà. Des choses peu galantes, Gus, peu amicales.

Gus regardait le revolver avec détachement, comme s'il contemplait un objet d'art abstrait.

Pourquoi n'avait-il pas peur ? Pourquoi n'éprouvait-il pas cette sensation d'avoir les poumons rongés par l'acide ? Il vivait peut-être l'ultime instant de sa vie et considérait sa propre mort comme de très loin, du sommet d'une montagne. Ce détachement cachait la volonté désespérée que l'arme et la minute présente ne soient qu'une illusion. Revenir sur terre. Regarder en face *la réalité.*

— Lors de notre première rencontre, dit Hoffmann, je vous ai fait part de ma philosophie concernant le travail. Lâcher la bride à son interlocuteur. Observer toutes les facettes de sa personnalité. Lui donner la liberté de révéler ses qualités humaines.

Tout en fixant les yeux de Hoffmann, Gus mesurait la distance qui le séparait du revolver posé sur les genoux. La crosse était dirigée de telle façon que, s'il esquissait un geste, Hoffmann aurait largement le temps de tirer le premier. Il lui suffirait de rester calme, de viser avec précision. D'être un bon tueur, en somme.

Les yeux sombres disaient que Hoffmann était capable de faire voler en éclats la cervelle de Gus.

— J'espère, Gus, que vous me pardonnerez de ne vous avoir jamais fait confiance. Nous vivons dans un monde cruel, et notre profession est l'une des plus destructrices.

La preuve en était faite.

— Ces derniers jours, reprit Hoffmann d'une voix neutre, quelque chose m'a profondément troublé. Vous savez quoi ?

Gus savait. Il laissa Hoffmann achever.

— J'ai perdu ma confiance en Jürgen Brausch.

L'expression de Gus, bien que fugitive, lui apporta la confirmation qu'il cherchait.

— Vous ne le connaissez pas comme je le connais, Gus. Ou plutôt comme je pensais le connaître. Je n'aurais jamais pensé qu'un tel homme, quels que soient ses mobiles, puisse en arriver à trahir son peuple. Je me suis longtemps dit que ma misanthropie m'entraînait dans l'erreur la plus noire... Eh bien, Émeraude était *son* agent. Il l'avait choisi pour cette mission. Innocenter Brausch équivaudrait à vous juger capable de l'avoir dupé de bout en bout. Et, sauf votre respect, vous me forcez, Gus, à choisir entre douter de son caractère ou nier son intelligence. Or ni l'un ni l'autre ne peuvent être mis en question.

Le regard mortellement froid de Hoffmann, Gus ne l'avait jamais vu, mais il l'avait souvent imaginé.

Et la mort qu'il lisait dans ce regard le ramena brutalement à l'horreur de l'instant présent. Son cœur se mit à battre fort. Ses yeux, sa bouche, devinrent secs. Une flamme le parcourut tout entier.

Car le regard de Hoffmann disait qu'il ne restait plus que quelques secondes.

— J'étais enfermé dans un dilemme, Gus. Jusqu'à la nuit dernière — ou plutôt jusqu'à ce matin. Pendant que nous étions en train de boire, Jürgen et moi, j'ai vu en lui ce qui y était sans doute depuis toujours. Ce que, tout simplement, je n'avais pas su interpréter. La vanité d'un homme qui se prend pour Dieu. Qui pense être *le seul* à détenir la sagesse propre à conduire sa nation et son peuple dans la bonne voie. Un visionnaire.

Encore quelques secondes.

Hoffmann retrouva une dernière fois son sourire ironique :

— Cette outrecuidance a toujours été le signe distinctif d'Adolf Hitler — et sa faiblesse la plus regrettable. En cela, Jürgen et le Führer ont un point commun.

Hoffmann se tut. Il venait d'apercevoir un éclair dans les yeux de Gus. Ses muscles se contractèrent avant que son esprit ne se mette au travail. Et il entendit une voix.

La voix de Claire, perçante mais ferme.

— Ne vous retournez pas, Walter. Si vous bougez un doigt, vous êtes mort.

Le temps se figea.

— Un premier coup passera à cinquante centimètres de vous. Le deuxième vous emportera la tête.

Un bruit effarant coupa le silence, coupa le monde en deux et fut interminablement repris par l'écho.

La balle était passée aussi près de Hoffmann que Claire l'avait dit.

Sans bouger les yeux, Gus pouvait la voir. Hoffmann ne le pouvait pas. Elle était accroupie dans l'herbe, les coudes serrés, les avant-bras tendus, les mains soudées au pistolet.

Elle avait prévenu Gus qu'elle saurait s'en servir s'il y allait de leur vie.

— Baissez lentement les bras, dit-elle, loin du corps.

Il se passa alors ce que Gus avait toujours redouté, ce qui hantait ses nuits sans sommeil.

Hoffmann n'obéit pas.

Le revolver sur les genoux, à portée de main, il réfléchissait.

Voilà, se dit Gus, comment les choses finissent. Figées entre la pensée et l'action.

Cette pause ne pouvait se prolonger plus longtemps.

Les yeux verts de Gus prirent leur éclat glacé. Et ce que vit Hoffmann, ce ne fut pas seulement le regard d'un tueur. Ce fut le regard d'un homme décidé à tout pour ne pas perdre la partie.

— Claire, dit Gus d'une voix que ni elle ni Hoffmann ne connaissaient. Je vais compter jusqu'à quatre. Et puis tu videras le chargeur de ton pistolet dans le crâne de ce nazi.

Et sans attendre, il commença :

— Un... deux...

C'était peut-être les yeux. Peut-être la voix. Peut-être seulement le fait d'être appelé *nazi* au lieu de *Walter*. Hoffmann écarta les mains du revolver sur ses genoux, les leva lentement et les croisa derrière la tête.

Phase numéro un terminée.

LIII

Jürgen Brausch était dans son bureau du château de Vincennes.

Un jeune Sturmführer SS — parmi les plus zélés des favoris de Ritter — entra, très agité. Brausch leva les yeux.

— Que voulez-vous ? demanda-t-il, agacé d'être dérangé dans son travail.

— Herr Oberst, le capitaine Lang insiste pour vous voir, il dit que c'est très urgent.

— Faites-le entrer, je vous prie.

L'agitation du jeune soldat s'accrut. Il bredouilla.

— Le capitaine Lang voudrait que vous le rejoigniez. Il dit qu'il a besoin de témoins.

— Des témoins ?

Brausch se leva et suivit le Sturmführer jusqu'à ce qu'on appelait la *Fosse*, une grande salle contenant une vingtaine de tables équipées de téléphones et de radios et d'une longue rangée de classeurs vert-de-gris.

A première vue, l'animation du lieu paraissait normale, mais Brausch s'arrêta soudain.

Au milieu de la salle, pleine d'officiers de la SS et de l'Abwehr, se tenait Gus. Un Gus tout différent.

Droit, l'air fier, le menton en avant, son regard glacé filtrant entre les paupières, il révélait une personnalité jusqu'alors insoupçonnée.

Brausch le salua familièrement. Gus répondit par un strict salut militaire. Il sortit de sa poche une enveloppe qu'il tendit à Brausch. Ce dernier parut aussi intrigué qu'irrité par de telles manières. Il ouvrit l'enveloppe et lut en silence une page écrite à la main.

— C'est... une plaisanterie, je suppose, capitaine ?

— Je vous prie de faire part à votre personnel des ordres de l'Oberführer, répondit Gus sèchement, en allemand.

L'affaire semblait sérieuse. La perplexité, chez Brausch, l'emporta sur la colère.

— Ceci, annonça-t-il lentement est, ou serait, un message de l'Oberführer Hoffmann. Il dit avoir été envoyé à Calais par ordre du Reichsführer Himmler.

Brausch regarda Gus avant de poursuivre d'une voix à la fois incrédule et apeurée.

— Je lis : Ernst Ritter doit être immédiatement relevé de ses fonctions et mis aux arrêts... Je dois, moi, retourner immédiatement à Berlin...

Les yeux verts, les yeux de jade, restaient impénétrables.

— ... Enfin, le capitaine Lang doit emmener à Calais, sous sa surveillance, le prisonnier américain.

— Et quoi encore ? dit Gus calmement.

— Il est écrit, prononça Brausch en plein désarroi, qu'en l'absence de l'Oberführer, vous disposez d'une autorité totale en cette affaire.

Gus approuva de la tête.

— Si cette histoire vous paraît invraisemblable, Herr Oberst, je puis vous assurer qu'il n'en est rien.

La voix riche et profonde de Gus était celle d'un officier non seulement prêt à assumer ses responsabilités, mais à saisir l'occasion d'un avancement.

Il y avait du sang dans l'air.

— Il s'agit d'une trahison envers notre Führer, envers notre patrie, dit Gus. Vous en connaîtrez les détails dans sept ou dix jours. Pour le moment, il me faut le prisonnier.

Gus fit des yeux le tour de la salle et pointa le doigt en direction de Trager.

— Vous, ordonna-t-il, allez le chercher. Vous nous accompagnerez à Calais. Trouvez un chauffeur et une voiture banalisée. Je veux que le prisonnier soit ici dans dix minutes.

Trager ne regarda que Brausch.

Brausch jeta à Gus un regard nerveux, puis fit de la tête un signe négatif.

Dans la salle, la tension devint extrême, étouffante, comme si l'air venait à manquer.

Gus se redressa de toute sa hauteur et hurla à Brausch :

— Sept. Zéro. Un. Trois. Le numéro de téléphone de l'Oberführer, à Calais.

Brausch resta immobile, de plus en plus fasciné par la métamorphose de Gus.

Se saisissant d'un appareil posé sur le bureau le plus proche, Gus le tendit à Brausch.

Brausch décrocha lentement et attendit le signal du standardiste.

— Calais, annonça-t-il alors clairement. Sept. Zéro. Un. Trois.

Il répéta le nom de la ville et les quatre chiffres.

Un silence anxieux.

Enfin, l'expression de Brausch montra qu'il avait quelqu'un en ligne. Il dit quelques mots en français. Écouta. Puis dit en allemand :

— Walter, ici Jürgen. Qu'est-ce qui se passe ?

L'attention se lisait sur son visage tandis qu'il écoutait la réponse de Hoffmann.

En réalité, le correspondant qu'il avait au bout du fil était un homme de la Résistance, en poste à Calais.

— Walter, dit Brausch, il me faudrait, je le crains, des instructions de Schellenberg pour... Oui... je vois...

Autre long silence.

— Walter, vous n'avez sûrement pas...

Le feu aux joues, Brausch écoutait. Il parut enfin soulagé et hocha la tête :

— J'ai donc une assurance de votre part, Walter. C'est tout ce que je demande... Oui... entendu... A Berlin, donc.

Brausch reposa l'appareil. Il fit signe à Trager d'exécuter l'ordre reçu.

Trager jeta un dernier coup d'œil à Gus et se précipita hors de la salle.

Le jeune lieutenant de Ritter fit de même.

Brausch s'adressa à Gus, en anglais :

— Prendrez-vous un peu de café ? Nous pouvons aller dans mon bureau.

Le ton était guindé et respectueux.

— Je suis très bien ici, Herr Oberst, répondit Gus en allemand, d'une voix sobre mais adoucie.

Ils restèrent ainsi à attendre trois minutes.

Dans l'esprit de Gus défilèrent des images de sa vie. Il pensa surtout que Claire et Amy devaient à présent être en route pour un endroit sûr, près de Chamonix. Il lui fallait s'accrocher à cette idée jusqu'à l'arrivée de Ritter.

Comme un animal enragé, Ritter fit irruption dans la Fosse. Il bouscula Gus et se planta devant Brausch.

— C'est à moi qu'il faut s'adresser, lança Gus à Ritter qui lui tournait le dos.

Ritter pivota sur lui-même comme si une balle l'avait atteint.

— C'est moi qui donne les ordres, ici ! hurla Gus.

Ritter avança d'un pas. L'éclat des yeux verts le brûla.

— Allez, approche, espèce de porc. Ici, tout de suite, que je te voie bien avant que tu ne sois en train de pourrir en prison.

Ritter se retourna vers Brausch dont le teint devenait cendreux.

— J'exige de voir l'ordre écrit de l'Oberführer !

— Tu n'exiges rien du tout, dit la voix de Gus.

Cette voix, Ritter l'avait déjà entendue. Celle d'un homme qui est maître du jeu. Et le sourire de Gus était plus que sadique, proprement démoniaque.

La rage de Ritter fit brusquement place à la peur.

— Je n'ai jamais eu confiance en toi et en ta suffisance, prononça lentement Gus. L'Oberst Brausch en est témoin. J'ai également mis l'Oberführer en garde contre toi, le premier jour où je t'ai vu.

Effondré, Ritter se fia à son instinct qui lui dictait de se taire, d'attendre d'être mieux informé.

— Qu'on lui montre le papier ! ordonna Gus à Brausch comme s'il s'adressait à un domestique.

Brausch tendit la feuille à Ritter.

Ritter la lut et n'en crut pas ses yeux. L'écriture, qu'il avait vue un millier de fois, était bien celle de Hoffmann.

Trager apparut à la porte. Il tenait fermement par l'épaule Andy Wheeler, menottes aux mains.

Depuis son entrevue avec Hoffmann, Andy avait passé soixante heures dans l'obscurité d'un cachot de deux mètres carrés — trop petit pour qu'il puisse s'y allonger, trop bas de plafond pour qu'il y reste debout. Andy devait s'y tenir accroupi, le visage tourné vers la bouche d'aération.

Surmontant son sentiment de claustrophobie et l'appréhension des horribles mutilations prédites par Hoffmann, Andy avait revécu ses promenades avec Gus, dans le jardin de Vincennes.

Quoi qu'ils viennent te dire, quels que soient les moyens qu'ils emploient, Andy, n'oublie pas que le monde est plein de gens qui comptent sur toi. Qui comptent sur toi pour une chose.

Me faire confiance. Et ne faire confiance à personne d'autre.

Andy Wheeler, dans son trou noir, avait décidé de s'en tenir là. On pourrait lui couper bras et jambes. On pourrait lui arracher le cœur. Gus avait dit « Calais, en septembre », et c'est tout ce qu'on tirerait de lui.

Les yeux s'étaient tournés vers Andy que soutenaient à peine ses genoux branlants.

Dès qu'Andy vit Gus, ce fut comme s'il voyait le Christ descendu de sa croix.

Il essaya de contenir ses larmes. Il le fallait sous peine de tout compromettre.

Retenir ses larmes.

Impossible. C'était le cœur d'Andy qui s'épanchait.

Gus dut lui-même lutter pour ne pas se mettre à pleurer. Il lui restait encore bien d'autres luttes à mener.

— *Schwachheit*, murmura-t-il entre ses dents.

Et il s'adressa à Brausch :

— Quelle pitié ! Ah ! elle est belle l'Amérique, Herr Oberst !

Gus fit un pas vers Andy. Ritter rassembla ce qui lui restait de forces et s'interposa :

— Je dois parler à l'Oberführer. J'exige le droit de lui parler en personne.

Les yeux verts se rétrécirent.

— Toi ! Tu ne vaux pas mieux que ça ! cria Gus en montrant Andy du doigt. Tu n'exigeras rien du tout. Tu ne diras rien du tout. Tu entendras les charges qui pèsent contre toi quand le Reichsführer le jugera bon.

Gus fit un pas de plus. Ritter s'avança, les poings serrés. Il n'obéissait plus à la raison. Il se battait pour sa vie, de la seule manière qu'il connaissait.

Gus avait imaginé la scène au long de la première nuit passée dans la cellule. Le scintillement du bouton sur le col de la vareuse, quand le SS Ritter se précipiterait sur lui par-dessus la table. Les grosses mains prêtes à le saisir à la gorge, à lui rompre la colonne vertébrale aussi aisément qu'il l'aurait fait d'une brindille, avant que personne puisse faire un geste.

Gus eut un sourire d'amère satisfaction.

— Hauptsturmführer, dit-il à un officier proche de lui, emmenez cet homme dans la cellule de l'Américain. Il y trouvera un cadre propice à la réflexion.

Ritter mit la main à l'étui qu'il portait à la ceinture et sortit son pistolet. Comme un fou.

Le sourire de Gus exprima alors une joie féroce.

— Merci, ordure, gronda-t-il.

Les yeux verts se fixèrent, de l'autre côté de la salle, sur Trager. Lui aussi portait une arme à la ceinture.

— Hauptmann Trager ! appela Gus. Cet homme s'est livré à des voies de fait sur un officier du Reich. Je vous prie de l'abattre sur-le-champ.

Cette voix, que Hoffmann avait entendue quelques heures auparavant dans le silence d'une prairie, fit se liquéfier Ritter de terreur. Il comprit que toute cette mise en scène avait été combinée par Lang et que ses paroles seraient suivies d'effet.

— Je répète mon ordre, Hauptmann Trager, dit Gus sèchement. Vous l'exécutez immédiatement, ou vous subirez le même sort que cet individu.

La salle sembla vaciller, le temps voler en éclats.

Trager consulta Brausch du regard.

Brausch vint se placer derrière Gus et posa la main sur son épaule. Sans se retourner, Gus la repoussa.

— C'est moi qui commande, ici, mon cher Oberst. Je vous prie de dire à ce jeune homme d'obéir sans broncher.

Les yeux verts brillaient d'un éclat à la limite de la démence.

Brausch prit le parti d'intervenir avec une sage modération :

— Ne craignez-vous pas, Gus, d'outrepasser les instructions de Walter ? Il m'a dit, à moi, qu'Ernst devait passer en jugement. Nous avons tous assisté à sa tentative criminelle. Ce qui ne fera qu'ajouter aux charges qui pèsent contre lui, je peux vous l'assurer.

La main de Ritter restait collée au pistolet.

— Je n'ai que faire de votre assurance, Herr Oberst, dit Gus froidement. Je demande votre obéissance.

Ne pas quitter Ritter des yeux. Battre le fer tant qu'il est chaud. Le pouvoir est de ton côté. Ne pas le quitter des yeux. Attendre s'il le faut jusqu'à ce qu'il gèle en enfer. Montre-lui qui est le nazi dans cette salle.

Lentement, la main de Ritter lâcha le pistolet.

Gus inclina la tête. Un faucon étudiant sa proie.

Tenir bon. Encore un instant.

Le silence devenait insoutenable.

— *Ungeziefer !* Vermine à peine digne qu'on gaspille une balle !

Gus reprit son souffle.

— Je te donne cinq secondes pour me présenter tes excuses et t'écarter de mon chemin.

Une de plus que ce qu'il avait accordé à Hoffmann, car Ernst était d'un naturel plus lent.

Ritter entrouvrit les lèvres. Aucun son n'en sortit. Il n'eut que la force de s'écarter et de laisser à Gus le champ libre.

Avec un dernier regard de mépris, Gus passa devant Ritter et sortit. Trager et Andy le suivirent.

Leurs pas résonnèrent dans l'interminable couloir.

Gus et Trager soutenaient Andy.

— Quoi qu'il se passe, dit Gus, tes jambes doivent continuer à avancer. Tu vas rentrer chez toi, Andy. Ne t'arrête pas. Que tes jambes continuent d'avancer même s'ils te font sauter la cervelle.

Un escalier. Un autre couloir.

L'embrasure d'une porte. Une lumière aveuglante. Ils étaient dans la cour

Soixante mètres plus loin — ils auraient dit soixante kilomètres plus loin —, une voiture en stationnement. Au volant, le chauffeur mis à la disposition de Brausch, au Ritz.

Gus se prépara au cri qui allait retentir. D'un balcon. D'une fenêtre. Un cri qui serait suivi du déclic de mille fusils. D'un seul fusil, celui qui l'atteindrait.

Il se força à marcher d'un pas imposant. La voiture n'était à présent qu'à deux mille kilomètres. Aucun cri n'avait retenti. Pas encore.

Ils traversèrent les soixante mètres de la cour ensoleillée, au vu et au su d'une cinquantaine d'hommes armés de fusils, au garde-à-vous.

Lequel tirerait ? Lequel aurait le bon réflexe et la main assez sûre ?

Peu importait. Rien n'empêcherait Gus d'avancer vers la voiture, même s'il fallait traîner Andy.

Ils atteignirent leur but. Le chauffeur eut quelque mal à ouvrir la portière. Gus fouilla des yeux la cour pleine de soldats. D'où viendrait le cri ? Qui tirerait la balle ?

Ils montèrent enfin à l'arrière de la voiture. Andy entre Gus et Trager.

Le cri pouvait s'élever. Le fusil tirer.

On leur ouvrit la grille du château. Le chauffeur changea de vitesse. Gus serra la main d'Andy si fort, si affectueusement, qu'Andy fondit en larmes.

La voiture disparut. C'était par un après-midi radieux, le 2 juin 1944.

A peine quatre jours plus tard, dans l'aube grise, commençait en Normandie la libération de l'Europe.

ÉPILOGUE

D'autres appels téléphoniques révélèrent que le numéro de Calais était celui d'un hôtel. Walter Hoffmann figurait sur le registre à la date du 2 juin. L'employé de la réception — à qui ses supérieurs du réseau Jade Amicol avaient fait la leçon — donna une description précise de Hoffmann et déclara que, malheureusement, il était reparti presque tout de suite.

Une semaine plus tard, on dut constater que Hoffmann avait disparu. La Gestapo fouilla minutieusement la suite qu'il occupait au Ritz et découvrit, bien cachées, des notes très intéressantes.

Ces notes, écrites de la main de Hoffmann, prouvaient une conspiration entre lui, Gus Lang et Ernst Ritter pour aider le prisonnier américain à cacher les plans du débarquement allié en Europe. Elles ne permettaient cependant pas d'affirmer que Hoffmann et Ritter appartenaient à la Schwarze Kapelle.

Ce qui apparaissait clairement, en revanche, c'était que la confrontation entre Lang et Ritter, au château de Vincennes, avait été mise en scène pour innocenter le traître Ritter et lui donner toute liberté de continuer ses activités au sein du SD après la fuite de Hoffmann et de Lang.

Ritter protesta évidemment de son innocence et accusa Hoffmann d'avoir monté cette machination. Mais Hoffmann resta introuvable.

Ramené en Allemagne pour être incarcéré près de Francfort jusqu'à la fin de l'instruction judiciaire, Ritter mourut peu après dans ce qu'on appela officiellement une échauffourée entre détenus.

Quant aux autres :

« Martin », né Anton Woczyk, de père polonais et de mère française, ne revit jamais ses parents à partir du jour de son internement à Drancy. Le train qui hantait les cauchemars de Claire emporta l'enfant à Auschwitz. Un jeune cuisinier qui le prit en amitié — tout en abusant de lui sexuellement — lui permit de survivre et, finalement, de s'échapper du camp. Après la guerre, il fut recueilli par un couple âgé demeurant à Gdynia, sur la Baltique. L'enfant n'oublia jamais la femme si belle, aux cheveux noirs, qui l'avait pris dans ses bras, à Drancy. Elle demeura dans ses pensées et dans ses rêves. Il garda aussi le souvenir de ses parents, réunis autour du dîner du sabbat. Il émigra plus tard dans la patrie qu'évoquaient leurs prières. Aujourd'hui, à quarante-huit ans, père de trois beaux garçons, il est commandant dans l'artillerie israélienne.

Jürgen Brausch passa la fin de la guerre à Berlin, continuant à transmettre ses précieux rapports à Geoffrey Macklin, devenu Lord Geoffrey grâce au succès de l'opération de Vincennes. Brausch prit ensuite sa retraite dans sa propriété de la vallée du Rhin où il eut la joie de recevoir ses nombreux petits-enfants. Il mourut dans son sommeil en 1967, à l'âge de quatre-vingt-six ans.

Colin Desmond — Treasure — disparut dans la nature après le débarquement. Ni Tessin, ni aucun de ses anciens subordonnés n'entendirent plus parler de lui. La guerre finie, il ne demanda pas à récupérer sa chaire à Oxford. Aux dernières nouvelles, il travaillerait pour les services secrets britanniques.

Andy Wheeler, rentré aux États-Unis, retrouva Stéphanie. Des silences gênés lui firent comprendre que leur bel amour n'avait pas survécu à la séparation. La déception d'Andy fut de courte durée. Il rencontra Beth, l'épousa et eut d'elle deux filles aux yeux noirs qui furent élevées dans la religion juive par leur mère. L'après-guerre lui permit d'utiliser ses dons en électronique. Il accéda dans cette branche à des postes de responsabilité et prit une retraite confortable à cinquante-cinq ans. Il habite avec sa famille à Bellevue, dans l'État de Washington.

Claire et Gus Lang se marièrent à New Canaan, dans le Connecticut, le 2 juin 1945. Gus géra l'affaire de son père pendant quelques années. Puis la monotonie de ses occupations lui pesa. Pendant trente ans, il accepta des missions ponctuelles pour la CIA et autres services secrets américains. Claire concentra ses talents sur la sculpture. Ses expositions lui apportent succès et argent. Le couple eut un garçon, Andrew, âgé aujourd'hui de trente-quatre ans. Il dirige une banque d'investissement à New York. Comme il tient beaucoup de son père, Andrew délaisse parfois Wall Street et, au cours de congés sabbatiques, participe « aux petites entreprises de papa ». Ni Claire ni Gus ne sont pleinement à la retraite. Ils passent la plus grande partie de l'année dans une petite ferme, près d'Aix-en-Provence. Il y a des porcs et un piano. Gus a fait des progrès certains en rag-time.

Amy Lang, après des études aussi brillantes que celles de son père adoptif, s'intéresse à l'art. Elle peint sans manifester un talent particulier. Son mari, en revanche, réfugié d'Allemagne de l'Est, est un excellent peintre, de sept ans son cadet. Ils élèvent leurs enfants au bord du lac de Côme, en Italie. Claire dit de sa fille que c'est « la seule personne de tout l'hémisphère Nord à respirer constamment la joie de vivre ». Pour son quarantième anniversaire, Amy a demandé à Claire de graver cette phrase sur le marbre d'une pierre tombale.

Oskar Hoffmann est professeur de sciences morales à l'université de Heidelberg.

Rudi Hoffmann, entré dans les affaires, avec son père, est devenu son bras droit, puis son successeur.

Walter Hoffmann, prisonnier de la Résistance en Gascogne jusqu'à la Libération, ne fut pas jugé comme criminel de guerre nazi. Jürgen Brausch et d'autres veillèrent à ce que son génie soit utilisé pour la reconstruction de l'Allemagne. Déclinant toute proposition de travail dans le secteur public, Hoffmann se concentra sur les industries minières et métallurgiques. Sa réussite dépassa les prévisions de ses admirateurs les plus fervents. Agé aujourd'hui de quatre-vingts ans, et l'un des cinquante hommes les plus riches d'Europe, il vit à Vienne, avec sa femme Anna.

Cet ouvrage a été composé par Facompo
et imprimé par la S.E.P.C. à Saint-Amand-Montrond (Cher)
pour le compte des éditions Belfond

Achevé d'imprimer en mai 1986

Dépôt légal : mai 1986.
N° d'Édition : 859. N° d'Impression : 913.

Imprimé en France